No voy a pedirle
a nadie que me crea

Juan Pablo Villalobos

No voy a pedirle
a nadie que me crea

EDITORIAL ANAGRAMA
BARCELONA

Ilustración: © Sonia Pulido

Primera edición: noviembre 2016

Diseño de la colección: Julio Vivas y Estudio A

© Juan Pablo Villalobos, 2016

© EDITORIAL ANAGRAMA, S. A., 2016
    Pedró de la Creu, 58
    08034 Barcelona

ISBN: 978-84-339-9822-4
Depósito Legal: B. 21054-2016

Printed in Spain

Liberdúplex, S. L. U., ctra. BV 2249, km 7,4 - Polígono Torrentfondo
08791 Sant Llorenç d'Hortons

El día 7 de noviembre de 2016, un jurado compuesto por Salvador Clotas, Paloma Díaz-Mas, Marcos Giralt Torrente, Vicente Molina Foix y el editor Jorge Herralde, otorgó el 34.º Premio Herralde de Novela a *No voy a pedirle a nadie que me crea*, de Juan Pablo Villalobos.

Resultó finalista *Amores enanos*, de Federico Jeanmarie.

También se consideró en la última deliberación la novela *Cómo dejar de escribir*, de Esther García Llovet, excelentemente valorada por el jurado, que recomendó su publicación.

El humorismo es el realismo llevado a sus últimas consecuencias. Excepto mucha literatura humorística, todo lo que hace el hombre es risible o humorístico.

AUGUSTO MONTERROSO

Es tan triste esta ciudad que cuando alguien se ríe lo hace mal.

NACHO VEGAS

A Barcelona hi viuen uns quants mexicans, correctes i discrets, que ja s'ha vist que no donen cap molèstia. No se m'acudirà mai d'esperar que han d'escriure a casa seva o als seus diaris i revistes afirmant que el Tibidabo els té fascinats o que els catalans som una gent estupenda.

PERE CALDERS

Uno

TODO DEPENDE DE QUIÉN CUENTE
EL CHISTE

Mi primo me llamó por teléfono y dijo: Te quiero presentar a mis socios. Quedamos de vernos el sábado a las cinco y media en plaza México, afuera de los cines. Llegué, eran tres, más mi primo. Todos con una pelusilla oscura encima de los labios (teníamos dieciséis, diecisiete años), la cara llena de espinillas que supuraban un líquido viscoso amarillento, cuatro narices enormes (cada quien la suya), hacían la prepa con los jesuitas. Nos estrechamos la mano. Me preguntan de dónde soy, dando por hecho que no soy de Guadalajara, quizá porque al estrecharles la mano levanté el dedo pulgar hacia el cielo. Digo que de Lagos, que viví ahí hasta los doce años. No saben dónde queda eso. Explico que en Los Altos, a tres horas en coche. Mi primo dice que de ahí es la familia de su papá y que su papá y el mío son hermanos. Ah, dicen. Somos güeros de Los Altos, especifica mi primo, como si fuéramos una subespecie de la raza mexicana, *Güerus altensis*, y sus socios se miran entre sí, unos a otros, con un brillito socarrón en sus miradas de clase media alta tapatía, o clase alta baja, o incluso aristocracia venida a menos.

¿Cuál es el negocio que andan haciendo?, pregunto, antes de que mi primo se ponga a detallar los estragos genéticos causados por los soldados franceses durante la Intervención, el origen decimonónico y bastardo de nuestros ojos azules y nuestro cabello rubio, más bien castaño claro. Un campo de golf, dice mi primo. En Tenacatita, dice otro. Los terrenos son del suegro del hermano de un amigo, dice otro. Vamos a comer con él en el Club de Industriales la próxima semana para presentarle el proyecto, dice el que faltaba por hablar. Me explican que el único problema es el agua, que hace falta muchísima agua para mantener verdes los greens. Pero el cuñado del vecino de un primo mío es el director de Aguas Públicas del estado, dice otro. Eso se arregla con una mordida, dice otro. Todos asienten, granos para arriba y para abajo, muy convencidos. Nomás nos falta un socio capitalista, completa mi primo, nos falta juntar dos millones de dólares. Les pregunto cuánto han juntado. Me dicen que treinta y cinco mil nuevos pesos. Hago el cálculo dentro de mi cabeza, son como quince mil dólares (esto pasa en 1989). Treinta y siete, corrige otro, acabo de conseguir dos mil más con la hermana de una amiga de mi hermana. Se dan abrazos de felicitaciones por los dos mil nuevos pesos. ¿Vamos a entrar al cine o no?, pregunto, porque mi primo y yo teníamos la costumbre de ir a la función de seis de los sábados. Discutimos la cartelera: hay una película de acción con Bruce Willis y otra con Chuck Norris. El de los dos mil nuevos pesos dice que no hay nadie en su casa, que su familia se fue de fin de semana a Tapalpa y que sabe el lugar donde su papá tiene escondida su colección de películas porno. Que vive cerca. Atrás de la Plaza. En Monraz. ¿Vamos? Algunos granos explotan de la excitación, como eyaculaciones precoces purulentas.

El anfitrión escoge la película. Se llama *Psicólogas por delante y loquitas por detrás*. Sorteamos los turnos para masturbarnos (cada quien a lo suyo, uno por uno). A mi primo le toca primero y, aunque hay un límite de diez minutos por cabeza, tarda muchísimo. Mientras lo esperamos, calientes, tomando Coca-Cola, sus socios me interrogan, todos sentados en la sala de una casa decorada como si fuera una hacienda colonial, muy falsa, los sillones incomodísimos, porque nadie recapacitó en que el estilo neomexicano sólo sirve para escenografía de telenovelas. Me preguntan si en Lagos hay coches. Si ya llegó la luz y el teléfono. Si nos lavamos los dientes. Si mi papá se robó a mi mamá montado a caballo. Les digo que sí, que sí, claro. ¿Y dónde dejaste el sombrero?, me preguntan. Se me olvidó en el cuarto de tu hermana, le digo al que preguntó, que resulta ser el anfitrión, cuyos padres creen que si pintas una casa de rancho con colores brillantes deslavados todo queda muy elegante. Mi hermana tiene seis años, dice, furioso, y se levanta para pegarme. Me quedo impresionadísimo de que la hermana de una amiga de su hermana, de seis años, pueda invertir dos mil nuevos pesos en el proyecto de un campo de golf. Si la amiga es una amiga de la escuela, de primero de primaria, y también tiene seis años, ¿cuántos años puede tener la hermana? ¿Ocho, diez? Eso en el caso de que fuera la hermana mayor. ¿Y si fuera la hermana menor? Pero no hay tiempo para especulaciones financieras, porque el hermano de la hermana se me viene encima con todos sus granos y el puño listo para aporrearme. Me levanto de un salto, tiro una sandía de cerámica de una mesita y, contradiciendo la fragilidad de la artesanía de Tlaquepaque, no se rompe, atravieso corriendo el jardín delantero, salgo de la casa, dando un portazo, cruzo la calle y me voy corriendo rapidísimo por el camellón, rapidísimo, como hacen los héroes en una de esas películas de acción que no vimos, pero con gran dolor en los testículos (no llegó mi turno de masturbarme).

Pasan quince años, estamos en 2004, mi primo me llama de nuevo por teléfono: Te quiero presentar a mis socios, me dice de nuevo. Le digo que estoy muy ocupado, que me voy a ir a estudiar un doctorado a Barcelona. Ya sé, me dice, tu papá me contó, por eso te llamo. No entiendo qué tiene que ver una cosa con la otra, le digo. Te lo explico cuando nos veamos, dice. De veras no puedo, insisto, tengo un montón de pendientes, sólo me voy a quedar en Guadalajara esta semana, tengo que ir al DF a tramitar el visado y volver a Xalapa para terminar de hacer las maletas y recoger a Valentina. Me lo debes, me dice, por los viejos tiempos. Quién sabe a qué se refiere. En los viejos tiempos lo único que hacíamos era ir al cine de seis los sábados. Y los viejos tiempos no duraron ni un año, exactamente hasta el día en que me tuve que ir corriendo de la casa de uno de sus socios que quería lincharme. Ese mismo día en la noche, mi primo me llamó para decirme que mi actitud perjudicaba sus proyectos de negocio. Le dije que se metiera sus proyectos por el culo, pero se lo dije usando una paráfrasis sin la palabra «culo». Dejamos de vernos. Al terminar la prepa yo me fui a vivir a Xalapa, a estudiar Letras Españolas en la Universidad Veracruzana. Él entró a Negocios Internacionales en el Iteso, como buen adicto a los jesuitas, pero no terminó la carrera. Se fue un tiempo a vivir a Estados Unidos, a un pueblo cerca de San Diego, donde vive una hermana de mi papá y del suyo. Dijo que se iba a hacer una maestría, un MBA, le dijo a mi papá, sin considerar el detalle de que para eso tendría que haber terminado la carrera. Uno de los hijos de mi tía, uno de mis primos que viven en Estados Unidos, quiero decir, me contó que se instaló en la casa de sus papás y lo único que hacía era ver la tele, dizque para aprender inglés, aunque veía Univisión. Luego regresó a

16

Guadalajara y se fue a Cabo San Lucas. Según mi mamá, mi tía le había contado que se había comprado una lancha para llevar a los turistas a ver ballenas. Pero no tenía licencia y el sindicato de guías balleneros le hizo la vida imposible, hasta que una madrugada le hundieron la lancha, que estaba atracada en un embarcadero clandestino. Volvió a Guadalajara. Puso una tienda de tablas de surf en Chapalita, que no pegó, y tuvo que cerrarla a los pocos meses. Abrió un puesto de tacos estilo Ensenada en avenida Patria, pero a las dos semanas se lo clausuraron los inspectores de salubridad del Ayuntamiento de Zapopan. Que lo estaban persiguiendo, me dijo mi papá que le había dicho mi primo en la fiesta de noventa años de mi abuelo, a la que yo no fui porque estaba en Xalapa. Que era víctima de un complot burocrático. Que en México no se podían hacer negocios. Se fue de nuevo, ahora a Cozumel, donde nadie sabe bien a bien qué estuvo haciendo por años. Mi tío le dijo a mi hermana que era mesero en una palapa en la que hacían pescado zarandeado, aunque ésa es una receta del Pacífico y no del Caribe. Mi tía le dijo a mi mamá que cuidaba los proyectos de un grupo de inversionistas extranjeros. No le supo decir qué proyectos, ni de dónde eran los inversionistas supuestamente extranjeros. En el supuesto de que existieran, los supuestos inversionistas. Una de las pocas veces en que coincidimos, en la boda de otro primo, me gritó al oído, en medio del ruidero de una tambora (la familia de la novia era de Sinaloa), que vivía de sus rentas. Pensé que había entendido mal, sobre todo porque en aquel entonces tendríamos veintisiete o veintiocho años. ¿Tienes propiedades en el Caribe?, le pregunté, con toda la suspicacia del mundo. Sí, dijo, diez camastros con sus sombrillas. Había vuelto a Guadalajara hacía poco, según esto como gerente de proyectos de un fondo de inversiones. Alguien de la familia me dijo, no recuerdo quién, que era dinero de jubilados de Estados Unidos que vivían en Chapala.

Por mi parte, en todos estos años yo lo único que había hecho era terminar la carrera, escribir una tesis sobre los cuentos de Jorge Ibargüengoitia, ser becario del Instituto de Investigaciones Lingüístico-literarias y dar clases de español a los escasos estudiantes extranjeros que llegaban a Xalapa.

Te juro que no te vas a arrepentir, dice mi primo, sacándome del largo silencio que siguió a su cobranza de lealtad injustificada y que yo aproveché para resumir los quince años que separaban los viejos tiempos de los nuevos. Te quito máximo media hora, dice, si no te interesa no pierdes nada más que media hora, pero seguro que te va a interesar. Sobre todo porque con esa beca que conseguiste no te va a alcanzar para nada. Tu papá me contó. La vida en Europa es muy cara.

Y ahora, en lugar de contar cómo acabé aceptando reunirme con mi primo, en lugar de regodearme en la ligereza con la que llegué a la conclusión de que ésa iba a ser la única manera de quitármelo de encima, en lugar de aceptar que yo fui, voluntariamente y por mi propio pie, a tirarme del precipicio, prefiero, como dirían los malos poetas, correr un tupido velo sobre ese fragmento de la historia, o, mejor dicho, recurrir aquí y ahora a los servicios de una eficaz y muy digna elipsis.

Mi ingenuidad en materia de negocios era tan grande que no sabía que se celebraran reuniones de inversionistas en sótanos de table dance y con uno de los socios amarrado a una silla al más puro estilo secuestro. Mi primo me saludó con un movimiento de las cejas: tenía el resto del cuerpo atado por un mecate. La boca la llevaba repleta de esparadrapo y aun así se esforzó en sonreírme, fracasando. Eran dos, más mi primo. Estaban bien chaparros, como diría mi madre, y lucían panzas embarazadas de cerveza y mucho gel en sendos peinados barrocos, casi churriguerescos, pero con un par de pistolas (una cada uno) que les daban, de súbito, la apariencia feroz que la genética les había negado (desarmados parecerían dos gorditos simpáticos, de esos que se ponen a alburear sin parar para disimular sus impulsos homoeróticos). El sótano estaba lleno de cajas, había un foco rojo que colgaba del techo y que resultaba francamente redundante.

¿Te vio bajar alguien?, le pregunta el que nos estaba esperando en el sótano, y que actúa como jefe, al que fue a buscarme al Gandhi de la avenida Chapultepec, donde yo había quedado de ver a mi primo dizque para que me presentara a sus socios, calculando que si iba a perder el tiempo al menos podría aprovechar para comprar unos libros que me hacían falta. Negativo, dice el otro, el que me había encontrado merodeando en la sección de literatura mexicana, más solo que violador en callejón, y me había preguntado, mostrándome una pistola fajada en el pantalón, si yo era el primo de mi primo. ¿Tú eres el primo del pendejo de tu primo?, había dicho, para ser exactos, y cuando yo le dije que no, que no sabía ni quién era mi primo, sacó un celular y vi que veía una foto mía. Bastante pixelada, pero no lo suficiente como para impedir mi reconocimiento. Ah, eres el socio del Proyectos, mucho gusto, dije, disimulando pésimamente mal. (A mi primo, que se llamaba Lorenzo, todo el mundo le decía Proyectos.) Vámonos, me dijo. ¿Adónde?, pregunté. A ver al pendejo de tu primo, dijo. Le pedí permiso para pagar una edición de los aforismos de Francisco Tario que podría servirme en mi tesis de doctorado. Imaginé que si actuaba de forma normal la amenaza de la pistola desaparecería. Me miró sorprendido (no estaba de acuerdo con mi hipótesis) e hizo como que iba a desenfundar la concretísima pistola. No me tardo nada, insistí, es un libro muy raro. Pero rápido, cabrón, me dijo, y se puso detrás de mí en la fila de la caja, haciéndome cosquillas con la pistola en el lugar donde la espalda empieza a perder su nombre, como le gustaba decir a mi mamá. La fila era insólitamente larga, porque si comprabas veinte pesos de libros te hacían un descuento en las tortas de a la vuelta.

Nos subimos a una camioneta con los vidrios polarizados y sin placas que estaba estacionada en doble fila, tan impune como el estado general del país, y después de un breve rodeo enfilamos por avenida Vallarta. El tipo manejaba con pulcritud, como imagino que hacen los maleantes en la vida real, o como deberían, para no llamar la atención. Lo miré de reojo y lo único que alcancé a registrar, antes de que me increpara, fue que tenía una roncha de herpes en el labio superior. ¿Qué me ves?, dijo, con acento del norte, de Monterrey o quizá de Saltillo. Extraje el libro de la bolsa amarilla de la compra y me puse a hojearlo de puros nervios, y porque no sabía dónde poner las manos y la mirada. Al llegar a la glorieta de la Minerva, nos tocó el semáforo en rojo.

¿Qué, está muy entretenido?, me preguntó al descubrir que yo fingía leer, cuando cualquiera que me conozca sabe que no puedo leer en el coche, porque me mareo. Dije que sí. A ver, dijo. ¿A ver qué?, pregunté. Que leas algo, pendejo, dijo. Apunté la vista al azar en la página 46 y leí: Sin embargo, como están las cosas, el hombre no entra en posesión de la tierra hasta que se ha muerto. El se-

20

máforo cambió a verde. ¿Qué más?, dijo. Es todo, dije, es un aforismo. Un pensamiento, añadí, subestimando los conocimientos de retórica de los criminales en general, y del que conducía la camioneta en particular. ¿El autor es comunista?, preguntó. Era, dije, ya murió. ¿Pero era o no era?, insistió. Este, no lo sé, respondí, creo que no, era dueño de un cine. ¿Y los dueños de cines no pueden ser comunistas?, preguntó. ¿Y si sólo pasan películas comunistas? Pero el cine estaba en Acapulco, repliqué. ¿Y?, dijo. ¿Y?, repitió, para aclarar que no se trataba de una pregunta retórica y que exigía una respuesta. Se rascó la barriga con la mano derecha y al levantarse la camiseta vi de nuevo la insolente pistola. ¿Hay algo menos comunista que Acapulco?, pregunté. Acapulco está en Guerrero, dijo, es un nido de guerrilleros, alimañas y tepocatas. Pero eran los años cincuenta, la presidencia de Miguel Alemán Valdés, expliqué. ¿Y?, volvió a decir. ¿Hay algo menos comunista que la familia Alemán?, pregunté. Pero todo eso no quita que lo que leíste sea un pensamiento comunista, dijo. En realidad es una broma, dije. Pues no le hallo el chiste, zanjó. ¿Me estoy riendo? Cerré el libro y lo guardé de vuelta en la bolsa de la compra, concluyendo que lo mejor sería dedicar el resto del trayecto a la actividad inocua de mirar el parabrisas del coche fijamente.

Sesenta y ocho palomitas, mariposas y zancudos diversos habían perdido la vida en la parte derecha del parabrisas, como si la camioneta acabara de atravesar un pedazo de la República y como si, encima, su conductor se hubiera empeñado, sistemáticamente, en no limpiarlo y en que nadie, ninguno de los miles de pordioseros de los cruces de las calles, estacionamientos o gasolineras, lo limpiara. Por fin llegamos a nuestro destino, un table dance sobre la avenida Vallarta, antes de llegar a Ciudad Granja.

21

¿Tú eres el primo de este pendejo?, me dice el que actúa como si fuera el jefe, apuntando con la barbilla a mi primo. Debajo de los nudos del mecate alcanzo a ver que mi primo ha engordado (la genética de la familia nos hace difícil engordar), que está bronceado, aunque quizá el color de su piel sea el efecto de la combinación del foco rojo y la presión de la cuerda. Digo que sí y aprovecho para preguntar: Este, perdón, por qué lo tienen amarrado. Porque no se está quieto el muy pendejo, dice el que me acompañó de compras a la librería. No hagas preguntas pendejas, dice el otro, el que parece el jefe, y añade de inmediato: Juan Pablo, ¿no? Asiento. ¿Juan o Pablo?, dice. Las dos cosas, digo, Juan Pablo. Tu primo nos contó que te vas a vivir a Europa, *Juan Pablo*, dice el que parece el jefe. Si no te vas a ir a vivir a Europa, si tu primo fue tan pendejo como para echarnos mentiras, de una vez nos dices y se los carga la chingada a los dos, en vez de nomás a uno. Mi primo se retuerce en la silla, queriendo zafarse del mecate, consigue soltarse el brazo derecho y el que parece el jefe le pega un cachazo en la cabeza. ¿Pos quién chingados amarró a este pendejo?, pregunta. Aunque parece una pregunta retórica (a mí me lo pareció), el otro contesta: Fue el Chucky, jefe, confirmando mi hipótesis: que el que parecía el jefe es el jefe. ¿Pinche Chucky no se supone que fue a los Boy Scouts?, dice el jefe. La sangre comienza a escurrir desde la cabeza de mi primo y se le mete en los ojos. Mi primo parpadea como si quisiera ver estrellitas, el esparadrapo ahoga sus gemidos. El jefe se acerca, saca un pañuelo inverosímil del bolsillo de la camisa (aquí me doy cuenta de que viste un traje oscuro y por eso desde el principio pensé que era el jefe, porque el otro va de camiseta y pantalón de mezclilla), lo desdobla con parsimonia y le limpia los ojos a mi primo con cuidado, casi con cari-

22

ño, bien María Magdalena. Pareces jarrito de Tlaquepaque, le dice, y luego a mí: ¿Entonces? ¿Entonces qué?, digo, medio perdido, la verdad es que la acción siempre tiene el efecto de desorientarme en el discurso. ¿Cómo qué?, me dice, nomás falta que lo pendejo sea genético, que si es verdad que te vas a ir a vivir a Europa. Digo que sí. Parece aliviado, como si el hecho de que la Unión Europea me hubiera otorgado una beca para estudiar un doctorado en España le evitara el fastidio de tener que ejecutarme. Luego dice: Al pendejo de tu primo se le ocurrió un proyecto muy, muy, muy, pero muy pendejo, tan pendejo que si no eres tan pendejo capaz que nos sirve. Hace una pausa para rascarse los huevos con el cañón de la pistola y yo llego a la conclusión de que desde Cicerón la especie humana no ha hecho otra cosa que involucionar *ad nauseam*. Este, digo, primero desamarren a Lorenzo, si no lo sueltan no hay trato. ¿Te llamas Lorenzo, pinche Proyectos?, dice el que cree que Francisco Tario es comunista. ¿Qué trato?, dice el jefe. Se me hace que ha visto muchas películas, jefe, dice el otro. Era verdad, por asociación de ideas, o más bien de personas, lo que había dicho era lo mismo que le decía Harrison Ford a unos terroristas en una película que vi con mi primo en 1989. Y además, ultimadamadremente, ¿yo por qué me ponía en plan mártir a defender a mi primo?

¿Cuándo te vas?, me pregunta el jefe, mientras aprieta el mecate alrededor de la barriga de mi primo, obedeciéndome, pero al revés. ¿Adónde?, digo. ¡A Europa, pendejo!, ¿adónde va a ser?, dice el jefe. Dentro de tres semanas, digo, la última semana de octubre. A Barcelona, ¿no?, dice. Afirmativo, digo, sin darme cuenta, por pura imitación nerviosa. ¿Y qué vas a hacer?, pregunta. Estudiar un doctorado, digo. ¿En qué universidad?, dice. Este, digo, en la Autónoma de Barcelona, digo. ¿Seguro que en la Autónoma?, pregunta. Sí, seguro, digo. ¿En qué es el doctorado?, dice el otro. Me quedo dudando si sabrán en qué consiste un doctorado. ¡Contesta, pendejo!, dice el jefe. Este, en teoría literaria y literatura comparada, digo. Eso ya nos lo dijo tu primo, pendejo, dice el otro, lo que necesitamos saber es de qué es tu tesis. Ah, digo, ¿mi proyecto de investigación? ¿Proyecto?, dice el jefe, ¿que no lo vas a hacer?, aguas con los proyectos, mucho proyecto mucho proyecto y acabas amarradito a una silla. Es sobre los límites del humor en la literatura latinoamericana del siglo XX, digo, ruborizado. Explícate, dice el jefe. Bueno, digo, este, intento explorar cómo las nociones de lo políticamente correcto, o de la moralidad cristiana, funcionan como elementos represores que introducen el sentimiento de culpa en la risa, que es, por definición, espontánea. Los dos matones reprimen, de hecho, una carcajada. En última instancia, agrego, se llega al extremo de sancionar de qué se vale reírse y de qué no. Ah, chingado, dice el que prefiere llevar el parabrisas sucio a dar limosna, ¿como si se vale hacer chistes de que nos estemos chingando al pendejo de tu primo? Algo así, digo. ¿Y tú qué crees?, dice el jefe. Este, pues depende, digo. ¿De qué?, pregunta. De quién cuenta el chiste, digo. Si lo cuenta mi primo puede ser chistoso. El pendejo de tu primo cuenta puros chistes pendejos, dice el otro. Los tres miramos a mi primo, que gime alguna cosa, probablemente una defensa inútil de su comicidad, inútil porque el esparadrapo ahoga sus argumentos y porque mi primo de veras es pésimo contando chistes. Era una hipótesis, digo, no es lo mismo si el chiste lo cuenta la víctima que si lo cuenta el verdugo. No mames, dice el jefe, los muertos no cuentan chistes. ¿Es una amenaza?, digo, sin pensar, como si las pistolas y la visión de mi primo amarrado y sangrando no fuera suficiente. Los matones se ríen a carcajadas.

¿Y para hacer una tesis sobre América Latina tienes que irte a Europa, pendejo?, pregunta el jefe cuando termina de reír. Este, es que quiero incluir la obra de un escritor catalán que estuvo exiliado en México durante más de veinte años, digo. No es un escritor latinoamericano, pero tiene dos libros sobre México que yo defiendo que deberían formar parte del corpus de la literatura mexicana del siglo XX. Su obra ha sido muy mal leída en México, sigo, poco leída y mal interpretada, malinterpretada, incluso en su tiempo fue acusado de racista. Párale, párale, me interrumpe el jefe, eso ya no es conmigo, yo nomás tengo que asegurarme de que no estás tan pendejo como para creer que puedes echarnos mentiras. Negativo, digo. ¿Te estás haciendo el chistocito?, pregunta el de camiseta y pantalón de mezclilla, amagando con levantar la pistola. Perdón, digo, es que estoy nervioso, no estoy acostumbrado. ¿A qué no estás acostumbrado?, dice el jefe. Este, digo, este, a las armas, a que me amenacen, nunca había visto una pistola, sólo en las películas, digo. Pues más te vale que te acostumbres, dice el jefe. ¿Hablas catalán?, pregunta. El cambio de tema me deja noqueado. Responde, chingada, dice el jefe. Le digo que no, pero que pensaba meterme a clases de catalán al llegar. Que no puedo hacer una tesis de doctorado leyendo traducciones al español, que necesito analizar el original en catalán. Pues más te vale que le eches huevos, dice el jefe. ¿A qué?, pregunto. ¡Al catalán, pendejo!, dice el jefe, ¿de qué chingados estamos hablando? Vale madres si lo hablas, lo importante es que lo entiendas, dice, si no los pinches socios catalanes nos van a ver la cara de pendejos. ¿Entendiste?, pregunta. Le digo que sí. Luego cambia de tema de nuevo, sin tran-

25

sición, sin punto y aparte, supongo que así es la sintaxis del crimen organizado: El pendejo de tu primo nos contó que te llevas a tu novia, dice. Me quedo callado. Valentina, se llama, ¿no?, pregunta. Sigo callado. La conociste en la universidad, ¿no?, insiste. Calladísimo y hasta quieto, verdaderamente inmóvil. No digas nada si no quieres, me dice, de todos modos ya la tenemos ubicada, y luego le dice al otro: Llévalo con el licenciado. Sigo sin moverme, sin hablar, sin seguir al que me va a llevar con el licenciado, que empieza a subir las escaleras, brillantes como si alguien hubiera derramado un frasco de purpurina en los escalones. ¿Qué?, me dice el jefe al verme ahí plantado. Este, digo, mi primo, insistiendo en mi vocación repentina de mártir o de suicida. Debería aprender a estar nervioso. Tienes razón, se me olvidaba, dice. Luego le grita al que va subiendo la escalera: ¡Llama al Chucky! Acto seguido estira el brazo derecho con la pistola en la mano y la pone en la cabeza de mi primo. Mi primo gime y se sacude, apartando la cabeza del cañón de la pistola. ¡Quieto, chingada!, dice el jefe, y coloca de nuevo la pistola contra la sien de mi primo. Dispara y cuando el eco del estallido se apaga, cuando los pedazos del cerebro de mi primo terminan de esparcirse por todos lados, me pregunta: ¿Y si yo soy el que cuenta el chiste? ¿Sabes lo que dijo San Lorenzo mártir cuando lo estaban rostizando en una parrilla? ¿No sabes? Ya estoy tostado por la espalda, dijo, ya pueden ponerme de cara.

¿Y Valentina?, me dice Rolando cuando me ve acercarme a su coche arrastrando las maletas solo. Este, Valentina no viene, digo. ¿Cómo que no viene?, dice. Terminamos, digo. No mames, ¿cuándo?, pregunta. Hoy, ahorita, hace media hora, digo. No mames, dice, ¿la terminaste tú o te terminó ella? Yo, digo. ¿Y eso?, dice. Quiero irme solo a Barcelona, digo, quiero hacer una vida nueva, necesito un nuevo proyecto de vida. ¿De qué chingados estás hablando?, dice, con la misma expresión de congoja en la cara que tenía el día de 1991 en que le conté que me iba a Xalapa a estudiar letras (Te vas a morir de hambre, dijo en aquella ocasión). Lo de mi primo me afectó mucho, digo. ¿Y qué tiene que ver que a tu primo lo hayan atropellado con que mandes a la chingada a Valentina?, dice. Tiene las llaves del coche en la mano y no abre la cajuela. Que un día estás vivo y al siguiente estás muerto, digo, este, y que no sé si quiero tanto a Valentina como para irme a vivir con ella a Barcelona. No mames, dice. ¿Y se te vino a ocurrir justo ahora? ¿Antes de ir al aeropuerto? Qué cruel eres. Ya lo habíamos hablado antes, digo, pero ella estaba aferrada, y sólo pude convencerla ahora. ¿Convencerla?, ¿de qué?, dice. De que no viniera, digo, de que era lo mejor para los dos. No mames, dice. Te vas a arrepentir. Es normal que ahora estés confundido. Puede ser, digo. Pero lo hecho hecho está. ¿Nos vamos? Se está haciendo tarde. ¿Y qué va a hacer?, dice. ¿Quién?, digo. ¿Cómo quién? ¡Ella!, dice. Nada, digo, se va a regresar a Xalapa. No mames, dice. Por fin abre la cajuela del coche y cuando estoy metiendo las maletas suena su celular. Es para ti, dice, extrañado, pasándome el aparato. Un amigo que se quiere despedir.

¿Bueno?, digo. ¿Y tu novia, compadre?, dice una voz con acento del norte. ¿Quién habla?, digo, mientras me alejo del coche y de Rolando lo suficiente para que no pueda escucharme. Habla el Chucky, pendejo, dice. Mira para la esquina. Al otro lado, compadre. ¿Ya me viste? ¿Dónde está Valentina? Este, digo, no viene, terminamos.

Ve por ella, dice. No puedo, digo. ¿Por qué?, dice. Porque no va a querer, digo. ¿Tú la mandaste a la chingada, compadre?, pregunta, ¿querías protegerla? Si serás pendejo. Si quieres protegerla lo que tienes que hacer ahora es convencerla de que se suba al avión. No va a querer, digo, fui bastante cruel. Tú qué sabes lo que es la crueldad, pendejo, dice. Crueles son los pinches choferes de los microbuses, ya ves que te pasan justo por encima de la cabeza. Pinches cabezas ya no las hacen como antes, compadre, se revientan como sandías, parecen artesanía de Tlaquepaque. Pero no hay tiempo, digo, se nos va a ir el vuelo. ¿Y qué chingados haces perdiendo el tiempo conmigo?, dice, y cuelga.

El licenciado me llamó al celular que acababa de comprar y dijo: Busca un locutorio y llámame. ¿Un qué?, dije. Un locutorio, repitió, ¿no sabes lo que es? Ni pareces inmigrante. Este, dije, llegué ayer. Ayer en la noche. Llámame, dijo, y colgó. Miré alrededor, a los letreros de los comercios que se alineaban, uno detrás de otro, por toda la avenida del Paralelo. Regresé a la tienda donde había comprado el celular. ¿Sabes dónde hay un locutorio?, le pregunto al pakistaní que me atendió y que está hojeando un catálogo de teléfonos. El pakistaní levanta la cabeza, cavilando, o consultando un mapa imaginario del barrio en el techo. Hay un cliente mirando los celulares, un chino que viste chamarra de cuero negra, quizá de piel sintética. Está fumando, dentro de la tienda. Chupa el cigarro y voltea a ver al pakistaní, que sigue en silencio y se acaricia el mentón para mejorar su actuación. Aquí a la vuelta, dice el chino, y me explica cómo llegar.

En el locutorio un ecuatoriano o paraguayo (no sé distinguir los acentos) me dice que entre en la cabina número dos. Busco en la cartera el papel donde anoté la serie interminable de números que más que un teléfono parecen un código secreto. Marco. Un minuto, por favor, dice la operadora, en inglés, y luego el licenciado dice, sin saludar: Pon atención. Todos los días. Entre las diez de la mañana y las dos de la tarde. Hora de México. Me vas a llamar. Todos los días. Siempre desde un locutorio. Siempre desde uno diferente. ¿Entendido? Le digo que sí, este, y luego le pregunto, este, cómo le hizo para conseguir el número de mi celular, si justo lo acabo de comprar. No me preguntes pendejadas, dice, son las cuatro de la mañana. Hace una pausa, yo miro el reloj en la pared del locutorio, son las once y cuarto.

¿Y Valentina?, dice el licenciado. Se quedó en el hostal, digo, está dormida. ¿Ya te perdonó?, pregunta. Este, digo, más o menos. Aplícate, pendejo, dice, la vamos a necesitar. Aprovecha que está dormida para que el chino te lleve al departamento. ¿Cómo?, digo. Que el chino te va a llevar al departamento, repite. No entiendo, digo. No hace falta, dice, no hay nada que entender. Lo único que tienes que hacer es obedecer al chino. ¿Entendido?, dice. Este, le digo, este, y cuelga.

Salgo de la cabina rumbo a la caja para pagar y veo que hay un chino recargado en el aparador, al lado del boliviano o peruano o lo que sea. Viste una chamarra de cuero negra, quizá de piel sintética, pantalón de mezclilla y tenis Nike, probablemente Mike. Si todos los chinos no me parecieran iguales, si la realidad no me llegara con la apariencia de un sueño, de una pesadilla, para ser exactos, debido al jet lag, diría que es el mismo chino que me dio la dirección del locutorio en la tienda de celulares. ¿Qué pasa, tío?, me dice cuando le pregunto al cajero sudamericano cuánto tengo que pagar. Este, hola, digo. Uno veinte, dice el cajero. Saco la cartera y un billete de veinte euros. No damos cambio, dice el cajero, y señala un cartelito que informa a los clientes que deben pagar en cantidades exactas o aproximadas. Cambio máximo cinco euros, dice el letrero. Meto las manos a los bolsillos del pantalón para demostrarle que no tengo monedas. Déjalo, dice el chino, ya pago yo. Le entrega dos monedas, empuja la puerta y se hace a un lado para dejarme salir.

Vas a necesitar quinientos euros, dice el chino en cuanto estamos en la banqueta. Doscientos cincuenta de la fianza. Doscientos cincuenta del alquiler del primer mes. Miro con detenimiento sus ojos rasgados, el pelo de aguacero, los pelillos mal rasurados que le salpican los cachetes. Debe tener treinta y pocos años. Este, digo, ¿tú eres el chino? El chino se ríe. ¿Tú qué crees?, dice. ¿El chino del licenciado?, digo. Vamos, dice, sin contestar, nos están esperando, y amaga con ponerse a caminar. Yo me quedo quieto. Mueve el culo, tío, dice. ¿Adónde vamos?, digo. ¿Adónde crees?, dice, no me hagas perder la paciencia, el licenciado me dijo que si necesito darte de hostias te dé de hostias. Empezamos a caminar, deshaciendo el camino que me trajo de la tienda de celulares al locutorio. Doscientos cincuenta es caro, digo, intentando mantenerme al lado del chino. Pensaba gastar máximo doscientos, digo. Órdenes del licenciado, dice el chino. Necesito un lugar más barato, digo. El chino se detiene. Saca una cajetilla de cigarros de la chaqueta. Tío, dice, ¿tú no entiendes lo que son órdenes? Las órdenes se obedecen y ya está. ¿Crees que el alquiler es caro porque el chino te quiere hacer un chanchullo? El licenciado dijo que te instalara en un barrio donde no haya mucha policía, eso cuesta, tío. Hace una pausa para encender el cigarro. El piso al que te voy a llevar está en la parte alta, tío, dice, en San Gervasio. Ya verás que doscientos cincuenta es barato, en esa zona una habitación no la consigues por menos de trescientos, ahí no hay moros ni gitanos, ahí sólo entra la policía cuando un abuelo la palma y hay que tirar la puerta para sacar el fiambre. Los abuelos pijos son muy solitarios, dice, ya lo verás. Chupa por segunda vez el cigarro: en dos caladas la mitad se ha esfumado. El chino reanuda la marcha. Este, digo, esto no puedo decidirlo yo solo. Debería hablarlo con mi novia. No jodas, tío, dice el chino, tu novia no se va a quejar, yo ya vi el piso, es un piso de puta madre, tiene unas vistas que te cagas. Pero, empiezo a decir, pero el chino me interrumpe y me dice mientras aplasta la colilla del cigarro en el suelo: ¿Tú de veras no sabes lo que son órdenes, tío?, ¿cómo cojones es que trabajas para el licenciado? Nos metemos a la estación del metro, el chino me explica qué tipo de boleto me conviene más comprar y hacemos el recorrido en silencio hasta que nos plantamos delante de la puerta del sexto cuarta de un edificio de departamentos en una callecita minúscula, llamada Julio Verne.

¿Qué pasa, chino, cómo andás?, dice el tipo que abre la puerta, con acento argentino. ¿Éste es el boludo?, dice el argentino, y alarga la mano para saludarme. Yo soy Facundo, dice, y me estrecha la mano vigorosamente, demasiado vigorosamente, casi de manera maniaca. ¿Qué tal?, me dice, sos mexicano, ¿no? Le digo que sí. Atravesamos el recibidor, entramos a la sala y el ventanal me deja sin aliento. El ventanal no: la ciudad que se desparrama llena de techos y torres allá abajo y, en el horizonte, la franja azul del Mediterráneo. Lindo, ¿no?, dice Facundo, que no para de hablar mientras me muestra la cocina, el patio de lavado, los dos baños y la habitación del fondo, la que está en alquiler, amplia de verdad, aunque informe (tiene siete paredes). Una ventana que da al cubo del patio interior

31

deja entrar un poco de claridad, aunque no la necesaria para sacar al cuarto de la penumbra. Además de la cama, hay un armario para guardar la ropa y una mesa plegable atornillada a una de las paredes.

Regresamos a la sala atravesando el pasillo donde hay otras dos habitaciones. Acá en el piso vivo yo y otro boludo, dice Facundo, Cristian, también argentino. Tengo una hija de seis años que viene a dormir acá dos o tres días a la semana. Alejandra. Es muy buena la nena, ni te vas a dar cuenta cuando venga. Yo laburo todo el día y Cristian por lo general sólo está por las mañanas, curra por la noche en un restaurante. Si venís a estudiar es ideal, acá es muy silencioso, hay mucha luz en el living y el barrio es la hostia de tranquilo. ¿Vos no venías con tu novia?, me pregunta. Le digo que sí. Perfecto, dice, acá vivían una pareja de colombianos hasta el mes pasado, vas a estar de puta madre acá con tu novia. Te podés venir hoy mismo si querés. ¿Dónde te estás quedando? ¿En un hotel? No gastes más, venite para acá ahora.

El chino le palmea la espalda: Tío, le dice, estás muy intenso, ¿qué te metes? ¿Qué dices, chino?, dice Facundo, es el mate, boludo, y los dos se carcajean. Bueno, ya está entonces, dice Facundo, ¿te venís hoy? Miro al chino. Esta tarde, dice. Fantástico, dice Facundo. Escuchame, chino, yo trabajo en un hotel en plaza España, dejame que te dé una tarjeta por si tenés clientes para estancias cortas. Extrae el rectangulito de cartón de la cartera y se lo entrega. El chino se lo guarda sin mirarlo. ¿Vos tenías nombre, chino?, dice Facundo, no me acuerdo, disculpame, todos los nombres chinos me suenan igual. Me llamo chino, dice el chino, y camina hacia la puerta del departamento para abreviar el ceremonial verborrágico de despedida de Facundo, que me está diciendo que la estación de metro más cercana es la de plaza Lesseps, que también hay una estación de ferrocarril en la calle Pàdua, que hay un supermercado a la vuelta y un pakistaní en la calle Zaragoza que abre por las noches y los domingos.

Salimos al pasillo y entramos al elevador. Te dije que era un piso de puta madre, dice el chino. Saca un cigarro y lo enciende. El descenso de seis pisos, en realidad siete con el entresuelo, basta para que el cubículo se llene de humo. Me pongo a toser. El chino abanica para buscarme los ojos. ¿Tú no fumas?, dice. Le digo que no. Atravesamos el zaguán y al salir a la calle el chino me dice que se va. ¿Y ahora?, digo. ¿Ahora qué?, dice. ¿Ahora qué hago?, pregunto. Qué sé yo, tío, dice. ¿Ir a pasear a las Ramblas? Me refiero a, empiezo a decir, pero el chino me interrumpe: El licenciado ya te lo dirá, dice, y se va.

ESCRÍBELE A TU MADRE CUANDO PUEDAS

Querido hijo, tu madre espera que este correo te encuentre ya instalado y recuperado del cansancio del viaje. No vayas a pensar que tu madre se ha vuelto loca y se va a poner a escribirte todos los días ahora que vives en Europa, la verdad es que tu madre ya se acostumbró a estar lejos de ti después de tantos años que has estado viviendo fuera. Lo que tu madre quería era contarte algunas cosas que le hubiera gustado platicar contigo antes de que te fueras, con las prisas y los trámites y lo de tu primo ya no tuvimos ni un momento de calma.

Por cierto, cuando puedas háblale a tus tíos, se quedaron ofendidísimos de que no fueras al velorio. Tu madre les explicó que tenías cita en la embajada española para solicitar la visa, que no podías cambiarla, pero no hubo manera de que lo entendieran. Tu tía salió con que tú eras el que menos podía faltar, por lo cercanos que eran tú y tu primo. A tu madre le pareció una exageración, según tu madre ustedes nunca se frecuentaron mucho, pero tu madre no iba a ponerse a discutir con tu tía en esas circunstancias.

Muy triste, el velorio, muy deslucido, como siempre que se muere alguien joven. Tu madre nunca ha entendido por qué a los deudos les da vergüenza el muerto, como si no se mereciera un velorio como Dios manda por haberse muerto antes de tiempo, como si la muerte fuera un fracaso que hay que ocultar. La gente cree que en estos casos lo mejor es la discreción, y la discreción acaba pareciendo cosa de muerto pobre, insignificante, rascuache. Las formas importan incluso en estas situaciones, hijo, te lo dice tu madre, las formas importan sobre todo en estas situaciones. Tu madre quiere, cuando llegue el día, que en su velorio la sala esté ventilada y fresca (si es en verano) o calientita y acogedora (si es en invierno). Que haya buen café, de Coatepec, tu madre te hace responsable de conseguir café de altura, que sirvan de algo todos esos años que desperdiciaste en Xalapa. Esas cosas importan, Juan, de lo contrario al día siguiente del velorio la gente anda con agruras y se pone a hablar mal del muerto en el entierro. Y las coronas, tu madre quiere coronas de flores exóticas, coloridas, alegres, que la muerte de tu madre sea un canto a la vida, aves del paraíso, tulipanes importados de Holanda, orquídeas brasileñas, ¡girasoles!, los girasoles no son caros y llenan de luz las estancias, son como pedacitos del sol. ¡A tu madre le salió una metáfora!, has de estar orgulloso de tu madre, hijo, ¿tu madre te ha contado que cuando era joven escribía poesías? Todo eso se acabó cuando tu madre se casó con tu padre, pero tu madre se está desviando del tema, y tu madre no quiere que pienses que tu madre te escribe para quejarse de tu padre, para contarte sus sufrimientos y sus frustraciones, sabes muy bien que tu madre no es esa clase de madre.

En el velorio de tu primo, pocas coronas, pequeñas, de flores del montón, de las más baratas. Los compañeros del trabajo de tu tío mandaron una corona de claveles color de rosa, hubo una confusión y pensaron que tu primo era mujer, anduvieron toda la santa noche disculpándose con tu tío por el error, le echaron la culpa a una secretaria que se la pasó llorando en un rincón de la vergüenza. Por si fuera poco, el féretro estuvo cerrado todo el tiempo y no dejaron que nadie se acercara, pusieron un cordón alrededor como si fuera escena del crimen. Tu tío le contó a tu papá que tu primo tenía la cabeza destrozada, dijo que era como si hubieran tirado una calabaza desde la azotea de un edificio. Estaba muy alterado, tu tío, no sabía lo que decía, tu padre tuvo que recetarle calmantes, un ansiolítico muy fuerte, de esos que ponen en la caja fuerte de las farmacias para que no se los roben los drogadictos. Y ya te imaginarás al pobre de tu padre, toda la noche dando consulta gratis, la gente de veras que es bien aprovechada, se acercaban como no queriendo la cosa para decirle que si les dolía aquí abajo de las costillas, que qué se tomaban para el reflujo, que el niño andaba con tos, que les había salido un sarpullido en las nalgas. Ya sabes que tu padre no sabe decir que no, tiene vocación de samaritano, otro gallo nos cantaría si hubiera entendido a tiempo que la salud de la gente es un negocio, un muy buen negocio, de hecho, tu padre ha de ser el único dermatólogo de la ciudad que no se ha hecho millonario. Por cierto, deja que tu madre te cuente que tu tía Norma vino a decirle a tu padre que le dolía la garganta y tu padre la auscultó y le dijo que fuera al día siguiente al consultorio, y luego tu padre le contó a tu madre que tu tía Norma tenía síntomas de cáncer de tiroides. Ese cáncer es tremendo, dice tu padre, y tu tía Norma tan hipócrita, tan voluble, tan mosca muerta. Ojalá que tu padre se haya equivocado, tu madre te pide discreción, no se lo vayas a decir a nadie hasta que se confirme el diagnóstico.

Ay, hijo, perdona a tu madre por contarte estas cosas horribles ahora, cuando tú empiezas una nueva vida, supongo que tu madre necesita desahogarse, tu madre todavía no se recupera de la mala impresión que le dejó el velorio. Hubieras visto a los amigos de tu primo, sus ex compañeros de la escuela, se la pasaron en una terraza fumando y tomando whisky y hablando de negocios. Tu hermana le dijo a tu madre que toda la noche estuvieron discutiendo sobre el nombre que iban a ponerle a una franquicia de pollos asados. Que unos le querían poner El Pollo Volador y otros Pata de Pollo, como pata de perro, pero de pollo, porque iba a ser pollo para llevar. Y que luego estuvieron explicándole a tu tío por qué su franquicia iba a tener más éxito que el Pollo Pepe. Hablaban de sucursales en Estados Unidos y Centroamérica. Decían que la tasa de consumo de pollo en Honduras y Guatemala era la más alta del mundo. ¿Tú crees? Ha de ser porque el pollo es más barato.

La gente empezó a irse como a la una y cuando tu tía Concha se dio cuenta de que se le iba a vaciar el velorio, juntó a sus amigas del coro de la iglesia para animar un poco el ambiente, que la verdad estaba deprimente. Ahí las tienes a la cante y cante. Canciones de la iglesia. Y hasta rancheras y boleros. Luego tu tía cantó una canción de Maná que dijo que era la favorita de tu primo. Ahí sí se desató la lloradera.

Oye, Juan, y deja que tu madre te cuente que apareció la famosa Karla, ¿te acuerdas?, la supuesta novia de Cozumel de la que tu primo siempre hablaba. Tu madre llegó hasta a creer que era inventada, como tu primo nunca la traía, y ya ves cómo era tu primo de mentiroso. Pues que aparece, Karla, quién sabe quién le habrá avisado. Bien chaparra, cabezona, prietita, toda maya. Con los pies chiquitos como para subir corriendo pirámides. Poquita cosa, casi que hubiera sido mejor que fuera inventada. También llegaron unos amigos de Cozumel, tenían facha de que se iban a poner a vender hamacas a medio velorio. Se vinieron todos en camión desde allá, imagínate, y se fueron directo al velorio desde la central camionera (bueno, en camión desde la costa, deben haber salido de la isla en una lancha). Nomás se lavaron la cara en el baño, olían como a sábanas revolcadas. Tu tío andaba muy mortificado, no sabía ni dónde esconderlos.

Ya en el delirio de las cuatro de la madrugada tu tía Concha pidió silencio a los que quedaban y anunció muy solemne que ella y tu tío, con el apoyo de los jesuitas, iban a crear una fundación con el nombre de tu primo. La fundación Lorenzo Villalobos. Según esto, la fundación se va a dedicar a promover la educación vial, para que los niños aprendan a atravesar las calles y a cruzar los puentes por arriba y no por abajo como tu primo. Hubo aplausos. El marido de una de las amigas de tu tía, del coro de la iglesia, resultó que es diputado y les prometió todo el apoyo del congreso del estado. Hasta se echó un discurso, pero le salió mal, porque en un momento dado pareció que estaba criticando a tu primo por imprudente o distraído. O por menso. Se supone que fue un accidente, pero, la verdad, tu madre se queda pensando qué hizo tu primo si tenía la cabeza destrozada, ¿se acostó en la calle para que le pasaran con las llantas por encima?

Pero tu madre no te escribe para contarte eso, sino para decirte que tu madre quiere que sepas que está muy orgullosa de ti. En el velorio, aunque no fuiste, el protagonista eras tú. Todos hablaban de ti. Tus primos a la pregunte y pregunte, se mueren de envidia de que vives en Europa. Ya ves, tanto que se burlaban de ti, tan poca cosa que les parecías. Tu madre se acuerda de una Navidad, cuando tu abuelo todavía vivía y tú te quedaste en Xalapa, que cuando tu madre les dijo que no podías venir porque estabas terminando de escribir la tesis, se pusieron a inventarle títulos. Que si la hemorroide en la obra de Octavio Paz. Que si la narrativa gay urbana posrevolucionaria apocalíptica. Que si el gerundio como herramienta del imperialismo yanqui. Puras payasadas. Ahora se tienen que tragar sus palabras. Ellos se quedan en este país desharrapado, administrando sus lavacoches y sus moteles (por cierto, parece que tu primo Esteban está en quiebra), y tú dándote la gran vida en Europa.

Hijo, tú sabes que eres el hijo favorito de tu madre, pero no se lo digas a tu hermana, tu madre lo negará si lo haces. Acabo de encontrar los álbumes de fotos de cuando tú y tu hermana eran chiquitos y me acordé de la casa de Lagos, de cómo tu madre se sentaba en la sala y miraba por la ventana y veía las ramas altas de la higuera, las torres de la parroquia allá abajo en el centro, y parece que fue ayer cuando desde ahí tu madre te veía a ti y a tu hermana buscando cochinillas en el jardín o tirándole piedras a las ventanas del vecino.

Ay, hijo, ya ves, a tu madre le salió un correo muy largo, discúlpala, con lo ocupado que debes estar ahora. Dale saludos a Valentina de parte de tu madre, a tu madre le hubiera gustado convivir más con ella, pero se ve que es una buena muchacha. Tu madre confía, además, en tu buen criterio. Claro que si conoces a una española guapa, tu madre estaría feliz de mejorar la raza con unos nietos europeos. Escríbele a tu madre cuando puedas, y no te olvides que tu madre te piensa y te abraza a la distancia.

DIARIO DE JULIO VERNE

Martes 2 de noviembre de 2004

Estoy segura de que no hay nada más falso que el hecho de que una persona que se ha pasado los últimos años estudiando diarios, memorias, autobiografías y todo tipo de escritura íntima se ponga a escribir un diario. Especialmente si su interés hasta ahora había sido académico y no creativo. Pero yo no quiero hacer literatura, de eso estoy segura. Dos certezas en el primer párrafo, nada mal. Aunque, como siempre, son certezas teóricas.

Es tan tramposa la escritura íntima que ya estoy justificándome como si estas páginas, algún día, fueran a ser leídas por alguien. O peor: como si fueran a ser publicadas. Si el impulso que me hizo comprar este cuaderno fuera genuino contaría cualquier cosa, directamente y sin preámbulos. Decir que hoy no llovió. Que estoy en la página 92 de *Los detectives salvajes*. Transcribir la conversación absurda que tuve esta mañana en la papelería (tanto problema para comprar una pluma, la pluma con la que estoy escribiendo y que aquí llaman «bolígrafo»). Registrar que hoy me comí una mandarina y dos manzanas. Que ha pasado una semana desde que llegué a Barcelona y sigo sin dirigirle la palabra a Juan Pablo y él no se esfuerza lo suficiente para que yo lo haga. Y después de esas dos o tres banalidades, ahora, como en cualquier inicio de confesión, asegurar enfáticamente que todo lo que voy a escribir es verdad. Todo. En plan Rousseau. La promesa de veracidad. El pacto autobiográfico. Como si alguien, de todas maneras, me fuera a creer. No voy a pedirle a nadie que me crea.

De acuerdo, escribí dos mentiras. No me comí una mandarina. Ni dos manzanas. Era un decir, como decir que me había comido una pera. O una rebanada de piña. En realidad era un plagio, de los diarios de Sylvia Plath, gran comedora de mandarinas. Comí espaguetis con salsa de jitomate. Cené espaguetis con salsa de jitomate. Igual que ayer y que anteayer y que mañana, supongo. Juan Pablo preparó pollo y ensalada para la cena. Me ofreció. Le dije que no y me acosté con Bolaño en el cuarto luego de embutirme los espaguetis parada en la cocina, al lado del horno de microondas. De lejos oía la cháchara de Juan Pablo con los dos argentinos en la sala, cenaban con la televisión encendida, viendo un partido de futbol (debería escribir en algún lugar que vivimos en un departamento compartido con dos argentinos, Facundo y Cristian, los dos de Buenos Aires, los dos del barrio de la Boca).
Cuando Juan Pablo volvió al cuarto también se acostó y se puso a leer. No sé qué leía: le di la espalda. Tenía ganas de pegarle en la cabeza con el mamotreto de Bolaño (aunque es la edición de bolsillo, si le imprimiera velocidad al movimiento seguro que le sacaría un buen chipote). Seguimos leyendo. Como nadie dijo nada, ni buenas noches, la luz de la lámpara se quedó encendida toda la noche.

Once de la mañana. Juan Pablo se fue a la universidad. Yo salí a pasear por el barrio, a hacer una vuelta de reconocimiento. En la parte trasera del edificio hay una avenida muy grande (una Ronda, la llaman), ruidosísima, una de esas fronteras urbanísticas monstruosas. En la parte delantera hay una maraña de callecitas. La Ronda atestada de coches, más la pendiente de la ciudad, me empujan siempre hacia abajo (todavía no he atravesado la avenida para ver qué hay más arriba).

En el barrio, a esa hora, sólo hay viejos. Estirados. Vistiendo abrigos demasiado gruesos para el frío (no hace tanto) y jalando carritos en los que van guardando la verdura, el pan, la carne o el vino que compran. Los más viejos no jalan nada: son empujados. Van en sillas de ruedas manejadas por mujeres latinas. Sus rostros, por momentos, me hacen sentir en casa. Hasta que hablan y escucho esos acentos tan distintos (son peruanas, ecuatorianas o bolivianas, la mayoría). En la calle Pàdua hay una carnicería y una panadería que parecen boutiques de diseño. Una charcutería donde cien gramos de jamón serrano cuestan lo que yo me gasto en tres días de espaguetis con salsa de jitomate.

Creo que ya entendí por qué Juan Pablo se empeñó en vivir en este barrio, aunque había opciones más baratas. Doscientos cincuenta euros es una locura, un despilfarro idiota. Yo vi anuncios de ciento cincuenta, ciento ochenta, la mayoría alrededor de doscientos. Claro, eso era por el Paralelo, o en el Raval, pero la ubicación no era un problema, de todas maneras Juan Pablo tiene que tomar el tren para ir a la universidad a Bellaterra. A menos que... A menos que lo que Juan Pablo quisiera fuera evitar esas calles pobladas de marroquíes y ecuatorianos, de mulatos dominicanos y mujeres con velo. Esas carnicerías halal y esas peluquerías afro. Lo que quería Juan Pablo era vivir en un barrio de gente *bien*. Se trajo cargando en la maleta los prejuicios de su familia. A mí, por lo que veo en la calle y por cómo soy vista, por esas miradas que se me clavan como espinas, me parece que venimos a meternos a un barrio de franquistas.

Jueves 4

Por la noche bajé corriendo al supermercado antes de que cerrara para renovar las provisiones de espaguetis y de salsa de jitomate. Estaba agachada delante del estante de las conservas cuando una mujer me pidió dos frascos de espárragos. Se los acerqué con el brazo estirado, sin levantarme, y me indicó con la mirada que los pusiera en su carrito de la compra. Luego me dijo que la acompañara a buscar leche, que ella no podía cargar los envases porque estaban muy pesados. La miré desconcertada. Sólo entonces reparó en mi vestimenta.

–Perdona, perdona –me dijo–, pensé que trabajabas en la tienda.

Hizo un ademán con la mano derecha recorriendo su rostro, señalando, metafóricamente, mis facciones y el color de mi piel, para excusarse sugiriendo que si se había confundido era por culpa de mi apariencia.

–Pero eres muy guapa –me dijo.

No debería darle importancia, pero.

No debería escribir sobre esto, pero.

Pero.

Pero.

Esta mañana hacía un día precioso, sin una sola nube en el cielo y con un frío que apenas calaba. Bajé a la calle a que me pegara el sol, como un gato. O como una abuelita: descubrí, al otro lado de la Ronda, un parque muy bonito que sirve de asoleadero público de la tercera edad. Filas de sillas de ruedas orientadas al sol, las bancas ocupadas por los abuelos que aún controlan sus movimientos.

Encontré un lugar junto a una señora que dormitaba plácidamente. Al sentarme se despertó sobresaltada. Tenía unos bonitos ojos azules, todavía más claros que los de Juan Pablo. El rostro cubierto de unas manchas pequeñitas que quizá en su juventud eran pecas. Calculé que no tendría más de setenta años. Le pedí disculpas por despertarla.

–No te preocupes, hija –me dijo–, no debería quedarme dormida, porque luego a la noche no puedo dormir.

Levanté la cabeza hacia el sol y cerré los ojos.

–¿De dónde eres? –dijo la mujer–, tú no eres de aquí, por aquí no tenemos gente tan guapa.

Me reí contenta. Le dije que era de México.

–Bonito país –me dijo.

–¿Conoce? –le pregunté.

–Uno de mis hijos está viviendo en DF –me dijo–, trabaja para una empresa española, una constructora. Fui a visitarlo en verano y nos fuimos con los nietos unos días al Caribe, a ver las pirámides. Es precioso todo eso. La pena de tu país es que la gente que manda sea tan mala. Mi hijo dice que es imposible hacer negocios sin corrupción, que hay que darle dinero a un político y al otro también.

Me hubiera gustado decirle que no era verdad, pero como era verdad no le dije nada. Me quedé callada. Luego pensé que buena parte de la culpa también era de la empresa en la que trabajaba el hijo, que pagaba los sobornos en vez de denunciar la extorsión o renunciar al negocio.

—¿Cómo se llama la empresa donde trabaja su hijo? —le pregunté a la señora.

Se rió a carcajadas.

—Se dice el pecado, hija —me dijo—, no el pecador.

Domingo 7

—Voy a dar una vuelta —me dijo Juan Pablo a media mañana—, tú también deberías salir.

Yo estaba tirada en la cama, en pijama, en la página 235 de *Los detectives salvajes*. No sé qué me hirió más: que su comentario me excluyera de su paseo (que no sólo no me invitara, sino que me impidiera acompañarlo sin que eso significara humillarme) o que se creyera en la posición de darme consejos.

—No sé quién se cree Juan Pablo para darme consejos —dije, de hecho, y volví a concentrarme en la lectura.

¿Qué se supone que debería hacer? ¿Irme a caminar a la playa o al Barrio Gótico? ¿Para qué? ¿Para comprobar que Barcelona es bonita? ¿Que Barcelona es «guapa», como dice la publicidad del ayuntamiento?

Prefiero quedarme con la Barcelona miserable de las memorias de Fray Servando, esa Barcelona de pobres donde «el que no se menea no come», esa Barcelona de estercoleros dentro de las casas, de patios anegados de basura y excremento, esa Barcelona insurrecta donde, por mandato de los Borbones, el cuchillo para partir el pan tenía que estar encadenado a la mesa y había que pedir autorización y pagar un derecho para obtener un fusil para cazar conejos.

Más tarde interrumpí la lectura porque tenía hambre. En la sala me encontré a Facundo con su hija, Alejandra, que acaba de cumplir seis años y vino a pasar con él el fin de semana (está separado de la madre).

–Ale, hacele un dibujo a Vale –le dijo Facundo, que aprovechó para ir al baño.

Me quedé observando cómo la niña trazaba un sol, una princesa, una flor, una montaña. Era malísima dibujando.

–La princesa sos vos –me dijo, y le pintó de negro la cara.

Cuando Facundo volvió me fui a recalentar en el microondas los espaguetis que habían sobrado de la cena y escuché que la regañaba:

–Pero Vale no es negra, Ale, mirá que se va a poner triste la petisa.

–Sí es negra, papa, mirala bien y verás que es negra. –Decía papa como si Facundo fuera el Papa o una papa.

–Dejate de tonterías, Ale, mirala bien vos, es morocha. Andá, hacele otro dibujo.

Lunes 8

Desperté tarde y no había nadie en el departamento (Juan Pablo ya se había ido a la universidad). Pensé en aprovechar para tirarme a leer en la sala, a la luz natural. Me preparé un café y releí las últimas páginas de *Los detectives salvajes* que había leído la noche anterior, antes de quedarme dormida, mientras calentaba la leche en el microondas. Soy muy mala leyendo novelas, se me olvidan las cosas y tengo que estar regresándome todo el tiempo, me angustia perder el hilo de la trama. La lectura de un diario es totalmente distinta: saber que lo que da lógica a la narración es una vida y no una estrategia, es decir, un artificio, me tranquiliza.

La sala era un caos: colores, muñecas, dibujos, bolitas de plastilina, piedritas de bisutería tirados por todos lados. Las huellas del Huracán Alejandra, como le dice Facundo cuando la regaña. Recogí lo estrictamente necesario para sentirme cómoda, fui amontonando las cosas sobre una de las mesitas laterales. Entre los dibujos descubrí una página en la que la niña había escrito varias veces:

me iré sin quedarme
me iré como quien se va

No pude ponerme a leer del susto. Me acordé de una película coreana de terror y de una historia que contaban en Coatepec cuando yo era pequeña, sobre una niña que se había despedido de todo el mundo antes de morir en un accidente. Yo ya me voy, decía la niña, o eso contaban que decía. En la película coreana dos gemelitas llenaban una pared de su casa con mensajes apocalípticos, que resultaban ser las sentencias de muerte de la gente que se iban cruzando en la calle, durante la película. Menos mal que Facundo no tardó en llegar.

–¿Viste esto? –le pregunté en cuanto abrió la puerta, impidiéndole que pasara.

–Ah, sí –me dijo mientras se quitaba la chamarra–, son unos versos de un poema, la boluda de la madre de Alejandra lo tiene tatuado en la espalda, ¿vos no lo conocés?, ¿vos no habías estudiado letras? Es de Alejandra Pizarnik, la boluda se lo tatuó en Buenos Aires cuando tenía dieciocho años y estaba loca por pirarse, decía que Argentina no era un país, que era una enfermedad incurable, mirá que es boluda la boluda.

47

Dos y media de la madrugada. Desperté, sobresaltada. Juan Pablo gemía. Sollozaba. No sabía si tenía una pesadilla o si estaba despierto. Me giré para encararlo. La luz de la lámpara se había quedado de nuevo encendida.

–¿Qué pasa? –le dije cuando vi que se estremecía, la mirada perdida en la pared de la izquierda, las manos presionando a la altura del esternón.

–Gastritis –me dijo–. No aguanto.

–¿Tomaste algo? –le pregunté.

Me dijo que sí. Se levantó al baño y al volver al cuarto dijo que se iba a urgencias. Mientras se vestía estuve dudando si debería acompañarlo. Llegué a la conclusión de que él debería pedírmelo. Hacerme sentir que me necesita. Se fue sin despedirse. Me puse a leer *Los detectives salvajes*, incapaz de retomar el sueño.

Volvió después de las cuatro. Le recetaron el mismo medicamento que ya se estaba tomando.

Por la mañana, Juan Pablo insistió en que fuéramos a la Fundación Miró y yo acepté porque quise creer que por fin empezaba a reaccionar. Que la crisis de gastritis podría significar que había tocado fondo. Pensé que nos haría bien un simulacro de normalidad. Pero nada. Las buenas intenciones (si acaso las tenía) se le evaporaron en el camino. Vagamos en silencio por el museo y ni siquiera lo vi conmovido delante de los móviles de Calder, que se suponía que tanto le gustaban (y que sólo había visto antes en fotografías y videos).

Para colmo, en la noche, a Juan Pablo le empezaron a salir ronchas por todos lados. Fue otra vez de urgencia al hospital. Le dijeron que era una alergia. Según Juan Pablo, ya la había tenido antes y se le había quitado en Xalapa. Le dije que, por lo que yo sabía, era al revés: que la gente se hacía alérgica con la humedad y los hongos de Xalapa.

—Eso que Juan Pablo tiene parece una dermatitis nerviosa —le dije.

—Seguro que tú sabes más que el doctor —me dijo—. Estas ronchas las tuve de chiquito y mi papá me las trató. No se te olvide que mi papá es dermatólogo.

Se puso una pomada que, estoy segura, es para la dermatitis. Por lo menos nos peleamos.

Jueves 11

Por la tarde fui a la Pompeu Fabra a pedir información sobre el doctorado en humanidades y resultó que a las siete había una conferencia sobre autoficción de Manuel Alberca. Me refugié en la biblioteca para perder el tiempo y luego busqué el aula y me colé, o creí que me colaba, porque acabé descubriendo que era un evento abierto.

Me encantó la experiencia de que una bibliografía se convirtiera en una persona de carne y hueso. Se lo dije al final al doctor Alberca, me acerqué a darle las gracias, por la conferencia y por sus textos, que me ayudaron tanto en la tesis de licenciatura. Creo que exageré en mi entusiasmo, porque hasta se ruborizó y yo me puse a contarle de mi tesis sobre Fray Servando, le dije que, aprovechando mi estadía en España, pensaba profundizar en los fragmentos que pueden leerse como relatos de viaje, la parte más divertida de sus memorias, donde habla barbaridades de Madrid y Barcelona, que el año próximo iba a matricularme en el doctorado de la UB, porque quería trabajar con Nora Catelli (todo verdades a medias, por la euforia del momento). Me dijo que él estaba en Málaga (yo ya lo sabía), para lo que se me ofreciera. La gente de la universidad lo apresuraba, con cierta impaciencia que me incomodó muchísimo. Me dijo que irían a cenar algo por ahí cerca, que fuera con ellos. Salió un grupo grande con rumbo a un bar de tapas, dijeron, todos tratando de llamar la atención del doctor Alberca, hablando de sus proyectos de investigación y de sus lecturas. El grupo se fue estirando y yo me fui quedando atrás, tímida e indecisa, invisible, hasta que ya no formaba parte del grupo. Más bien parecía que los estaba persiguiendo. Vi la entrada del metro a lo lejos y me encaminé hacia allá como si ésa hubiera sido mi intención desde el principio.

Al llegar a Julio Verne me encontré a Juan Pablo en la entrada del edificio. Iba saliendo a reunirse con unos compañeros del doctorado todo embarrado de pomada. Me preguntó si quería ir y, como me pareció que pensaba que yo iba a decir que no (que él quería que yo dijera que no), le dije que sí. Tampoco pareció muy contrariado de que aceptara, como si tuviera problemas mucho más importantes que los que tiene conmigo.

Bajamos caminando a un bar de Gràcia, atravesamos un par de plazas llenas de perros y de okupas, siempre en silencio. Los okupas son para mí un enigma, un fenómeno asombroso, de quienes estaba enterada sólo por las películas. En el bar, una caverna color rojo en la que apenas se podía respirar por el humo del cigarro, pude presenciar por fin lo que había estado tratando de imaginarme todos estos días: la nueva vida de Juan Pablo. Había dos chilangos, dos peruanas de Lima, un colombiano de

Medellín, una brasileña de São Paulo y uno de Bahía. Un catalán de Tarragona. Una catalana de un pueblo de Lleida. Se conocieron en un curso de mitología junguiana. Quién sabe qué hace Juan Pablo matriculado en ese curso, quién sabe qué tiene que ver Jung con el humor en la literatura latinoamericana.

Nos quedamos en un extremo de la mesa, al lado de Iván, el catalán de Tarragona, que se puso de golpe a hablarle a Juan Pablo sobre la parodia, sin prólogo ni introducción, como si retomara una conversación que hubiera quedado interrumpida.

–El problema de la parodia –le dijo– es que para que sea inteligente tiene que ser ideológica, y si es ideológica deja de ser divertida, o sólo es divertida si compartes la misma ideología, lo cual en el fondo es un coñazo.

Me imaginé que estarían hablando de Ibargüengoitia, de la tesis de licenciatura de Juan Pablo, o de su proyecto de tesis para el doctorado. Juan Pablo le dijo, efectivamente, que no creía que hubiera una predisposición ideológica en la obra de Ibargüengoitia.

–Si no hay predisposición ideológica sería una parodia vacía, idiota –le dijo Iván–. Te burlas de algo, lo ridiculizas, ¿para qué?, ¿para nada?, ¿sólo por el gusto de demostrar que eso de lo que te estás burlando es una puta mierda? ¿Y luego qué? Eso es cinismo, tío, lo que Sloterdijk llamó realismo malvado.

Se puso a explicarle lo que decía Sloterdijk en la *Crítica de la razón cínica*, el «cinismo de la nueva época», intercalando algo del «malestar de la cultura» de Freud, un ejemplo del *Walden* de Thoreau, y por unos minutos, mientras Iván profundizaba en su cháchara, tuve la sensación reconfortante de que nada había cambiado y de que era una noche cualquiera en la Chiva, el bar de Xalapa al que íbamos hasta hacía unas semanas. Cuando Iván argumentó que, de manera implícita, el que parodia está atacando una ideología y defendiendo otra que considera superior, Juan Pablo sacó *a relucir* a Baudelaire, a relucir no porque no viniera al caso, al contrario, lo sacó a que brillara, como una figurita de colección o un tótem académico.

–Baudelaire dice que la risa surge de la idea de superioridad del que ríe. El que ríe se ríe de otro, de otro que se tropieza y se cae, por ejemplo, y el que se ríe se ríe porque, en el fondo, sabe que él está a salvo, que él no es el que se está cayendo.

–¿Baudelaire dijo eso? –le preguntó Iván.

–Más o menos –le contestó Juan Pablo–. Baudelaire lo dijo de manera más tremendista. Baudelaire dijo que la risa es satánica porque proviene de la idea de la propia superioridad. Dice que el único capaz de reír de su propia caída es el filósofo, que tiene el hábito de desdoblarse y de, abro comillas, asistir de manera desinteresada a los fenómenos de su yo.

A partir de ahí, Juan Pablo, previsiblemente, aunque no con la vehemencia habitual, se puso a hablar de un proyecto del que habla siempre que está medio borracho, el de crear un grupo de lectura de extranjeros que lean y comenten las crónicas de Ibargüengoitia, un proyecto de sociología de la literatura, en realidad, según él para confirmar su hipótesis de la primacía de los prejuicios del lector sobre el contenido del texto en la producción de significados, un proyecto que muestre cómo los lectores pueden apropiarse de un texto y tergiversarlo para hacerlo confirmar sus prejuicios, en este caso contra los mexicanos.

–Que los mexicanos somos huevones, corruptos, una suerte de raza degenerada –dijo Juan Pablo.

52

–Pero los lectores, por más extranjeros que sean, no escribieron el texto –le contestó Iván–. *Eso* está en las crónicas, fue Ibargüengoitia el que retrató de esa manera a los mexicanos.

–De acuerdo –dijo Juan Pablo–, pero no puedes comparar el efecto en un lector mexicano de un proceso de autorreconocimiento, que puede resultar catártico, con el efecto en un lector extranjero de un proceso de generalización del otro, que sirve para confirmar prejuicios que llevan a actitudes xenofóbicas.

Siguieron por ahí un rato más, un par de cervezas más, hasta que Juan Pablo se trasladó a la otra punta de la mesa, a platicar con las peruanas. Iván se olvidó de la charla anterior, en la que yo no había dicho ni pío, se cambió el casete y se puso a hablarme de espadas medievales (su tesis es sobre un poeta arcaizante). Estaba tan concentrada en espiar a Juan Pablo (no se le veía muy contento que digamos, se le veía más bien ausente) que tardé en descubrir, perpleja, que Iván se me estaba insinuando. Eran comentarios sutiles, que podían interpretarse como bromas si yo no lo dejaba ir más allá, que le permitirían retirarse con dignidad en caso de que yo le pusiera un alto, pero que eran también los prolegómenos de una estrategia de seducción si yo le correspondía.

Mi perplejidad no fue porque se me insinuara, eso podría incluso haberme halagado (en otras circunstancias), sino porque entonces me di cuenta de que Juan Pablo no me había presentado como su novia. Y que no les había hablado de mí antes. Interrumpí la disertación de Iván sobre cruces góticas, le dije que me esperara y me escapé al sótano del bar, donde había fila para entrar al baño de mujeres. Vi la puerta entreabierta del baño de hombres, me asomé, era un minúsculo cuarto con un escusado, estaba desocupado, y me encerré antes de que nadie protestara.

Limpié los chisguetes de la taza y me senté a orinar. Había tomado tres o cuatro cervezas, empezaba a sentirme borracha. Hijo de la chingada, pensaba, qué hijo de la chingada. Pendejo. Cabrón. Comemierda, como diría el colombiano de Medellín. Gilipollas, como diría Iván, que me quería coger, o más bien follar. Levanté la vista y vi la puerta rayada de arriba abajo. «Por una Cataluña libre de sudacas, moros y españoles». «Catalanes somos todos: sudacas, moros y españoles somos más catalanes que este cateto bajado de las montañas». «Moros y sudacas sí, españoles no». «Fascistas de mierda». Saqué las llaves del departamento y rayé en mayúsculas una frase de Fray Servando que me pareció perfecta para terminar de adornar esa puerta: «NO SE PUEDE DECIR LA VERDAD DE ESPAÑA SIN OFENDER A LOS ESPAÑOLES». Tardé bastante (tocaron dos veces a la puerta, con impaciencia).

Salí del baño. Subí de vuelta al bar. Juan Pablo y sus amigos ya no estaban.

Sábado 13

–¿Sabés qué es lo que más me gusta de vos, boluda? Que no sos como todos esos boludos que llegan a vivir a Barcelona y se la pasan con la boca abierta como tarados, que llegan acá y van todos los días a la Rambla o a la Sagrada Familia hasta que un día un gitano les afana la cartera, por boludos. Pero vos sos diferente, boluda, vos vas a tu bola, vos sabés lo que querés, no te dejás impresionar por el oropel de esta ciudad de mentira. ¿Entendés de lo que estoy hablando, boluda?

54

Iba a decir algo, pero Facundo siguió de inmediato, era el precio que tenía que pagar por haberle aceptado las empanadas para la cena.

—Es una combinación letal, boluda, por un lado los boludos que vienen a vivir acá y esto les parece más lindo que Disneylandia, y por el otro los boludos de los catalanes, que como no conocen nada dicen que Cataluña lo tiene todo, mar y montaña, y se creen que viven en el paraíso.

Facundo se metió a la boca la mitad de empanada que desde hacía varios minutos aguardaba, desesperanzada, que terminara de comérsela. Aproveché la pausa para meter mi cuchara:

—Eso es exactamente lo que decía Fray Servando a principios del siglo XIX —le dije—. Que como los españoles no viajan no tienen cómo hacer comparación y por eso España les parece lo mejor del mundo, el jardín de las Hespérides.

—Exacto, boluda —arremetió Facundo de nuevo, masticando la empanada todavía, pude ver hasta las aceitunas trituradas en sus molares—. Se creen que Barcelona es la leche porque no conocen Londres o Nueva York, no conocen ni París, boluda.

Seguí comiendo empanadas, deliciosas, ésas sí, por comparación: después de tantos días de espaguetis las empanadas me parecían un manjar de los dioses. Dejé que Facundo parloteara a sus anchas, intercalando un «ajá» de vez en cuando, empinándome la botella de cerveza después de cada dos o tres mordidas. Estábamos casi solos en el departamento, Juan Pablo no había regresado todavía (había salido en la tarde «a dar una vuelta»), Cristian tenía turno de noche en el restaurante y Alejandra dormía en el cuarto de Facundo desde las nueve y media. De repente Facundo se había sentido obligado a invitarme a cenar, según esto para agradecerme que me hubiera pasado toda la tarde dibujando con Alejandra, haciendo pulseritas, peinándola, aunque en realidad eso es lo que pasa cada vez que la niña viene.

—Acá vivía antes una pareja de colombianos, boluda —seguía Facundo—, en el cuarto donde vos vivís ahora con el boludo de tu novio. Por cierto, dejame que te diga, pero qué boludo es tu novio, boluda, el otro día bajamos juntos en el ascensor y le pregunté adónde iba. ¿Y sabés qué me contestó el boludo? ¡Que a clases de catalán, boluda! ¡A clases de catalán! Dejate de joder, boluda, los catalanes no quieren que los demás hablen catalán, boluda, lo que quieren es sentirse superiores, o como mínimo diferentes, pero ya el boludo de tu novio se va a enterar, cuando quiera hablar catalán en la calle y nadie le haga ni puto caso. Pero iba a contarte a vos de los colombianos, un par de boludos del tamaño de la cancha del Barça, boluda, diciendo boludeces todo el tiempo sobre lo linda que era Barcelona, los boludos se hacían bocadillos y se sentaban a comer frente a las casas de Gaudí, mirá que eran boludos los boludos. Me venían todo el tiempo con historias de museos y parques, que si yo conocía tal restaurante donde hacían el mejor pan con tomate de toda Cataluña, boluda, ¡si yo vivo acá, boludos!, yo no hago el turista a menos que sea por laburo, que me contraten para hacer la Lonely Planet y si me pagan una buena guita puede que hasta aguante las mariconadas de Gaudí, boluda. Y luego se pelearon los boludos, boluda, la mina se lió con un catalán y largó al pibe, obvio, a la mina le gustó tanto Barcelona que dijo de acá no me saca nadie, y el boludo en vez de verle al mal tiempo buena cara, en vez de aprovechar la separación para darle la vuelta al mundo en ochenta minas, porque eso sí que tiene Barcelona, boluda, acá podés irle poniendo banderitas al mapa, ¡qué de minas lindas hay en Barcelona, boluda!, escandinavas, negras, latinas, asiáticas, lo que quieras, boluda, pero el boludo va y se regresa a Colombia. Qué boludos los colombianos, ¡no se merecen que Dios les haya dado tantas bendiciones, boluda! Escuchame, por cierto, ¿vos no querés una rayita? ¿Te molesta que me haga una?

Lo mejor será que deje de escribir ya, que pare con este ejercicio de pintoresquismo barato para ridiculizar a Facundo, mi triste venganza porque me haya querido meter mano después de meterse tres rayas, y porque quisiera cobrarme diez euros por las empanadas después de que lo rechazara indignada, después de que le gritara que si no se había enterado de que yo era la novia de Juan Pablo y de que Juan Pablo iba a llegar en cualquier momento.

–¿Sos tan boluda que no te das cuenta, boluda? –me dijo–, el boludo y vos están en direcciones opuestas, son el clásico caso de la pareja a la que Barcelona separa. Un caso de manual. Divorcio a la catalana. La gente que llega junta acá no aguanta, boluda. Barcelona es una mina muy puta, boluda. Te lo digo yo que estoy separado, boluda. De verdad que sos boluda, son las dos de la mañana, ahora mismo el boludo de tu novio se debe estar follando a una boluda como vos, una boluda que se levantó en un bar de Gràcia o del Born, una boluda igual de boluda que vos, pero más guapa. ¿Vos quién te crees que sos, tan digna? ¿María la del Barrio?

Tres cuarenta y cinco de la mañana. Terminé de leer *Los detectives salvajes*. Juan Pablo todavía no llega.

ESTO LE HUBIERA GUSTADO MUCHO
A JUAN PABLO

La doctora Elizondo pescó el manojo de llaves de encima de su escritorio y dijo: Vamos a tomar un café. En el escritorio de al lado, el doctor Valls, de quien yo había leído su antología del cuento español contemporáneo publicada por Anagrama, fingió que no se enteraba de nada, detrás del altero de libros que lo rodeaba. Quizá no se enteraba de nada. Aunque, por muy distraído o abstraído que estuviera, resultaba improbable que no hubiera reparado en la frase que yo acababa de decir: Quiero cambiar de tutor, había dicho, con un tono de voz innecesariamente asertivo.

Salimos al pasillo y la doctora Elizondo se detiene frente a la máquina expendedora de café. ¿No prefiere ir a la cafetería, doctora?, digo. Pulsa el botón del café cortado y me dedica una mirada despectiva de medio segundo, con la exacta misma dosis de furia y decepción de las miradas de Valentina desde que llegamos a Barcelona (la misma mezcla, quiero decir). La doctora Elizondo al menos reconoce mi existencia, todavía, no como Valentina, que se dirige a mí en tercera persona, como si yo no estuviera presente y ella hablara con un amigo imaginario (una amiga imaginaria, más bien, a juzgar por la retórica y el contenido de los comentarios). Lo que más me molesta de Juan Pablo es que quiera hacer como que no pasó nada, dice. No sé si algún día se me van a olvidar las cosas horribles que me dijo Juan Pablo, dice. E incluso, la semana pasada, delante de uno de los móviles de Alexander Calder en la Fundación Miró: Esto le hubiera gustado mucho a Juan Pablo, me dijo, mientras mirábamos el movimiento casi imperceptible de unas bolitas de colores, como si yo estuviera muerto.

Le pido un expreso a la máquina, espero a que el vasito termine de recibir el líquido y salgo al frío de noviembre, caminando hacia la jardinera donde la doctora Elizondo me espera sentada. ¿Cuál es el problema?, dice. Este, ninguno, digo (la comezón empieza en la nuca y baja por la espalda). ¿Y entonces?, dice, y entonces me enredo explicándole cosas que ella ya sabe que yo ya sabía cuando le pedí, por correo electrónico, que fuera mi tutora y que me hiciera el favor de firmar los papeles para solicitar la beca. Que ella es especialista en narrativa andina. Que mi proyecto de investigación se concentra sobre todo en Río de la Plata, Cuba y México. Que ella trabaja con mitología. Que es greimasiana. Que aunque admiro mucho el trabajo de Greimas, especialmente su concepto de la semiótica de las pasiones, no me parece la metodología adecuada para mi investigación. Que el humor y la semiótica no encajan. Lo digo todo revuelto y sin parar de hablar, como si en lugar de hablar me estuviera rascando o como si estuviera demostrado científicamente que la verborrea cura la comezón (ahora me pica el cuerpo entero). Cierro la boca cuando me doy cuenta de que ya estoy cantinfleando: la comedia es un efecto y la semiótica es una causa, acabo de decir, pero es un efecto de otra causa, la comedia y la semiótica son discursos paralelos que nunca se tocan, este, no como la semiótica y la tragedia, o como la semiótica y la mitología, que son perpendiculares. Detrás de los anteojos que le dan un aspecto vagamente tortuguil, de tortuga sabia de las islas Galápagos, para ser exactos, la mirada de la doctora Elizondo es tan expresiva que no necesita decir nada para que yo sepa que está pensando que soy un imbécil. O más bien un capullo. O que tengo la cara llena de ronchas. Aprieto el vasito que sostengo entre los dedos pulgar e índice de la mano derecha. El café desciende presagiando, de inmediato, la gastritis. No sé por qué lo hago, le diría, si dijera la verdad, si pudiera decirle la verdad le diría que sólo obedezco órdenes, que he caído en las redes de una organización criminal que me obliga, bajo amenaza de muerte, a cambiar el tutor y el tema de mi tesis doctoral. No voy a pedirle a nadie que me crea.

¿Has ido al médico a que te vean esa dermatitis?, dice la doctora Elizondo. Le digo que es una alergia, que mi padre es dermatólogo. Parece una dermatitis nerviosa, dice, y sospecho que su preocupación por mi salud no es del todo desinteresada (el diagnóstico de una crisis nerviosa por el cambio de país o por el estrés del doctorado le permitiría aceptar lo que le estoy pidiendo sin que eso hiriera su amor propio). Es una alergia multifactorial, insisto, la tengo desde pequeño, miento, robándole esa posibilidad, más preocupado, debido a un reflejo narcisista, por mi amor propio que por el suyo. Tendría que ensayar más mi sentido de la supervivencia (lo voy a necesitar). La doctora Elizondo resopla, contrariada. ¿En quién has pensado para sustituirme?, dice, con franco despecho, como si los académicos también cantaran rancheras. ¿En quién?, repito, postergando unos cuantos segundos la revelación del nombre que me deletreó el licenciado en la última de nuestras llamadas, que hice esta vez desde un locutorio de Sants. Apunta, dijo el licenciado. No tengo pluma, dije. Pues pide una, chingada, dijo el licenciado, apúrate. Abrí la puerta de la cabina telefónica y tres personas se abalanzaron de inmediato, pensando que ya había terminado, una mujer con velo, un tipo con pinta de boliviano o de peruano y un subsahariano, como si fuera el inicio de un chiste: estaban una vez en un locutorio una musulmana, un latino y un negro. Les hice señas de que todavía estaba ocupado y de que necesitaba una pluma, un bolígrafo, dije, un boli, repetí, mirando a la gente que estaba en la fila, hasta que el boliviano o peruano extrajo una pluma Bic de algún bolsillo de su overol manchado de pintura y me la entregó. Entré de nuevo a la cabina, cerré la puerta, me rasqué el cuello y la barriga, saqué un papelito de la cartera y dije: Listo, y el licenciado deletreó el nombre que la doctora Elizondo espera.

¿En Fernando?, dice la doctora Elizondo, refiriéndose al doctor Valls, su colega de cubículo. Este, no, digo. ¿Entonces?, dice. Doy otro sorbo de gastritis. Ella suspira, de exasperación. En la doctora Ripoll, digo por fin. En realidad digo *Ripol*, me resulta imposible pronunciar esas dobles eles catalanas al final de las palabras. ¿Meritxell?, dice, pronunciando bien la doble ele final, y se levanta casi de un salto, y al darse cuenta de que su reacción ha sido exagerada, y que puede ser malinterpretada, como si hubiera algo personal entre ellas, dice: Pues ya me contarás qué tiene que ver tu proyecto con los estudios de género. Yo no voy a mover un dedo para tramitar el cambio de tutor de la beca, añade. Lo haces todo tú y me traes los papeles para firmarlos cuando estén listos. Y se va a un paso demasiado frenético para su sapiencia tortuguil, evitándome así la vergüenza de tener que confesarle que no sólo estoy cambiando de tutor, sino también de proyecto de investigación, y que ahora el tema de mi tesis será el humor misógino y homofóbico en la literatura latinoamericana del siglo XX. Acto seguido, me pongo a rascarme por todo el cuerpo como si el tema de la tesis me hubiera sacado ronchas.

El celular en el bolsillo del pantalón también se sacude, al ritmo de la comezón, y tardo en darme cuenta de que está vibrando. Número desconocido. Hola, digo, y una voz en inglés dice: Un momento, por favor. Pasan dos, tres segundos. ¿Cómo te fue?, dice el licenciado. Este, bien, digo. ¿Algún problema con el cambio?, pregunta. No, digo, pero hay que hacer el trámite. ¿Cuándo tienes clase con la doctora Ripoll?, dice, pronunciando bien la doble ele final. Hay un seminario la próxima semana, digo. Bien, dice. Pon atención. Investiga todo lo que puedas sobre Laia Carbonell. Es una becaria de la doctora Ripoll, seguro que estará en el seminario. Laia Carbonell, repite, deletreando la doble ele final. Acércate a ella, necesito que hagas contacto con ella. No la vayas a cagar, apréndete toda la cháchara de los estudios de género, la vas a necesitar. A partir de ahora se acabaron los chistes. Si la cagas, te carga la chingada. ¿Entendiste?

A la sesión del seminario acuden unos cuantos despistados como yo, aunque el noventa por ciento lo compone un grupo compacto de becarias que trabajan en proyectos de la línea de investigación que encabeza la doctora Ripoll, titulada «Cuerpos textuales y textos corporales». La mayoría son catalanas, excepto un subgrupo de cuatro colombianas, todas parecen conocerse de hace tiempo, demuestran la férrea complicidad de quien ha estudiado la primaria en escuelas activas, guerrilleras del método Waldorf o, mínimo, Montessori.

Las colombianas presentan los avances de su proyecto sobre la masculinización del cuerpo femenino, muestran un video donde se las ve disfrazadas de traje oscuro, corbata negra, bigotes postizos y sombreros de copa, paseando por las Ramblas. El video dura alrededor de diez minutos, durante los que no hacen nada más que esquivar turistas, hablar con voces impostadas, fumar puros, agarrarse los genitales como hacía Javier Bardem en el póster de *Huevos de oro* y quejarse de que la gente se ría de ellas. En vivo, quizá para disimular el embarazo que les produce verse en la pantalla, las colombianas se arrebatan la palabra unas a otras, parloteando confusamente sobre travestismo y transexualidad. Cuando la proyección termina, la doctora Ripoll les pregunta cuál fue el desafío más grande que enfrentaron al encarnar el cuerpo masculino. Las colombianas dicen que lo más difícil fue no reírse. Ni sonreír. ¿Cómo?, pregunta la doctora Ripoll, imaginando, supongo, como yo, que a lo que se refieren es a que les costó trabajo tomarse el performance en serio y no como una broma. Pero no se trata de eso, explica una de las colombianas, sino de que como los hombres no sonríen ni ríen lo más complicado para ellas fue no sonreír ni reír. ¿Los hombres no se ríen?, pregunta la doctora Ripoll. Las colombianas dicen que no, al unísono, y yo me río, se me escapa una carcajada, y de pronto todo el mundo descubre que yo existo, que estoy ahí, al fondo del aula. Perdón, digo, me dio risa.

La doctora Ripoll me pide que aproveche para presentarme. Hablo brevemente de mi currículum, de mi proyecto de investigación sobre humor machista y homofóbico, les cuento que ya en mi tesis de licenciatura analicé los cuentos de Jorge Ibargüengoitia, en uno de los cuales, por ejemplo, hay un personaje que considera la mayor humillación posible que un médico le meta el dedo en el culo. En realidad uso los términos «introduzca» y «ano», que suenan más académicos. Y lo digo todo con cierto tono horrorizado, aunque la verdad es que el cuento me encanta. Las catalanas me perdonan. Las colombianas no tanto. La doctora dice que vamos a hacer una pausa de diez minutos para esperar a que llegue un profesor invitado de la Universidad de Santiago de Compostela.

Durante el receso voy a la máquina expendedora de gastritis, hago fila detrás de las catalanas, poniendo atención en lo que alcanzo a entender de sus conversaciones, casi nada. El problema es que por lo visto hay dos o tres Laias, aparentemente llamarse Laia en Barcelona es tan común como llamarse Claudia en México o Jennifer en Honduras. El receso termina sin que yo haga progresos, las clases de catalán que estoy tomando son un fiasco, casi un mes yendo dos veces a la semana y sigo sin entender nada.

El profesor gallego dirige un grupo de investigación en Santiago de Compostela sobre opresión y represión del discurso fálico. Después de un breve parlamento institucional celebrando la colaboración entre su universidad y la Autónoma, se pone a mostrarnos unas diapositivas en las que se le ve a él, en compañía de su novio, introduciéndose monstruosos penes de látex en las posiciones más diversas. De misionero. De perrito. De cuchara. De chivito en precipicio. Qué bonito, dice una de las catalanas. Precioso, confirma una de las colombianas. En la penumbra (han apagado las luces para poder apreciar mejor las fotos), miro los rostros de las becarias iluminados por el resplandor de la pantalla. Hay tres o cuatro que me parecen más o menos guapas. Una, guapísima. Todas juntas mirando embelesadas porno hardcore homosexual. En condiciones normales, esto, como diría Valentina, le hubiera gustado mucho a Juan Pablo.

Muy interesante, dice la doctora Ripoll, cuando las luces se encienden, luego de un gran close up del ano del profesor invitado. El falo como subversión, dice, o la subversión del falo. La *mise en abyme* del falo. Y luego da por concluida la sesión y nos convoca para antes de las fiestas, el 10 de diciembre.

Me dilato, como diría mi madre, dentro del aula, hasta que las catalanas terminan de charlar con el profesor invitado, imagino que preguntándole qué pomada usa para las almorranas. Cuando por fin salen, me voy siguiéndolas discretamente por el laberinto de pasillos que conduce de las aulas de Filología a la estación del tren. Son ocho en total, dos se desvían para ir a la biblioteca, otra se va rumbo a la cafetería (la más guapa), otra se despide cuando pasan delante de la sala de computación, y yo me arriesgo a que alguna de ellas sea Laia, la Laia que busco, pero por un cálculo de probabilidades decido mantenerme con las cuatro que siguen juntas hasta el túnel de entrada de la estación, me apresuro para llegar a las vías del tren al mismo tiempo que ellas, me pongo al lado como si estuviéramos juntos y las miro con descaro, poniéndoles muy difícil ignorarme. Hola, digo, cuando veo que, a pesar de todo, se esfuerzan mucho en conseguirlo. Hola, responden, medio con desgana. Les digo que la presentación del profesor gallego fue interesantísima, muy estimulante, les digo, y para contrarrestar cualquier malentendido que pudiera provocar mi entusiasmo, o para evitar que las cuatro catalanas crean que me las estoy albureando, les digo que las fotografías me recordaron un artículo de Gayle Rubin y Judith Butler que interpreta la historia de la sexualidad a través de la historia de los materiales y la tecnología, del urbanismo que produjo sus barrios chinos, de la oscuridad del espacio público antes de la invención de la electricidad, ideal para encuentros clandestinos, les digo que no se puede entender el fetichismo o el sadomasoquismo sin considerar la historia de la producción del caucho, la explotación de los indios del Amazonas por las compañías inglesas en el siglo XIX, y que no debería dejarse de pensar en el aspecto político y social de las prácticas eróticas de la posmodernidad, porque para que el profesor gallego y su novio pudieran llegar al orgasmo había sido necesaria la creación de un mercado de prótesis sexuales que se remonta a la esclavitud de los indios del Putumayo, que eran torturados y vejados por criminales.

¿Y entonces qué?, ¿se supone que debemos sentirnos culpables cada vez que nos corramos?, dice una de las catalanas, cuando por fin mi verborrea histérica cede, en el instante en que una pantalla informa que faltan cuatro minutos para que llegue el tren que va a Barcelona. Jajaja, me río, falsísimo, riéndole el chiste malo, porque es una de las catalanas más o menos guapas, lo que mejora su chiste. Supongo que será suficiente con que pidas perdón por tu mentalidad colonialista antes de ponerte las *bragas*, digo. ¿Cómo te llamabas, mexicano?, dice, riendo con condescendencia, tiene los colmillos superiores un poco descolocados hacia el frente, o los cuatro incisivos un poco sumidos hacia atrás. Yo soy Laia, añade. Le digo mi nombre y miro a las otras tres, que dicen llamarse Ona, Ana, con dos enes, dice, Anna, y Laia, una Laia anodina de piel lechosa que viste una chamarra de mezclilla Levi's de la prehistoria. Yo miro a las dos Laias alternativamente, esperando que alguna de ellas haga una aclaración que a cualquiera le parecería pertinente (y a mí urgente, cosa de vida o muerte), y por fin la de los dientes sumidos dice que ella es Laia Carbonell, *Carbonei*, dice, o eso escuchan mis oídos precatalanes, y luego menciona el apellido de la otra Laia, otro apellido catalán, pero eso no importa.

La verdad, mexicano, dice Laia, pasando página de las presentaciones, tampoco se puede hablar de fetichismo sin analizar la historia de la misoginia, porque incluso muchos de «los buenos salvajes» que defiendes eran misóginos que te cagas, y se pone a ejemplificar su argumento con una anécdota de una tribu polinesia. Yo aprovecho los tres minutos que faltan para que llegue el tren, dos minutos cincuenta y ocho segundos, para hacer un retrato mental de Laia, como si las órdenes del licenciado fueran en realidad instrucciones para el ejercicio de un taller literario. Tiene el pelo dorado, casi rojizo, recortado a la nuca, los lóbulos de los oídos adornados por dos perlas pequeñitas, la nariz respingada y ligeramente desviada a la derecha (persiguiendo el rastro de un aroma suculento), los pómulos y la frente saludables, rubicundos, sin huellas de acné adolescente, sin grasa, los labios delgaditos un poco amoratados por el frío (no usa labial).

Llega el tren y las tres amigas consiguen sentarse y Laia y yo nos tenemos que conformar con recargarnos al costado de una de las puertas, justo en el momento en el que Laia remata su argumento diciendo que al fin y al cabo los tótems fueron las primeras muñecas hinchables (no dice inflables). Yo le digo que en lo que se refiere a México, los aztecas y los mayas eran más propensos a la aniquilación que al erotismo o a la reproducción, o que su concepción del erotismo, si acaso, era bastante tétrica, necrofílica, y Laia Carbonell ríe como si le hubiera contado un chiste y la posición de sus dientes empieza a producirme cosquillas en la entrepierna. Antes de que se instale entre nosotros uno de esos silencios pesados como mochilas llenas de arena, le pregunto si conoce el mito de Pigmalión, ella hace una mueca que quiere decir que obviamente que sí (se desabotona el abrigo, dejando entrever su silueta delgada, los dos pechos diminutos abultados por el brasier, la blusa y el suéter y que deben ser más pequeños que ciruelas), y entonces incremento el nivel de sofisticación y le hablo de Oskar Kokoschka, del pintor, que cuando regresó de la Primera Guerra Mundial se encontró con que su amante se había casado con otro hombre y, en lugar de intentar reconquistarla, hizo algo más sencillo: mandó fabricar una muñeca idéntica a ella, y que, además, por si fuera poco, la ex amante del pintor, y su muñeca, se llamaba Alma, ironías de la vida. Kokoschka llevaba a la muñeca a la ópera, a las fiestas que ofrecían en su honor, y luego de una noche loca la muñeca apareció decapitada en el jardín de su casa. La verdad, digo, como si fuera una moraleja, no se puede hablar de la historia de la misoginia sin considerar la enfermedad mental. En eso la has clavado, mexicano, los machos sois todos unos chalados, dice Laia, abriendo más la boca mientras se carcajea, exhibiendo el arco completo de su dentadura.

Aprovecho que parece haberse ablandado para hacer el interrogatorio de rutina, dónde nació, cuántos años tiene, etcétera. Dice que es de Barcelona. Que tiene veintinueve años, casi treinta. Que estudió filología catalana en la Autónoma. Le pregunto si ha vivido siempre en Barcelona. Dice que vivió un año en Bruselas cuando estaba en el bachillerato, por el trabajo de su padre, y que estuvo de Erasmus seis meses en Berlín. ¿Hablas alemán?, le digo. No, me dice. Bueno, digo, seis meses es poco para aprender alemán si no se es muy listo. Qué tarado eres, dice, y vuelve a reírse, y yo a mirarle los dientes. No fui a aprender alemán, añade, fui al Instituto de Lenguas Románicas de la Humboldt. El tren pasa la estación de Peu del Funicular y ella dice: La próxima es la mía, mexicano. Les hace señas a las tres amigas que siguen sentadas, prometen llamarse por teléfono, y cuando se acerca para darme los dos besos de despedida, sin rehuir el contacto con las ronchas de mi cara, sobre las que tampoco ha hecho ningún comentario, le digo que podríamos quedar para tomar un café, o una cerveza. O para estudiar alemán. Puede ser, me dice, riéndose, y yo vuelvo a verle los dientes. Y luego, cuando la puerta del vagón se abre, me dice: Pero no te hagas ilusiones, mexicano, a mí me gustan las chicas.

Por la tarde, llamo al licenciado desde un locutorio del Poble Sec. Le cuento las cosas que averigüé sobre Laia Carbonell. ¿Qué más?, dice el licenciado. No parece estar tomando notas. Cuando le digo que es todo, que eso es todo lo que pude investigar hasta ahora, dice: Ahora te la vas a coger, dice. ¿¡Cómo!?, digo, y me pego más el auricular a la oreja izquierda como si de pronto todas las olas y los vientos del océano Atlántico se hubieran orquestado para provocar interferencia, y hasta me cambio el teléfono a la oreja derecha rapidísimo porque intuyo que con el oído derecho escucharé mejor. Que te la vas a follar, dice el licenciado, ¿tan rápido se te olvidó cómo hablamos en México?, y mi oreja derecha tampoco es capaz de traducir el mensaje a algo mínimamente verosímil (si me pidiera que la matara, o que la secuestrara, que la torturara, que la extorsionara, o que la chantajeara, por decir algo, eso tendría mayor coherencia diegética, considerando los antecedentes). ¿¡Bueno!?, grito, ¿¡hola!?, ¿¡hola!?, repito, intentando ganar tiempo para ver si la realidad, tan omnipresente por lo general, o el realismo, su vulgar lugarteniente, hacen por fin aparición. ¡Que te la vas a co-ger!, repite el licenciado, ¡a fo-llar!, repite, como si las órdenes de la organización criminal fueran una sublimación de libido colectiva.

Azoto el teléfono para cortar la comunicación y salgo de la cabina y casi me precipito corriendo a la calle, pero el paraguayo de la caja me detiene con un berrido histérico: ¿¡Adónde vas sin pagar, capullo!?, y mis prejuicios clasemedieros (mis valores, diría mi madre) son más fuertes que el impulso de huir, así que me detengo a esperar a que el paraguayo imprima la cuenta, son dos euros con ochenta, mientras me dice que el timo del cliente que recibe una noticia terrible y se larga sin pagar ya está muy visto, que nadie se lo traga, que en el barrio había una cubana que salía llorando de la cabina y gritaba que sus hijitos habían muerto en La Habana, o en Matanzas, cambiaba la ciudad dependiendo del locutorio, y nadie se atrevía a detenerla cuando se iba, hasta que se corrió la voz en el barrio. Su fama fue su perdición, está diciendo el paraguayo, cuando el celular en el bolsillo de mi pantalón comienza a sonar, número secreto, y contesto sin pensar, para quitarme de encima al paraguayo, que quiere mostrarme la foto de la cubana (la tiene impresa en un cartel pegado al lado de la caja), y escucho a la operadora que dice, en inglés, un momento, por favor, y luego al licenciado que grita: ¡A mí no me cuelgas, pendejo! ¡A mí no me cuelgas! Y voy a colgar cuando añade: El primero va a ser tu papá, qué pena, con lo bien que me cae tu papá, tan honrado, tan trabajador. El otro día fui a su consultorio para que me viera una mancha en el brazo. Buen médico, tu papá, me quería mandar a que me checaran la circulación, bien preocupado, pero la mancha era un moretón que me había hecho un pendejo que se le escapó al Chucky cuando le cortó una oreja, pinche Chucky de veras no sabe hacer buenos nudos, y eso que se supone que fue a los Boy Scouts. Vuelve a marcarme ahora mismo, dice, y cuelga. Necesito otra cabina, le digo al paraguayo, la comezón recorriéndome desde el dedo chiquito del pie hasta la coronilla. El paraguayo me dice que busque otro lugar, que ni de coña me va a dejar entrar otra vez a su locutorio, que soy un capullo si creo que lo voy a timar por insistencia. Te pago por adelantado, digo. Coño, dice el paraguayo, ¿a ti qué te pasa, tío?, se te ha llenado la cara de ronchas. Es una alergia, digo, y saco la cartera y le doy un billete de diez euros. Es un asunto de vida o muerte, digo, y el paraguayo agarra el billete y me dice que ni crea que va a tragarse el timo del alérgico, que cuando me gaste los diez euros va a entrar a la cabina a sacarme a patadas. La tres, dice el paraguayo, y corro hacia la cabina tres.

Así me gusta, dice el licenciado cuando contesta. Voy a ir a la policía, digo. ¿En serio?, dice. ¿A cuál vas a ir? Si vas a la guardia urbana preguntas por Gimeno, es el jefe en Barcelona. Dile que le mando un abrazo. Si vas con los mossos me saludas al comisario Riquer. No digo nada: en lugar de responder, me rasco (el brazo, el cuello, la barriga, la parte baja de la espalda). ¿Y se puede saber qué les piensas decir?, sigue el licenciado. ¿Que te están chantajeando para que te folles a una tía que además, por cierto, está bien rica? El chino me mandó unas fotos. Guapa, esa Laia. Flaquita como me gustan. Si se arreglara los dientes estaría guapísima. Les voy a contar, digo, que ustedes mataron a mi primo, que yo lo presencié todo. A tu primo lo atropelló un camión urbano, no seas pendejo, dice, si quieres te mando una copia del acta de defunción. Tus tíos han hecho tanto escándalo que hasta metieron a la cárcel al chofer, ¿te enteraste? Deja de estar diciendo pendejadas, o gilipolleces, si prefieres, creo que a tu papá le gustaría seguir viviendo, me pareció que es una persona muy apegada a la vida. Laia es lesbiana, digo, por si acaso se le hubiera escapado ese pequeño detalle, aunque repetirlo, ahora, signifique un comienzo de claudicación. Eso ya lo sabíamos, pendejo, dice el licenciado. Lo que vas a hacer es un trío, para eso necesitábamos a Valentina. Ahora es cuando vamos a usar a Valentina, dice. ¿¡Cómo!?, digo, estupefacto, no tanto por la explicación como por su efecto: una súbita erección. En realidad, sigue el licenciado, lo que necesitamos es acceder al círculo íntimo de Laia y la manera más rápida y sencilla es a través del sexo. ¿Y no sería más fácil que me hiciera su amigo?, ¿que me ganara su confianza?, digo, sin convicción, más estupefacto todavía, todavía más por el recuerdo de los dientes de Laia, los cuatros incisivos superiores un poco sumidos hacia atrás, por la fantasía de chupárselos, el hormigueo en la entrepierna compitiendo con la comezón generalizada, la promesa de un trío y la amenaza de muerte, eros y tanatos, esto seguro que podría explicarse con Bataille, no voy a pedirle a nadie que me crea. Cómo se nota que no sabes adónde te fuiste a vivir, dice el licenciado. Es más fácil que un camello pase por el ojo de una aguja a que te hagas amigo de un catalán. Pon atención, apunta el teléfono que te voy a pasar. Llamas a este cabrón de mi parte, de parte del licenciado, le dices, él te va a dar lo que necesitas para que se arme la bacanal, no te creas que estoy tan pendejo como para confiar en tus dotes de donjuán. ¿Ahora sí trajiste pluma, pendejo? Anota.

El tipo vestía pants y chamarra verde militar con capucha. Daba vueltas nerviosas con las manos en los bolsillos a la entrada de la estación Artigues. Tenía pinta y actitud de delincuente, de uno al que no le preocupa ocultarlo, o que disimula pésimo. Me aproximé con dudas. ¿Vienes de parte del licenciado, nen?, dice, adelantándose. ¿Tú eres el Nen?, digo. Llegas tarde, nen, dice. Me equivoqué al cambiar de línea en Sagrada Familia, digo. Vamos a aquel bar, dice, sin sacarse las manos de los bolsillos, apuntando con la barbilla hacia la esquina.

El bar lo atiende un chino. Hay dos máquinas de juego ocupadas por chinos. Seis o siete mesas con gente del barrio que lee el periódico, conversa ruidosamente, mira el televisor que cuelga al fondo. Nos sentamos en una mesa al lado de la barra. Una caña, le grita el Nen al chino. Le calculo entre veinticinco y treinta años. La piel cacariza. El pelo castaño, supongo, a juzgar por los mechones que sobresalen de la capucha que no se quita ni dentro del bar. Los ojos azules como los míos. Pido mi dosis de gastritis. Por debajo de la mesa, el Nen me toca la rodilla. Me hago para atrás. La mano, nen, dice bajito el Nen, la mano por abajo de la mesa. Obedezco. Recibo una bolsita de plástico que escondo sin mirar en el bolsillo de la chamarra. Ahora él se echa para atrás, relajado.

¿De qué parte de México eres, nen?, dice el Nen, después de darle el primer sorbo a la cerveza. Este, del DF, miento. Buaf, dice el Nen, eso debe ser brutal, nen, toda esa gente apelotonada, los atascos kilométricos, y encima tiembla, nen, un día te despiertas en gayumbos y toda la puta ciudad está destrozada. Hiciste bien en venirte, nen, dice. ¿Qué son esas ronchas que tienes en la cara? Una alergia, digo. ¿Lo ves, nen?, dice, seguro que es por la contaminación, ¿te sabes el chiste del judío que tenía lepra? ¿Eres judío?, le pregunto, incómodo, mirando si alguien nos escucha alrededor. ¿Qué dices, nen?, dice el Nen, en catalán, el Nen es de Badalona, nen, ¿de dónde sacas que soy judío? No sé, digo, lo supuse, yo no contaría un chiste de judíos a menos que fuera judío. Joder, nen, dice el Nen, ¿y yo no puedo contar un chiste de negros o maricones o inmigrantes mexicanos? Es sólo un chiste, nen. Que yo te cuente un chiste de judíos no quiere decir que sea nazi, nen. Yo no estaría tan seguro, digo, ya sabes lo que dice el dicho, dime con quién andas y te diré quién eres. O dime con quién ríes y te diré quién eres. Hostia, nen, dice el Nen, yo no tengo colegas nazis, tengo muchos colegas zumbados, pero nazis no. Es una suposición, digo, imagínate quién se reiría de tu chiste y seguro que te sale un nazi, no hace falta que exista de verdad, es un nazi imaginario que se estaría riendo de tu chiste. Si tus colegas son nazis imaginarios te enchironan en Sant Boi, nen, dice el Nen, jo jo jo. Joder, nen, cómo os enrolláis los mexicanos, si no quieres no te cuento el chiste. El ruido de una cascada de monedas interrumpe la charla. Son la puta hostia estos chinos en las tragaperras, dice el Nen, mirando al chino que recoge las monedas. Entra a cualquier bar de Barcelona y ahí los verás, jugando a las tragaperras. ¿Sabes lo que me dijo un colega, nen? Que así se financian los chinos, nen, con la pasta de las tragaperras, así compran los comercios de barrio, los bares, ¿ya te diste cuenta?, ahora por todos lados hay tiendas de chinos, es un plan de dominación mundial, nen, todo con las pelas de las tragaperras, dice. Se empina el resto de la cerveza de un trago y hace como que va a levantarse. Tú pagas la caña, nen, dice, las pastis ya están pagadas. Luego se acerca para susurrarme, mirando hacia un lado y hacia el otro de manera paranoica: Esas pirulas son lo más de lo más, dice, no hay nada más puro, son las mejores aspirinas de Barcelona. La gente mata por ellas. Y a ti te las dan gratis. ¿Tú quién eres, nen? ¿El camello de Luis Miguel? ¿De Paulina Rubio?

UN DÍA ME LO VAS A AGRADECER

¿Qué onda, pinche primo?, ¿cómo te tratan los catalanes, cabrón?, ¿ya aprendiste a embarrarle el pan al tomate?, ¿ya fuiste a que te asaltaran a las Ramblas?

Supongo que si estás leyendo esta carta es porque te llegó, llámame en chinga al teléfono que te voy a poner al final para que yo sepa que ya está abierto el canal de comunicación. Dime también si es seguro que te escriba ahí a la universidad si necesito escribirte de nuevo, saqué la dirección de internet, ¿sí te llegó la carta, cabrón?

Se te ha de hacer raro que te mande una carta por correo en lugar de un mail, cabrón, pero luego vas a entender por qué, seguro que mi cuenta de correo electrónico está interceptada. Por eso le voy a dar la carta a la gata para que la lleve al correo, ella le escribe cada semana a su familia en Oaxaca. A veces les manda un sobre con veinte pesos, te lo juro, pinche primo, y les manda postales de Guadalajara como si viviera en París, bien deprimente, cabrón. Qué pinche país, te lo juro. Pero bueno, la cosa es que así me aseguro de que te llegue la carta, y si te llega a la universidad también ha de ser un lugar seguro, ¿no?, avísame ya si te llegó la carta, cabrón, sí te llegó, ¿verdad, cabrón?

Has de estar pensando que te metí en algún pinche negocio raro, en algo ilegal, eso te pasa por estudiar literatura y vivir en el mundo de la fantasía y no saber cómo están los chingadazos acá afuera, cabrón, en la vida real. En la vida real los chingadazos están muy cabrones, cabrón, cuando quieres hacer negocios de muy alto nivel, de un nivel muy pesado, tú también te tienes que poner a ese nivel, pinche primo. A estas alturas, si estás leyendo esta carta ya sabes más o menos de qué estoy hablando, quiénes podrían interceptar nuestras comunicaciones, son gente muy pesada, por algo hacen negocios del más alto nivel, no te vayas a creer que cualquiera puede acceder a ese tipo de proyectos, cabrón. Y si interceptan nuestros mails o nuestras llamadas o nos espían no es porque nos estén haciendo una chingadera, no, pinche primo, esa gente sabe cuidar sus intereses de negocio, sabe que para que un negocio de ese nivel salga bien hay que supervisar todos los detalles, hacer un follow up muy cabrón, no dejar ni un pinche hilito suelto.

Pero lo importante es que tú y yo estemos alineados, pinche primo, sobre todo ahorita que vamos a estar en fase de start up, es una fase muy cabrona, cabrón, la mayoría de los negocios no sobreviven ni dos años, por eso hay que trabajar juntos tú y yo, pinche primo, en beneficio de los dos. No te estoy diciendo que le juguemos chueco a estos cabrones, no, por algo son mis socios, cabrón, nuestros socios, cabrón, lo que digo es que estemos truchas, que cuidemos nuestros intereses y vas a ver que si aterrizamos el proyecto nos vamos a hinchar de billetes. Es gente muy pesada, estos cabrones, cabrón, ya debes haberte dado cuenta, gente que maneja proyectos a los que es muy difícil tener acceso, esta gente se sienta a comer con presidentes, esta gente levanta el teléfono y el mundo entero se pone a mover las nalgas para cumplir sus órdenes, es gente muy muy cabrona y yo te estoy conectando con ellos nomás porque eres mi primo, pinche primo, yo les hablé de ti y les dije que eras un chingón, un día me lo vas a agradecer.

Y si todavía estás pensando que tú qué chingados tienes que ver con esto, que tú nomás eres un pinche looser que quiere ser profesor de literatura, que lo que quieres es escribir libros sobre la inmortalidad de las estatuas, tener segura tu quincena de siete mil quinientos pesos, no seas egoísta y piensa también en Valentina, ya ves cómo son las viejas, ¿cuánto llevas con ella?, ¿cinco años?, ¿más? Te aseguro que luego luego te va a salir con que quiere tener chilpayates, pinche reloj biológico de las viejas está cabrón, cabrón, ya ves cómo son las viejas. Y con tu pinche salario de profesor de literatura no te va a alcanzar para nada, pinche primo, ni para los pañales, cabrón, pero para tu pinche buena suerte yo no me olvido de ti, cabrón, a mí no se me olvida todo lo que vivimos juntos, cabrón, y aunque siempre fuiste un ojete y hasta boicoteabas mis proyectos de negocio, yo siempre te seguí considerando mi primo favorito, pinche primo, el socio con el que quiero hacer negocios para hincharnos de billetes juntos, cabrón. ¿Si no para qué chingados es la familia, cabrón? La familia es para eso, pinche primo, para chingarle juntos, para pasarse conectes, para hacer bisnes en máxima confianza, ¿o si no cómo crees que le hicieron los Azcárraga, los Slim? A mí no se me olvida lo que tu papá hizo por el mío, ¿tú crees que yo no sé que tu papá mantuvo al mío para que pudiera estudiar la carrera? Esas cosas no se olvidan, cabrón, a mí no se me olvidan, y ahora tengo la chance de devolvértela, te estoy abriendo una oportunidad que ni te imaginas, si te aplicas te vas a cagar de lana, pinche primo, nos vamos a cagar de lana juntos, tú y yo, primo. Tengo amigos que matarían por que les ofrecieran un negocio así, de este nivel, pero tú eres mi primo, pinche primo, y a la mejor yo soy un pinche sentimental, no se me olvida todo lo que vivimos juntos. Puta, espero que sí te haya llegado la pinche carta, llámame ahorita, en chinga, para que yo sepa, córrele, cabrón, no escucho sonar el teléfono.

Te voy a explicar cómo está el pedo para que tú y yo estemos alineados, trabajando juntos, no me vayas a salir luego con que te vas por la libre, pinche primo. Te mando esta carta para que sepas dónde estás parado, te puse en suelo firme, cabrón, no creas que te metí en un pinche proyecto sin futuro, en una puñeta mental, el negocio es seguro y estos cabrones no nos van a poder sacar tan fácil, cabrón, porque yo tengo la información y tú eres el conecte en Barcelona.

Te cuento entonces, lee con mucha atención y no te me distraigas, si tienes la tele encendida apágala, o si estás escuchando música quítala, y deja en paz esos pinches libros que andas manoseando todo el tiempo. Hace como dos años, cabrón, conocí en Cancún a dos chavas catalanas que andaban de mochilazo recorriendo la Ribera Maya. Al principio yo le quería tirar la onda a una que estaba más o menos guapa, güerita, ojos verdes, flaquita, aunque tenía los dientes medio chuecos. No tienes idea de la cantidad de europeas que me pasé por las armas en el Caribe, pinche primo, y eso que yo estaba en desventaja, por ser güero, de ojos azules. Las europeas lo que andan buscando son cabrones prietos, medio indios, te lo juro, cabrón, güeros ya tienen en Europa, si vas a ligar a las discotecas del Caribe te encuentras el pinche mundo al revés. Total que le andaba tirando la onda a esta chava, pero resultó que era

78

lesbiana, cabrón, y que la otra era su novia. Pero me cayeron bien, eran alivianadas, y tú ya sabes que yo no tengo prejuicios, pinche primo, open mind, cada quien su vida, además de que hay que estar truchas, cabrón, cuando todos los maricones y las tortilleras salgan del armario eso va a ser un pinche mercado que te cagas. Por eso las conecté con unos amigos para que hicieran unos paseos en los parques ecológicos y les recomendé unas playas a las que no llega ningún turista, no tienes idea de lo que es aquello. El pinche mar de unos colores cabroncísimos, la arena blanca, pero blanca, cabrón, no sé por qué no aprovechaste todos esos años que viví ahí para ir a visitarme, te hubiera salido todo gratis, de veras que eres un ojete por no visitarme. Te lo perdiste, pinche primo.

La onda es que las chavas se quedaron superagradecidas y me dijeron que si un día iba a Barcelona las llamara. Hasta aquí, todo normal, pero aquí es donde entra la visión de negocios de tu primo, pinche primo, aquí es donde empieza el trabajo de tu primo, porque cualquiera hubiera tirado el papelito donde ellas apuntaron sus nombres y direcciones de correo electrónico, y sus teléfonos, y se hubiera olvidado de ellas, que al fin y al cabo ni chance había de cogérselas. Pero tu primo no, cabrón, porque tu primo sabe en qué mundo vivimos, en la globalización, y yo tengo un pinche sexto sentido para los negocios muy pesado, yo me huelo las oportunidades a diez mil kilómetros, yo soy capaz de saber que una ferretería va a ser un negociazo en el centro de Katmandú y que congelar atún en Alaska no tiene futuro. Me dio una corazonada muy cabrona, cabrón, no sé por qué, la neta, algunos le llaman instinto de negocios aunque suene a mamada sobrenatural.

Me puse a investigar en internet quiénes eran estas chavas, ¿y qué crees que descubrí, cabrón? Que una de ellas, la que me había medio gustado, la de los dientes chuecos, era la hija de un político catalán bien pesado, un cabrón que había estado en el Parlamento europeo y que ahora trabajaba en una empresa pública muy pesada, y que el hijo de la chingada estaba en el consejo de administración de no sé cuántas compañías transnacionales, telefónicas, de gas, bancos, petroleras. El cabrón está cagado en lana. Y viene de una de esas familias que han cagado lana desde la era de las cavernas, desde la Edad Media o el Renacimiento, desde la época Neandertal. Nadie se tira un pedo en Cataluña sin pedirle permiso a este cabrón, cabrón.

Empecé a juntar información sobre este cabrón en mis ratos libres, armé un dosier muy pesado con sus conexiones políticas y de negocios, quiénes eran sus socios y sus amigos, los proyectos en los que había participado, sus enemigos políticos también. Yo sabía que esto me iba a servir algún día, que había que estar atento, esperar a que apareciera la oportunidad. Te digo que no sabía muy bien por qué, era como una intuición, esto puede cambiar mi vida, pensaba, esto puede cambiar mi vida para siempre, y ya ves que sí, pinche primo.

Total que pasó el tiempo pero yo no le perdí la pista a este cabrón, y luego este año pasaron dos cosas al mismo tiempo: unos socios con los que yo había hecho unos negocios muy pesados me buscaron para ver si yo traía algún buen negocio para meterle dinero y tu papá me contó que te ibas a vivir a Barcelona para estudiar un doctorado. Me puse a investigar de tu doctorado, pinche primo, y no mames, descubrí que ibas a estudiar en la misma universidad donde trabaja de becaria esta chava, la hija del político catalán, la de los dientes chuecos, ¿sí me estás entendiendo?, ¿sí estás poniendo atención?, ¡deja ese pinche libro, ca-

80

brón!, te conozco muy bien, seguro ya agarraste un pinche libro para leer. ¡Te estoy diciendo que esta chava, pinche primo, trabaja como becaria en la misma universidad donde tú vas a hacer el doctorado, cabrón! Pinche coincidencia cabroncísima, cabrón, todo hizo click, pinche primo, como en las telenovelas donde resulta que la sirvienta es en realidad la hija perdida de un millonario, no sé si te ha pasado algo así alguna vez en la vida, los planetas se alinean, te tocan todos los ases de la baraja cuando está todo el dinero en la mesa.

Lo demás ya más o menos debes saberlo a estas alturas. Yo les pasé una copia del dosier a estos cabrones, a nuestros socios, les hablé de ti, les dije que eras un chingón y en chinga se mostraron interesados. Me pidieron que armáramos una junta antes de que te fueras a Barcelona, que es la junta que vamos a tener mañana, o sea, mañana de cuando estoy escribiendo esta carta, no te vayas a confundir, no mañana de cuando la leas, no seas pendejo, ¿yo cómo chingados voy a saber cuándo vas a leer la carta, pinche primo?, no mames. Puta, espero que sí te llegue la carta, confírmame ya si te llegó, pero ya, en serio, volando.

Si me entendiste bien tú ya debes haber conocido a estos cabrones, a nuestros socios, mañana a partir de hoy, que puede ser hace como un mes o dos de cuando leas esta carta, o no sé cuánto se tarde en llegarte, ya ves que el pinche correo mexicano es más lento que un caracol cojo. Pero seguro que ya los conociste, mañana, y ya te debes haber dado cuenta de que es gente muy pesada, cabrón, no se llega a ese nivel de negocios si no se es muy cabrón, muy pesado, tú haz lo que te digan y tú y yo nos mantenemos alineados. No vayas a querer pasarte de listo, pinche primo, te repito que esta gente no se anda con chingaderas, es la única manera de hacer negocios en ese nivel, si quieres llegar a lo más alto tienes que estar dispuesto a meterte con esta gente, con gente muy pesada, de otro nivel.

Cabrón, pinche primo, estas oportunidades se presentan una vez en la vida, no la vayas a cagar, y si por algo me sacan de la jugada no te vayas a olvidar de quién te abrió esa puerta, de quién te pasó esos conectes, no vayas a ser culero. Yo haré lo mismo por ti, estamos juntos en esto, primo. Lo más importante ahorita es que hagamos follow up y que me confirmes que ya recibiste la carta, ¿sí la recibiste? Avísame en chinga. Llámame al teléfono que te pongo abajo, es de las oficinas corporativas de una franquicia de pollos asados que están abriendo unos amigos, me están rentando un despacho para mis negocios. Si cuando llamas no estoy me dejas un recado, cabrón, les dices que me digan que llamó mi primo, ya con eso voy a saber que recibiste esta carta, no digas tu pinche nombre, pinche primo, nomás que llamó mi primo. Por cierto, te habrás dado cuenta de que no puse ningún nombre en esta carta, fue a propósito, por si alguna pinche secretaria metiche intercepta la carta. Si eres tú el que lee la carta, primo, llámame ahorita, ya, ya te estás tardando, no escucho sonar el teléfono, cabrón.

Si eres una pinche secretaria la que lee la carta, ¿sabes qué?, chinga tu madre, culera. O como dicen en las películas españolas, para que me entiendas: que te den por el culo, tía.

ESTO TAMBIÉN LE HUBIERA GUSTADO MUCHO A JUAN PABLO

Si alguna lección me ha enseñado la literatura es que para conseguir algo que parece imposible (o fantástico, absurdo, maravilloso, mágico) basta con cumplir una serie de requisitos que, en el fondo, no son tan difíciles. En el peor de los casos hay que crear un mundo nuevo con reglas de operación distintas. En el mejor, sólo hay que respetar una lógica narrativa. Ser invitado a una fiesta. Convencer a Valentina de que venga. Presentársela a Laia. Dejarlas un rato hablando a solas. Emborracharlas un poco. Crear un clima de complicidad. Convencerlas de ir a seguir la fiesta a nuestro departamento. Ir. Seguir bebiendo. Ofrecerles las pastillas. Tomarlas. Y, de pronto, lo imposible se materializa: descubrir que estamos los tres desnudos en la cama y escuchar que Laia me dice: ¿Te gusta mirar, mexicano?, antes de que sumerja su boca en la entrepierna de Valentina, que, tirada de espaldas, gimiendo, se incorpora un poco sobre los codos, sólo lo necesario para buscarme la mirada, y, cuando la encuentra, cuando sus ojos se clavan en los míos sin evadirlos por vez primera desde que llegamos a Barcelona, dice: Esto también le hubiera gustado mucho a Juan Pablo.

Dos

DIARIO DE LA VIRTUD

Miércoles 22 de diciembre de 2004

Atravieso una y otra vez la plaza del Sol para ver si entro en calor, esquivando a los okupas y a sus perros, que nunca salen de ahí, rodeados de latas de cerveza y de basura. Observo sus gestos y costumbres, ése es mi mayor entretenimiento.

Descubrí un locutorio en Torrent de l'Olla donde cobran treinta centavos por quince minutos de internet. Un euro la hora y cincuenta centavos la media, como en todos lados, pero aquí se pueden pagar sólo quince minutos. No había correo de Juan Pablo. Un mail de mi hermano. Un montón de spam. Una amiga de mi hermana que me escribe para contarme que está planeando venirse a vivir a Barcelona y me pregunta si podríamos (así, en plural) recibirla unos días, mientras consigue un lugar. Si no tuviera que racionar los quince minutos, le habría respondido: claro, estúpida, te puedo recibir en mi cuarto de dos por dos, voy a sacar la cama y mis maletas para que tú quepas. Te va a encantar mi cuarto, tiene unas vistas preciosas a un patio interior y el aroma de todas las fritangas del edificio. Ah, y hay que dejar la luz encendida todo el día si quieres verte los dedos de la mano y hace un frío que te muerde los dedos de los pies, aunque supongo que las dos juntas estaremos más calientitas. En lugar de eso, escribí un correo para Juan Pablo. Asunto: Juan Pablo es un pendejo. Mensaje: Pendejo Pendejo Pendejo Pendejo Pendejo Pendejo Pendejo. Estuve escribiendo pendejo hasta que se acabaron los quince minutos. Al menos se me calentaron los dedos de las manos. Volví a mi cuarto a morirme de frío.

Las cinco y media de la tarde. Toda la sangre en la barriga después de comer una lata de sardinas y una baguette entera. Media botella de vino tinto de dos euros. Las piernas se me congelan. En especial los dedos de los pies. No me dejan encender la calefacción.

–¿Tú vas a pagar la factura del gas, princesa? –me dijo Gabriele–. Cómprate una manta en el chino.

El anuncio decía que el departamento tenía calefacción y cuando fui a conocerlo vi las estufas y, aunque estaban apagadas, no pregunté nada. Supongo que pensé que sólo hacía falta encenderlas.

Bajé al chino, el cobertor que parecía más calientito costaba doce euros. Con doce euros vivo dos días. No puedo arriesgarme a que se me acabe el dinero antes de que decida qué voy a hacer.

Jueves 23

Casi dos horas aguantando el frío afuera de Julio Verne. Me escondí en la entrada del edificio de la esquina, desde donde podía mirar sin ser vista. Iban a ser las siete cuando por fin salió Juan Pablo. Solo. Más arreglado de lo normal. Me pareció incluso que se había cortado el pelo, pero no estoy segura. También me pareció que le habían salido más ronchas. Llevaba un abrigo nuevo, negro, de lana gruesa, largo hasta las rodillas, modelo europeo. Debe haberle costado una fortuna, setenta, cien euros, como mínimo. Una bolsa de la librería La Central con un moño navideño colgando de la muñeca izquierda (las dos manos en los bolsillos calientitos del abrigo).

Bajó por la calle Zaragoza hasta Guillermo Tell, giró a la derecha hacia plaza Molina. Caminaba desconfiado, como si en cualquier momento fueran a atacarlo, con esa actitud de perro asustado que se le instaló desde que empezamos a hacer las maletas en Xalapa. Al llegar a la plaza, entró a la estación de los ferrocarriles y subió en dirección a la montaña. Bajó en Sarrià. Yo no podía creer lo que iba a pasar. Pero sí. Ya sabía que iba a pasar. Ya sabía qué iba a pasar.

En el túnel de salida de la estación, sentí el impulso de correr y alcanzarlo en la escalera, jalarlo de las faldas del abrigo, gritarle como la histérica de telenovela que me cuesta tanto no ser, boicotear su cita. Me aguanté. Me conformé con no perderlo de vista. Se metió a una cafetería de la avenida Bonanova donde un café debe costar tres euros. Yo me puse en la banqueta de enfrente, a esperar, como él, sólo que yo estaba afuera, en el frío, y él adentro, calientito, pidiendo un café con leche o un té. Quizá un chocolate. Me sobresalté cuando vi que, en la siguiente cuadra, ondeaba una bandera mexicana. Era el consulado.

Cinco minutos después llegó Laia. Con una sonrisota en la cara. Hasta alcancé a verle los dientes chuecos. Lo sabía. Hijo de la grandísima chingada.

Nochebuena. Fui al locutorio para llamar a mis papás. Les advertí en cuanto contestaron que no podía hablar mucho, que la llamada costaba cara, que había mucha gente esperando para usar el teléfono (era verdad). No quería mentir si insistían en que les contara cómo me estaba yendo. Siempre es mejor una media verdad que una mentira. Les dije que Juan Pablo no podía hablar porque no estaba conmigo. Técnicamente no fue una mentira. Tampoco les dije que les mandara saludos o abrazos. Los saludos y abrazos quedaron sobrentendidos.

Luego pedí una computadora y revisé el email. No había correo de Juan Pablo, ni siquiera una vil felicitación de Navidad. Yo sí le mandé un regalo, un fragmento precioso de Fray Servando que él conoce muy bien (solíamos reírnos juntos) y que ahora no le hará ninguna gracia (a mí me hace más): «Volviendo de esta digresión a los catalanes, su fisonomía me parece la más fea de todos los españoles. Las narices son de una pieza con la frente. Las mujeres también son hombrunas, y no vi en toda Cataluña una verdaderamente hermosa, excepto algunas entre la gente pobre de Barcelona, hechura de extranjeros o de la tropa que siempre hay en aquella ciudad de las demás partes del reino.»

Volví al departamento. En el camino me gasté cinco euros en medio pollo asado. Dos más en una botella de vino tinto. Un euro en una bolsa de papas fritas. Me encerré en el cuarto a comer y a escuchar el barullo de los amigos italianos de Gabriele. Me invitaron a cenar con ellos. Estaban preparando un risotto. Dije que no, Gabriele es capaz de cobrarme luego veinte euros.

Me pasé la noche pensando en las últimas semanas, intentando encontrar una lógica a todo lo sucedido. Claro que es lo único que he hecho desde que me fui de Julio Verne, pero ahora me propuse hacerlo de manera sistemática. Me sentía tan pendeja, tan de revista femenina, que para huir del cliché de lo que siempre he detestado me puse a analizar las cosas como si fueran una trama narrativa. Que de algo me sirva haber estudiado letras. Todorov podría explicarlo todo. O Genette. Estaba un poco borracha (también ahora).

El problema es que, al tratar de reconstruir la historia, resulta que no soy un narrador omnisciente. No sé qué fue lo que le pasó a Juan Pablo en su viaje a Guadalajara, del que volvió tan raro a Xalapa. Tampoco sé muy bien cómo le ha afectado el cambio de país, de ciudad, el doctorado, qué inquietudes se le han despertado, cómo han cambiado sus ideas sobre el futuro. Pero tampoco es tan difícil imaginárselo.

Después de darle muchas vueltas, y hasta de hacer notas y diagramas, llegué a la conclusión de que esta historia es como el relato clásico de la transformación de un héroe, que al fin y al cabo es la esencia de todas las novelas. El héroe que para transformar su futuro debe traicionar su pasado y a los suyos. Donde digo héroe digo pendejo.

Conclusión: no debí haber venido a Barcelona. De hecho, Juan Pablo me lo advirtió. Me dijo que no viniera. O que no fuera, en aquel entonces. Que quería irse solo. Y se iba a venir solo, se hubiera venido solo si yo no hubiera sido tan inocente como para imaginar que esto tenía arreglo, que todo era por el estrés del viaje, de los cambios, que Juan Pablo estaba muy presionado. Y también por lo de su primo, que lo había dejado muy impresionado. Eso pensé cuando en el último minuto se puso de rodillas para pedirme perdón por todas las cosas que me había dicho. Y me dijo que estaba confundido, pero que se le iba a pasar. Y se puso a llorar justo en el momento en el que llegó el taxi que yo había pedido, porque a pesar de todo yo no me iba a quedar, no me sentía con fuerzas para volver a Xalapa y explicarle a mi familia y a los amigos que al final no me iría con Juan Pablo a Barcelona. En ese momento creo que Juan Pablo no mentía, creo que de verdad se había arrepentido y quería que yo viniera. Pero la crisis del héroe ya estaba ahí, agazapada, e iba a ponerse peor: las pesadillas, los silencios, las evasiones, los paseos absurdos para no estar cerca de mí, su incapacidad (o desinterés) para reconciliarnos, esa actitud permanente de quien intuye que va a hacer algo malo y espera su castigo por anticipado. Todo cuadra ahora. La gastritis. Las ronchas. El héroe somatizando.

Sólo faltaba que apareciera la promesa de futuro. El motivo de la transformación: Laia. Conocí a una chava muy buena onda, me dijo un día al volver de la universidad, nos invita a una fiesta. Y en aquella noche confusa el pasado, el presente y el futuro se fueron los tres a la cama, pero al amanecer el pasado era el pasado y el futuro ya lo arrasaba todo.

Estoy muy borracha.

Salí a la sala, donde los italianos cantaban a gritos baladas italianas y fumaban hachís y en medio del estruendo le pregunté al primero que se me puso enfrente, uno que no era ni muy guapo ni muy feo, ni muy alto ni muy chaparro, ni muy blanco ni muy moreno, nada especial, ni siquiera muy italiano:

–¿Quieres acompañarme a mi cuarto?

Sexo de borrachos, obstinados, necios, el sexo de los que en realidad lo que quieren es irse a dormir sabiendo que cogieron, que no están solos, aunque están solos. Sexo al borde del fracaso (él no la tenía tan dura y yo no estaba tan mojada). Dos posiciones y menos de diez minutos y adiós muchas gracias. Aun así el italiano fue gentil al levantar los pantalones del suelo antes de salir del cuarto:

—Tienes un polvo de puta madre, tía —mintió.

Yo me vestí y bajé a la calle como poseída por la energía del orgasmo que no había alcanzado y que traía atorado entre las piernas y que se iba convirtiendo en un vacío en el pecho que iba a reventarme el esternón. Encontré un teléfono público y llamé al celular de Juan Pablo, muerta de frío (había olvidado ponerme la chamarra).

—Quiero mi regalo de Navidad —le dije, cuando contestó.

Al fondo se escuchaba música, una canción de Charly García.

—No me hagas esto, Vale —me dijo Juan Pablo, y la música se alejó, como si se hubiera encerrado en el baño.

—Tengo frío —le dije.

—No hace tanto frío —me contestó.

—Me robaron la chamarra —mentí.

—¿Dónde? —me preguntó.

—No tengo dinero para comprarme otra —le dije—, no tengo dinero para nada. Quiero que me regales tu abrigo, ese abrigo negro tan bonito que te compraste.

—¿Cómo? —me preguntó, con esa voz asustada que combina tan bien con sus ojos asustados, sus gestos asustados, con ese Juan Pablo que yo no conocía y que salió de la nada, de adentro de las maletas vacías que íbamos llenando en Xalapa, y que se tragó al Juan Pablo cariñoso y bromista del que me había enamorado cuando sustituyó a la profesora de narratología y lo escuché analizar durante una hora y media, ¡una hora y media!, el famoso cuento de Monterroso de un renglón usando los árboles generativos de Chomsky.

–Voy para allá –le avisé–, voy a recogerlo.

Colgué sin darle oportunidad de que dijera nada y me fui corriendo los diez minutos que tardé en llegar a Julio Verne de subida, quizá fueron siete u ocho. Toqué en el sexto cuarta.

–Ahora bajo –dijo una voz que no identifiqué en medio del ruido de la fiesta.

Esperé tiritando. Abrió la puerta Facundo.

–Tomá, boluda –dijo–, te manda esto el boludo.

Cerró en mis narices. Me puse el abrigo y volví a casa.

YO HABÍA PENSADO EN UNA HISTORIA
MENOS CONVENCIONAL

El licenciado me llamó por teléfono y dijo: Te veo a las once en la Barceloneta. Eran las nueve de la mañana del 25 de diciembre y yo acababa de rescatar el teléfono del fondo del bolsillo del pantalón que descansaba en el rincón más alejado del cuarto. Dentro de mi cabeza retumbaba el concierto para bombo y platillo de un compositor esquizofrénico. Me había ido a dormir hacía apenas tres horas y media.

¿Cómo?, dije, ¿estás en Barcelona? No, pendejo, dijo el licenciado, me voy a subir al avión ahorita. ¿Cómo?, dije de nuevo, mirando fijamente un zapato y tratando de bajar el volumen al estruendo de mi cabeza. ¿Que estabas todavía dormido?, dijo. Este, dije, sí, es que me acosté tarde. Es Navidad, dije. ¿En serio?, dijo, no me había dado cuenta de que tuve que dejar a mi familia para venir a arreglar tus pendejadas, dijo. ¿Y ahora quién chingados le va a torcer el cuello al guajolote, eh? ¿Y ahora quién va a preparar el mole?, dijo. ¿Cómo?, dije de nuevo, sin dejar de mirar el zapato (ni siquiera me había desamarrado las agujetas). El chino te va a esperar a las once afuera de la estación del metro, dijo. ¿Dónde?, pregunté. ¡En el metro Barceloneta, chingada!, dijo, ¿por qué tengo que repetirte todas las cosas todo el tiempo?, y cortó la comunicación.

Me di un regaderazo caliente y me empiné un café con leche que el único efecto que produjeron fue que el concierto dentro de mi cabeza llegara a un segundo movimiento, lento y, al menos, acompasado. Mis sienes retumbaban cada siete segundos. Subí al metro como un sonámbulo, los doscientos metros del túnel de Paseo de Gracia me parecieron, literalmente, el pasaje al infierno. Miré los grafitis en el techo del túnel, buscando uno que dijera *Dante was here* con tipografía de los Latin Kings.

El chino fumaba recargado en el barandal de la escalera. Lo saludé con una mueca que en realidad disimulaba una arcada. Vaya pinta, tío, dijo, y se puso a caminar con dirección a la playa. Lo seguí sin decir nada. Nos metimos en la arena y me acompañó hasta la escultura de unos cubos de metal que me recordaba, irónicamente, los Cubos de Guadalajara, el cruce de avenidas donde se suponía que habían atropellado a mi primo. Espera aquí, dijo el chino, y se fue. Mientras esperaba, me dediqué a patear colillas de cigarro, tan abundantes como granos de arena, y a soportar, mal, el viento helado del Mediterráneo.

Casi a las once y media, cuando empezaba a dudar si la llamada y la caminata con el chino no habrían sido un delirio fruto de la combinación de vino tinto y tequila, veo que el licenciado se aproxima, abrigo gris hasta las rodillas, las solapas levantadas, lentes oscuros de policía o criminal (son los mismos), pelo relamido de gel peinado hacia atrás, las manos guardadas en los bolsillos del abrigo. Empiezo a caminar hacia él. Para el otro lado, me dice, cuando nos encontramos y yo le extiendo una mano temblorosa, no te detengas. Y no me saludes, pendejo. Empezamos a caminar hacia unas chimeneas industriales lejanísimas. ¿Qué te pasó en la cara?, dice. Es una derma-titis, digo. Nerviosa, agrego, después de una pausa, sepa-rando, a propósito, el sustantivo del adjetivo para que el adjetivo adquiera mayor dramatismo, pero el licenciado ignora el esfuerzo retórico sobrehumano. Camina decidi-do, como si no estuviera paseando, porque no estamos pa-seando, como si se dirigiera a algún sitio, aunque no lo hagamos, al menos no que yo lo sepa. Más adelante, cua-tro gaviotas se disputan los restos de lo que debió ser un pícnic nocturno. Mi madre no me creería que las gaviotas europeas también se alimentan de basura.

¿Se puede saber qué chingados estás haciendo?, dice, sin preámbulos y sin demostrar la menor preocupación por el estado de mi sistema nervioso. Normalmente me gustan los relatos que comienzan *in media res*, siempre me ha parecido que simulan un mayor respeto por la inteli-gencia del lector, pero la verdad es que cuando se trata de la vida real preferiría que me explicaran bien las cosas, des-de el principio. Cumplir tus órdenes, digo, porque de ver-dad creo que eso es lo que he estado haciendo, que a eso se resume mi vida. ¿Seguro?, dice, mientras nos metemos en la arena mojada para rodear a las gaviotas, tan pertinaces en su hambre que no levantan el vuelo al ver que nos acer-camos. Yo no te dije que mandaras a la chingada a Valen-tina. Cómo te gusta mandar a la chingada a Valentina, de veras, pobre Valentina. Fue ella la que se quiso ir, digo. Después de lo que pasó con Laia, explico. Igual es tu cul-pa, dice, no debiste dejar que se fuera. ¿Qué pretendías?, ¿protegerla? ¿Que no has entendido que la única manera de protegerla es obedecer mis órdenes? Este, empiezo a de-cir, yo no puedo obligarla, pero el licenciado me interrum-pe: No mames, dice, no me digas que ya te creíste todas las mamadas que andas leyendo para engatusar a Laia.

97

Un pakistaní con una bolsa verde de plástico se apresura para alcanzarnos. *Cerveza beer*, va a decir, cuando nos alcance, ofreciéndonos cerveza, y hachís, si nos ve interesados, y me preparo para que el licenciado lo espante como a un perro callejero antes de que se aproxime, pero no lo hace, y el pakistaní tampoco dice *Cerveza beer* cuando nos alcanza, sino que dice Buenos días, licenciado. Llegas temprano, dice el licenciado, te dije a las doce. ¿Quiere que espere?, dice el pakistaní. Quiero que parezca que viniste a ofrecernos una cerveza y que te dijimos que no, lárgate, dice el licenciado. Te veo a las doce. El pakistaní lo ignora y continúa siguiéndonos. Tiene un bigote delgadito y una papada prominente que desentona con su cuerpo delgado. Hablando de desentonar, el sol que acaba de asomarse entre las nubes desencadena el tercer movimiento del concierto en mi cabeza. Ahora resulta que los dos primeros sí tenían armonía. Tío, me dice el pakistaní, ¿eso que tienes es contagioso? ¿Qué coño esperas?, le dice el licenciado al pakistaní, lárgate. Si ya estoy aquí, empieza a decir el pakistaní, pero el licenciado lo interrumpe: ¿Ves a aquel pinche gilipollas? El licenciado no saca las manos de los bolsillos, no apunta hacia ninguna parte, pero aun así los dos identificamos al viejo que camina al lado de la playa. Barba blanca. Gabardina de detective. Simula pasear a un bulldog francés que tampoco es muy bueno simulando (juraría que el perro mira fijamente hacia nosotros). No es la única persona en los alrededores, pero sí es la única que parece que nos está vigilando. El perro, blanco con la cabeza negra, ladra como para confirmarlo. Nos está siguiendo, dice el licenciado. Lárgate ya. El pakistaní emprende la retirada de inmediato y el licenciado saca un celular. ¿Lo viste?, dice al teléfono. No, tranquilo. Pero no lo pierdas, dice, y cuelga.

¿Quién nos sigue?, digo. El licenciado vigila la marcha

del pakistaní antes de contestar: A ese pendejo lo mandó la familia de tu novia, dice. De tu nueva novia. ¿Cómo?, digo. La familia de Laia, pendejo, dice. La cabeza va a reventarme en cualquier momento y hasta me pellizco un cachete para ver si despierto, aunque me parece, creo, intuyo, que ya estoy despierto (espero que no). No sé si es mi novia, digo. ¿Cómo que no?, dice. Bueno, digo, este, no sé si todavía hay noviazgos en la posmodernidad. Ya te dije que a mí no me vengas con esas mamadas, dice. ¿Estás saliendo con ella sí o no? Le digo que sí. Te volviste sospechoso, pendejo, dice, exactamente lo que no queríamos que sucediera. Me pellizco más fuerte. No despierto. O sigo despierto. Y con muchísimo frío. Todo por no hacerme caso, dice. Tampoco era tan difícil. ¿Cuándo chingados te dije que terminaras con Valentina?, insiste. Yo no la terminé, digo de nuevo, fue ella la que se fue. Y tú la dejaste ir, pendejo, dice. Pensé que era lo mejor, digo. ¿Lo mejor para qué?, pregunta. Para tener acceso al círculo íntimo de Laia, digo, repitiendo de memoria la frase del licenciado. ¿Tú qué chingados sabes qué es lo mejor?, dice. ¿Sabes qué es lo único peor que un pendejo con iniciativa? No digo nada, respetando la pausa de la pregunta retórica. Un pendejo con *mucha* iniciativa, dice. Ahora vamos a tener que hacer control de daños. Aunque lo más probable es que ya chingaste el proyecto. Mi primo me mandó una carta, digo, sin darme cuenta, como si se tratara de un acto reflejo a la mención de la palabra «proyecto». El licenciado se detiene una milésima de segundo, como un coche que estuviera a punto de atropellar a un peatón temerario, y reanuda la marcha. Y dale con el pendejo de tu primo, dice. Los muertos no escriben cartas. Me la mandó antes de que, empiezo a decir, pero el licenciado me interrumpe: El pendejo de tu primo no tenía ni la más remota idea de dónde chingados se estaba metiendo. ¿Me estás amenazando? Al contrario, digo, lo que quiero es proponerte un proyecto. Ahora sí se detiene (yo hago lo mismo), refunde las manos más adentro de los bolsillos, como si escarbara un túnel ahí adentro, se estremece con una ráfaga de viento que, eso sí que no, no consigue despeinarlo. De pronto estoy hablando como mi primo. Sobre todo porque no sé de qué chingados estoy hablando. ¿De qué chingados estás hablando?, dice el licenciado, efectivamente. De un proyecto a largo plazo, digo, como si el espíritu de mi primo hubiera aprovechado que estoy tiritando, crudísimo, las defensas al mínimo, para metérseme bien adentro. No me vas a decir que te vas a casar con Laia, a tener hijitos y a comer perdices, dice. Empieza a caminar de nuevo, y yo a seguirlo. No mames, dice. La heredera lesbiana de un político supernumerario del Opus Dei no se va a casar con un inmigrante mexicano. ¿Te das cuenta de lo mal que suena? No sé qué cara hago, pero debería aprender a disimular. El licenciado me agarra del antebrazo y me obliga a detenerme. No me digas que no sabías que la familia de Laia es del Opus, dice. Claro, digo. *Claro*, repite el licenciado con sorna: de veras soy malísimo mintiendo. ¿Sabes cuántos hermanos tiene Laia?, dice el licenciado. No digo nada (no lo sé, increíblemente yo no le he preguntado y, sospechosamente, ella no me lo ha contado). ¿O cuántas hermanas, más bien? Once, dice el licenciado, once hijas de la chingada. Todo el pinche equipo femenil del Barça. Y ella es la *pubilla*. ¿La qué?, digo, pensando que escuché mal. ¡La heredera, pendejo!, dice el licenciado, ¿no estás estudiando catalán? El director de la orquesta manda que todos los bombos y platillos aporreen con apoteosis apocalíptica. Hasta me voy a desmayar, creo, del frío, o de la gastritis. Pero no me desmayo. Lástima.

100

No puedo creer que seas tan pendejo, dice el licenciado. ¿Podemos entrar a algún sitio?, digo, me estoy muriendo de frío. ¿No tienes un abrigo?, dice, con esa pinche chamarrita te va a dar una pulmonía. No puedo creer que seas tan pendejo, repite, ignorando mi petición de refugio. ¿Qué, te enculaste?, dice. No digo nada. ¿Te gusta Laia?, dice. Me quedo callado. Callado-callado. Nomás falta que te hayas enamorado de ella, dice. Calladísimo como si me hubiera tragado un millón de gaviotas rellenas de basura que revolotearan en mis entrañas. ¿No se suponía que Laia era lesbiana?, dice. Que nunca hubiera tenido novio no quiere decir que fuera lesbiana, digo. Que nunca hubiera tenido novio y que sólo hubiera tenido novias sí quiere decir que es lesbiana, dice.

Seguimos caminando dos, tres minutos, en silencio. Dile a Laia que tu padrino vino a visitarte y que quiere conocerla, dice el licenciado. ¿No es demasiado pronto para presentarle a la familia?, digo. Se va a asustar. Eso lo debiste haber pensado antes, dice. Se queda un rato en silencio, cavilando. Dile que yo conozco a su padre, dice. Que es una pinche coincidencia increíble de la que acabamos de darnos cuenta, que tu padrino hizo una maestría en Barcelona y que su padre fue su profesor. Vamos a tener que jugárnoslo todo a una carta. Más te vale que funcione.

Esto es inadmisible, dice el padre de Laia en cuanto nos sentamos a solas en su despacho. A solas: el licenciado, el padre de Laia y yo. Esto no lo voy a tolerar, dice, de ninguna manera. De ninguna manera, repite, en catalán. Gilipollas. A mí también me da gusto volver a verte, Uri, dice el licenciado. ¡Me llamo Oriol!, dice el padre de Laia, aunque pronuncia Uriol. ¿Qué es lo que quieres demostrar?, dice. ¿Que puedes infiltrarte en mi familia? Yo los miro a uno y a otro, atónito, confirmando lo que me dijo el licenciado en la playa: que el pendejo de mi primo, pendejo, pendejísimo, que en paz descanse, no tenía ni idea de en qué pinche proyecto se estaba (me estaba) metiendo. Y descubriendo que el licenciado, contra todo pronóstico, no había mentido cuando le dijo a Laia que conocía a su padre, que había participado en el seminario de inversión extranjera que su padre impartía en la maestría de una escuela de negocios del Opus Dei, le dijo, mientras tomábamos un café en el hotel del licenciado, un cinco estrellas o seis o siete en Paseo de Gracia, esa misma mañana. Y luego la fue engatusando, hablándole de Rosa Luxemburgo y de los museos de Berlín, soltándole frases en catalán, diciéndole que en sus empresas en México se respetaba la paridad de género, y que incluso había más mujeres que hombres en los puestos directivos, y que no era por ideología, o no sólo por ideología, sino por la simple razón de que las mujeres eran más listas, más eficientes, más productivas, y que esos negocios, de hecho, no hubieran crecido tanto si no fuera por los consejos de su padre, un genio en el análisis de los flujos de capital, le dijo, hasta que Laia, entusiasmada por las coincidencias (sic) y por lo encantador que era mi padrino (doble sic), acabó invitándonos a pasar a casa de sus padres a tomar un café esa tarde, después de la comida, cuatro y media o cinco, a comer no podía invitarnos, se disculpó Laia, porque había comida familiar, porque era San Esteban.

Este, digo, ¿o sea que sí se conocían?, pero el licenciado y el padre de Laia ni siquiera voltean a verme, enfrascados en una guerra de miradas como la que yo jugaba con mi hermana cuando éramos chiquitos. El que parpadea primero pierde. Aprovecho que no reparan en mi existencia para empezar a rascarme. Honestamente, dice el licenciado, yo había pensado en algo diferente, en una historia menos convencional, en una relación tóxica con una muchachita, la ex novia de Juan Pablo, de hecho. Y por fin parpadea. Pero no se puede confiar en esta gente, añade, son gente de letras, creen en los sentimientos, son románticos, bohemios, se enamoran. Capullos, dice el padre de Laia. Exacto, dice el licenciado, en México les decimos pendejos. ¿Sabes qué es lo más gracioso, Uri? Que fuiste tú quien metió a Laia en esto. El padre de Laia da un manotazo en el escritorio como para desmentir la calumnia. ¿No me pediste que la cuidara cuando hizo su viaje al Caribe?, le pregunta el licenciado. ¿Qué te preocupaba? ¿Que la secuestraran? ¿Que te la mandáramos de regreso en cachitos? Yo me aseguré de que volviera completita, te cumplí mi promesa, te la cuidé, le di la mejor habitación de nuestro hotel en Cancún y puse a un muchacho para que estuviera al pendiente de ella. Mira qué casualidad, era el primo de Juan Pablo. Desgraciadamente acaba de fallecer en un accidente. Una historia terrible, muy triste, era un buen muchacho, tenía mucho futuro. ¿Podemos tomar ese whisky?, añade, porque se suponía que a eso habíamos ido a encerrarnos al despacho, a refugiarnos del fragor de las once hermanas de Laia y sus novios (los de las mayores) y sus primas *pijas* y sus tías solteronas de la vela perpetua y sus padrinos sacados de *El Padrino*, reales y políticos. ¡Deja de rascarte, chingada!, me dice el licenciado, ¡pareces un perro sarnoso! El padre de Laia desvía la mirada un segundo hacia mí (yo escondo las manos en los bolsillos del pantalón), luego sigue enrocado detrás del escritorio, tenso como una piedra en una resortera, incapaz de parpadear. No te pongas a la defensiva, Uri, dice el licenciado, lo intenté por las buenas, pero no hubo manera de que quisieras escucharme. Considera la posibili-

103

dad de que esto se convierta en la oportunidad que has estado esperando. Y si no quieres considerarlo, dice, al menos ya sabes hasta dónde soy capaz de llegar. ¿Es una amenaza?, dice el padre de Laia. Que estemos sentados aquí, en tu casa, en tu despacho, en la tarde de San Esteban, es la verdadera amenaza, dice el licenciado. Pero yo lo único que quiero, en este momento, es tomar un whisky.

El padre de Laia se levanta para servir el whisky. Te doy cinco minutos para que me expliques qué es lo que quieres, dice, y más te vale que me interese. De lo contrario llamaré a los mossos. Tú sabes muy bien que en este país, a diferencia del tuyo, la justicia todavía funciona. El licenciado se ríe. A carcajadas. Sinceras. Hasta se palmea la rodilla, al borde de la sobreactuación. Ése es el Uri que yo conozco, dice, siempre contando chistes.

Tocan a la puerta y el padre de Laia dice: Adelante, en catalán. Asoma la cabeza una sirvienta uniformada, latina, que dice con acento boliviano o ecuatoriano (no sé distinguirlos) que la señora manda preguntar si queremos café o si se ofrece algo. Nada, dice el padre de Laia, sin consultarnos, pero, antes de que la sirvienta cierre la puerta, el licenciado dice: Espere. Acompañe al muchacho con la señorita Laia. Y luego a mí: Deberías platicar con tu suegra. A ver si consigues que deje de mirarte como si fueras una cucaracha. Explícale que lo que tienes no es contagioso. Me levanto y camino hacia la puerta. Antes de salir, escucho que el licenciado dice: ¿Me vas a dar un doce años, Uri?, ¿en serio?, y entonces cierro la puerta que abre una elipsis que no debería existir si yo quisiera contar completa esta historia, o, más bien, una elipsis que no existiría si yo pudiera contar completa esta historia.

Estaban una vez un mexicano, un chino y un musulmán en una reunión con un mafioso mexicano en la oficina de una bodega abandonada en Barcelona, sólo que el musulmán no era exactamente musulmán, era un pakistaní ateo. El mexicano, el chino y el pakistaní no se conocían entre ellos, era el mafioso mexicano el que los había reunido para explicarles el funcionamiento de un negocio. O no exactamente el funcionamiento de un negocio, sino más bien lo que cada uno de ellos tenía que hacer para que el negocio funcionara, aunque en realidad ninguno de los tres entendiera exactamente cómo funcionaba el negocio y el mexicano, en especial, no entendiera nada.

El mafioso mexicano les dice que el funcionamiento del negocio consiste en que a partir de ahora todos hagan exacta y únicamente lo que él les ordene. Y con exacta y únicamente se refiere a exacta y únicamente. Que no hay margen para interpretaciones. Que si alguno de los tres cree que se le ocurre una mejor idea, que mejor se meta su idea por el culo. Que no va a tolerar desviaciones del plan. Que la mínima desobediencia será castigada y que los tres ya han tenido suficientes oportunidades de comprobar que no está bromeando. ¿Me estoy riendo?, pregunta. Los tres dicen que no. Es más, dice, para que vean que no me estoy riendo, para que vean la diferencia, les voy a contar un chiste.

Era una vez un pendejo que estudiaba un doctorado en teoría literaria y literatura acomplejada, dice el mafioso mexicano. Se supone que el pendejo era muy listo, por eso estaba estudiando un doctorado, pero en realidad el pendejo era muy pendejo. Muy capullo, añade, para que me entiendan. Muy subnormal. El pendejo era tan pendejo que creía que se le ocurrían ideas mejores que las órdenes que recibía. Lo que no pensó el pendejo fue en las consecuencias de sus geniales ideas y lo chistoso del chiste es que el pendejo creía que sus ideas de verdad eran mejores. Porque eso es lo que piensas, ¿no, pendejo?, dice el mafioso mexicano, apuntando con el mentón hacia donde está el mexicano, piensas que todo salió bien, ¿no? El mexicano no dice nada, se queda quietísimo, porque con el mínimo pestañeo estaría aceptando que él es el protagonista del chiste. Pues te informo que tenemos un problemita, dice el mafioso mexicano. Y tú lo vas a arreglar.

El mafioso mexicano saca un celular del bolsillo interior del saco (viste traje oscuro) y llama. Espera tres, cuatro segundos. Tráelo, dice, cuando le contestan la llamada. Pasan dos, tres minutos, durante los cuales el chino intenta encender un cigarro, pero su encendedor no funciona. Pide fuego. Nadie trae. El pakistaní se acerca al mexicano, pero no demasiado. Hola, dice, yo soy Ahmed, nos vimos el otro día, ¿te acuerdas? No me dijiste si lo que tienes es contagioso. Antes de que el mexicano diga nada, el mafioso mexicano les grita: ¡¡Pero qué cojones!? Si vamos a trabajar juntos necesito saber qué enfermedad tiene, dice el pakistaní, si tiene la lepra y no está en tratamiento puede contagiarnos. ¡Ni que estuviéramos en tu puto país!, grita el mafioso mexicano. ¡Cierra el hocico! ¡Vas a arruinar el pinche chiste, hostia! Entonces entra en la escena un matón mexicano jalando del brazo a un viejo de barba blanca que viste gabardina de detective. El viejo está esposado y una cinta gris de embalaje cubre su boca. ¿Te acuerdas del Chucky?, le dice el mafioso mexicano al mexicano. Saluda al Chucky, no seas maleducado. Hola, dice el mexicano, confundido porque el chiste se está complicando demasiado (Estaban una vez un mexicano, un chino, un musulmán, que en realidad no era musulmán, sino un pakistaní ateo, un detective español, un mafioso mexicano y su matón..., demasiados personajes, el chiste no puede acabar bien). ¿Cómo está Valentina?, dice el matón mexicano. ¿Quién es éste?, dice el pakistaní, señalando al viejo. Este pinche gilipollas es el pendejo que mandó la familia de la noviecita de este otro pendejo para investigarlo, dice el mafioso mexicano. Tiene nombre, añade, pero vamos a llamarlo Control de Daños. O Reprimenda. O A Ver Pendejo Si Entiendes Cómo Se Hacen Las Cosas. El pobre gilipollas no investigó gran cosa, dice, pero aquí el doctor en literatura acomplejada tiene que aprender. Chucky, dice, e inclina la cabeza hacia el mexicano. El matón mexicano saca una pistola y la extiende hacia el mexicano, ofreciéndosela. El mexicano no se mueve ni un centímetro. Agárrala, dice el matón mexicano. Ni un milímetro. Que la agarres, chingada, dice el mafioso mexicano. El mexicano extiende la mano derecha y recibe la pistola, temblando.

Si quieres que crea que el proyecto puede funcionar, dice el mafioso mexicano, necesito una prueba. No confío en la gente que estudia tanto, que tiene tanto respeto por la teoría. Al final no hacen nada, dice. Se vuelven indecisos. Contemplativos. Escépticos. Y no hay nada peor para que un proyecto se vuelva realidad que tener a un escéptico involucrado. Así que vas a dejar de pensar, dice. Y vas a obedecer, dice. ¿Entendido?, dice. El mexicano asiente moviendo ligeramente la cabeza, embobado por la presencia insólita del arma en su mano derecha. Mátalo, dice el mafioso mexicano. ¿Cómo?, dice el mexicano. Que le dispares, chingada, dice el matón mexicano. ¿A quién?, dice el mexicano. ¡¿Cómo a quién, pendejo!?, ¡¡cómo a quién!?, ¿¡a quién va a ser!?, dice el mafioso mexicano. Tú lo metiste en esto, con tu brillante idea, tú te haces responsable. Este, empieza a decir el mexicano, pero no se le ocurre nada más que decir. Chucky, dice el mafioso mexicano, inclinando de nuevo la cabeza hacia el mexicano. El matón mexicano saca una segunda pistola del bolsillo interior del abrigo negro de lana que viste, elegantísimo, en el que el que cuenta el chiste no había reparado hasta este momento, ni en ningún detalle de su vestimenta, es un matón catrín, y la extiende hacia el mexicano, esta vez apuntando. ¿Necesitas una hipótesis para pasar a la acción?, dice el mafioso mexicano. Que el muerto acabes siendo tú es una hipótesis válida. No sé usarla, dice el mexicano, mirando la pistola. No mames, dice el mafioso mexicano, todo el mundo sabe usar una pistola. El mexicano levanta el arma. El viejo gime debajo de la cinta que cubre su boca y trata de sacudirse, sin demasiada convicción, quizá porque sabe que cualquier esfuerzo es inútil si en el chiste hay un mexicano, un chino y un musulmán, aunque el musulmán no sea en realidad practicante de esa religión. No hay manera de que salga vivo del chiste. El matón catrín se aleja todo lo que le permite la maniobra con la que tiene inmovilizado al viejo, preocupadísimo de que no le manchen la ropa. Apúrate, le dice al mexicano. Y apunta bien, dice. El mexicano corrige la posición de la pistola. Quítale el seguro, pendejo, dice el mafioso mexicano. El mexicano ve la pistola. Arriba, dice el catrín. El mexicano quita el seguro y vuelve a apuntar. Espera, dice el mafioso mexicano. Últimas palabras, todo mundo tiene derecho a decir sus últimas palabras, dice, y levanta la cabeza hacia el catrín. El catrín se acerca de nuevo al viejo y le arranca de un tirón la cinta gris de embalaje que cubría su boca. La cinta depila parcialmente el bigote del viejo. Putos inmigrantes de mierda, dice el viejo. Muy edificante, dice el mafioso mexicano. ¿Algo más?, agrega. No matéis a la perra, dice el viejo, ella no tiene la culpa de nada. ¿Trajiste a la perra?, le pregunta el mafioso mexicano al catrín. Está amarrada afuera, dice el catrín. Sois basura, dice el viejo. Dispara ya, chingada, le dice el mafioso mexicano al mexicano. Dispara antes de que este pinche gilipollas nos eche a perder el chiste. El mexicano dispara. Otra vez, dice el mafioso mexicano. El mexicano dispara de nuevo. Otra, dice el mafioso. El mexicano obedece.

Chingada, dice el catrín soltando el cuerpo del viejo y limpiándose con el dorso de la mano las solapas del abrigo salpicadas de sangre. El chino y el pakistaní miran al suelo para confirmar el estado del cuerpo: dos tiros en el pecho y uno en el cuello (el primero). El mafioso mexicano se acerca al mexicano y le arrebata la pistola de la mano. Saliste más cabrón que bonito, dice. Luego mira (primero) al chino, que se afana en hacer funcionar el encendedor (fracasando), y (después) al pakistaní, que levanta una bolsa verde de plástico del suelo donde guarda seis latas de cerveza. ¿Puedo quedarme a la perra?, dice el pakistaní. Fin del chiste, dice el mafioso mexicano. Ya pueden reírse. Nadie se ríe. Que ya podéis reíros, *tíos*, dice el catrín. Es una puta orden.

CUÉNTALE A TU MADRE MÁS COSAS
SOBRE ELLA

Querido hijo, qué sorpresa recibir tu correo con tantas novedades, si bien tu madre hubiera preferido que la llamaras y se las contaras por teléfono. Tú sabes muy bien que tu madre no es una de esas madres melodramáticas, ¿pero no podrías haber llamado en Nochebuena? Créele a tu madre que tu llamada hubiera ayudado a hacer un poco menos desgraciada la noche, sobre todo porque tu madre pasó el disgusto de ir a cenar a casa de tu tía Concha. Sí, ya sé lo que debes estar pensando, que tu madre para qué fue si luego se la va a pasar quejándose, pero ya sabes cómo es tu padre, tu tío lo llamó para invitarnos y no se atrevió a decirle que no, por lástima, y luego le vino a tu madre con el cuento de que ahora más que nunca la familia tenía que estar unida. ¡Como si la muerte de tu primo borrara todas las groserías y los desplantes que tu tía le hizo a tu madre en el pasado! ¿Te acuerdas de la vez que se levantó a media cena para preparar una salsa porque decía que a tu madre se le había secado el pavo? Tu madre sí se acuerda. Era una receta de la Provenza y tu tía le echó encima una salsa de chile guajillo. En ese tipo de detalles, hijo, es donde se ve la diferencia de cuna.

110

Y encima tu padre le salió a tu madre con chantajes emocionales. Imagínate que hubiera sido Juan, le dijo a tu madre, con cara de perrito atropellado (perdónale a tu madre la comparación, pero tú que estudiaste letras sabes mejor que nadie lo importante que es la precisión del lenguaje). Imagínate que Juan estuviera muerto, le decía tu padre a tu madre. Tu padre de verdad no tiene remedio. Si tú estuvieras muerto lo último que tu madre querría sería tener a tu tía sentada en el comedor de la casa esperando a que tu madre le sirva la cena. Pero tu madre le dijo a tu padre que a ti una cosa así nunca te pasaría, para empezar porque desde chiquitos tú y tu hermana aprendieron que los puentes se pasan por arriba y no por abajo, ésa es la única enseñanza útil que les dio haber nacido en ese pueblo rascuache de Los Altos.

Qué te costaba llamar, hijo, tu padre quiso esperarse hasta las ocho de la noche a ver si llamabas, tu madre le dijo que no ibas a llamar, que en Europa ya eran las tres de la mañana, pero tu padre no entiende de husos horarios. Por fin se resignó a la idea y sacó del refrigerador las botellas de sidra que había comprado para llevar a la cena y que tu padre sabe muy bien que a tu madre le dan agruras. Se quedó muy sentido tu padre, Juan, escríbele a tu padre cuando puedas, o mejor llámalo, invéntale alguna excusa complicada para explicarle por qué no llamaste, que de algo sirvan todos esos libros que has leído, invéntale cualquier cosa, tu padre todo se lo traga. El otro día tu padre estuvo como media hora mirando fijamente por la ventana de la sala, sin hacer ni decir nada, y cuando tu madre le preguntó qué miraba, ¿sabes lo que respondió? Que la luz del invierno lo subyugaba. ¡Que la luz lo subyugaba! Tu padre de verdad que saca de quicio a la pobre de tu madre. En esa media hora, si hubiera estado en el consultorio en lugar de metido en la casa, habría atendido a tres o cuatro pacientes.

Pero tu madre no te escribe para contarte sus problemas con tu padre, tú bien sabes que tu madre no es esa clase de madre, tu madre te escribe para decirte que tus noticias fueron el mejor regalo de Navidad que podría haber recibido. ¡Ay, hijo, qué felicidad me has dado! Si tan sólo le hubieras contado a tu madre antes de la cena tu madre habría podido contarle a toda la familia que ahora tienes una novia europea. A tu madre le habría encantado ver las caras de tus primos, ¡y la cara de tu tía Concha!, tu madre tuvo que conformarse con imaginársela cuando la llamó por teléfono para contarle después de recibir tu correo. Hubieras visto el silencio que se hizo, hijo, cuando tu madre le anunció, y que conste que sin alardes: Concha, te llamo para informarte dos cosas. Primero, que Juan Pablo y Valentina han terminado. Y segundo, que ahora mi hijo tiene una novia catalana de una familia europea de abolengo. Tu madre casi pudo escuchar a la sirvienta pasando el trapeador a los pies de tu tía.

Hijo, tu madre sabe que no está bien hacer leña del árbol caído, pero en este caso tu madre cree que es importante que sepas que tu madre siempre supo que Valentina no era una elección adecuada. Si tu madre te lo dice sólo ahora, hijo, no es como un reproche, de ninguna manera, tu madre sería incapaz de algo así, tu madre no es esa clase de madre, sino que tu madre lo dice como una felicitación. Qué bueno que recapacitaste, Juan, esa Valentina tan chaparra, con ese nombre de salsa, los ojitos tristes y ese pelo aplastado de india, la pobre, la verdad es que ella no tiene la culpa, con esa familia que bajó de la Huasteca a tamborazos. Pero tu madre no puede preocuparse por ella, que nuestra familia no es una institución de caridad para andar recogiendo muchachitas y darles oportunidades en la vida. Eso tu madre se lo deja al gobierno veracruzano. A tu madre le queda corazón y energía sólo para preocuparse por tu futuro, hijo, y por eso tu madre está tan contenta.

Tu madre no va a ocultarte que además de contenta está aliviada, tu madre siempre ha estado preocupada por tu carácter, por esa tendencia que tienes a agachar la cabeza y obedecer órdenes, en eso saliste a la familia de tu padre. Son todos igualitos. Tan revoltosos que son en Los Altos para que luego resulten puros agachones. Que no te indigne, hijo, que tu madre te diga la verdad, que no te nuble la razón la honestidad de tu madre. Tú fuiste el que le dio a tu madre motivos de sobra para estar angustiada, con todas esas decisiones equivocadas que ibas tomando, estudiar una carrera sin futuro, irte a vivir a una ciudad subdesarrollada, enamorarte por lástima, tu madre sabe que tú sabes muy bien de qué está hablando. Todas esas cosas a alguien que no te conociera como te conoce tu madre podrían parecerle señales de rebeldía, de una persona con carácter fuerte y que sabe lo que quiere en la vida, pero en realidad eran exactamente lo contrario, berrinches para simular una confianza en ti mismo que no tenías. Cuando eras niño, lo que más mortificaba a tu madre era justamente eso, que no tuvieras confianza en ti mismo para defenderte, ya fuera de tu hermana, que incluso siendo menor que tú todo el tiempo te humillaba, de tus compañeros de la escuela que te hacían la vida imposible (¿te acuerdas de cuando te hacían llorar y no querías salir de abajo de mi falda?), o de tus primos, que desde chiquitos ya eran unos salvajes.

¿¡Quién te viera ahora!? ¡Con una novia europea! ¡Y muy guapa se la ve en la foto! (aunque tu madre te pide que le mandes otra foto donde se la vea más de cerca, porque en esa que le mandaste a Laia se le ve una sonrisa medio rara).

Tu madre debe confesarte que hasta hace muy poco, hasta que avisaste que te ibas a estudiar a Europa, la incertidumbre por tu futuro no la dejaba vivir. La verdad es que tu madre se equivocaba. ¿Pero cómo iba a saber tu madre que detrás de tantos errores había un plan, un verdadero proyecto de vida? Tienes que reconocer que tu madre tenía razones de sobra para vivir desconsolada. Ya te imaginaba tu madre dando clases de español en una secundaria pública de Pachuca o en una preparatoria privada de Guadalajara (donde ibas a ser la burla de todos los estudiantes), casado con esa pobre Valentina para la que vivir en un departamento de dos cuartos con agua potable y luz ya hubiera significado un ascenso social. Pero tu madre estaba equivocada y a tu madre no le cuesta reconocerlo, que lo que importa no es el orgullo de tu madre, lo que importa es tu futuro. Tu madre está orgullosísima de que aquel escuincle miedoso que se orinaba en la cama hasta los once años se haya convertido en este adulto exitoso que vive en Europa.

¡Si tan sólo le hubieras avisado a tu madre antes de la cena, ésa habría sido la Navidad más feliz de su vida! En cambio, tu madre tuvo que aguantar a tu tía Concha, que es tan egoísta que no deja que nadie hable de otra cosa que no sea la cadena de desgracias que les han sucedido desde que falleció tu primo. Como si no hubieran pasado ya dos meses. Yo le dije que ya iba siendo hora de que lo superaran. Pero no hay manera de que tu tía escuche, lo único que le interesa es desahogarse hablando de la mentada fundación que dizque andan creando, la fundación para la memoria de tu primo, un instituto para enseñar a cruzar las calles, ¿sí te conté? Nos pasamos la noche viendo logotipos para la fundación, tu tía quería que votáramos cuál era el mejor, y todos eran horribles, los diseñó tu primo Humberto, que ni acabó la carrera (¿o sí la acabó?), todo por ahorrarse mil pesos, ¿o cuánto crees que cobren por el dibujo de un logotipo? Ya te puedes imaginar cómo va a ser la fundación si todo quieren conseguirlo con favores. A tus primos tu madre los descubrió en un rincón riéndose a carcajadas de un logotipo que no les enseñaron a tus tíos. Era una foto de un atropellado a la que le habían pegado la cara de tu primo y abajo decía: Fundación El Apachurre. De veras que tus primos son unos salvajes.

Por cierto, antes de que a tu madre se le olvide, deja que tu madre te cuente que tu tía le dijo que la sirvienta le contó que tu primo te había mandado una carta a Barcelona antes de morir, que le había pedido a la sirvienta que la llevara al correo. ¿Es verdad, Juan? Tu madre le dijo a tu tía que seguro que la sirvienta estaba inventando, ya ves que esa pobre gente tiene fantasías y alucinaciones del hambre. Además, ya nadie manda cartas, eso es de otra época. Y que supuestamente también le había mandado una carta a Valentina. Todo esto a tu madre le pareció muy raro. ¿Tu primo conocía a Valentina? Tu tía le salió a tu madre con que esas cartas demostraban lo unidos que estaban tú y Lorenzo y hasta le dio por abrazar a tu madre y ponerse a llorar en su hombro. No sabes qué momento, hijo, tu madre ya no sabía cómo zafarse.

Bueno, hijo, tu madre te lo cuenta para que, en caso de ser cierto, tengas cuidado ahora que tú y Valentina se han separado, quién sabe qué cosas le haya escrito tu primo, si es que le escribió de verdad, ya ves lo mentiroso que era tu primo y además te tenía mucha envidia. Tú no te dabas cuenta porque siempre fuiste muy ingenuo y muy confiado.

Pero tu madre no te escribe para hablarte del pobre de tu primo, que en paz descanse, ni de las impertinencias de tu tía o de los cuentos de la sirvienta. Lo que tu madre quería era decirte lo feliz que la hizo tu correo, y que ya está esperando con ansias que le mandes otro retrato de Laia para conocerla mejor. Cuéntale a tu madre más cosas sobre ella, su familia, su carácter, a qué se dedica su padre. Ya se ve en la foto, aunque de lejos, que es de buena familia, que para eso tu madre no necesita verla de cerca, esas cosas se distinguen a la distancia. Perdona la pregunta, hijo, ¿pero Laia estaba mordiendo algo en la foto o qué tiene en la boca que se le ve medio torcida? ¿Un chicle? Mándale a tu madre un retrato de rostro, y no te tardes, no tengas a tu madre esperando muchos días, que ya sabes que la curiosidad le sube el azúcar.

Pasando a otros temas, menos agradables, tu madre no sabe si has hablado con tu hermana o si te estás escribiendo con ella. Tu madre te cuenta por si no lo sabes. Ahora resulta que se le metió en la cabeza que en la empresa la están subestimando y que, si no le suben el sueldo y le dan mejores prestaciones, va a renunciar. Escríbele a tu hermana cuando puedas y dile que se deje de tonterías, si se queda sin trabajo qué va a hacer, tu hermana tiene que darse cuenta de sus limitaciones, está mal que lo diga tu madre, pero tu hermana no nació para grandes cosas. Tu madre no quiere tener a tu hermana metida todo el santo día en la casa, tu madre ya tiene suficiente con sus cosas.

Ay, hijo, a tu madre otra vez le salió un correo muy largo pero has de entender lo ilusionada que está, no es todos los días que una madre se entera de que por fin su hijo le ha puesto el rumbo correcto a su vida. Tu madre te deja, pues, hijo, que debes estar muy ocupado. Tu madre te manda un abrazo muy fuerte y te recuerda que no te olvides de mandarle el retrato de Laia.

Un retrato de rostro, por favor, para tu madre que te extraña.

SI NO QUIERES CONTARME NO ME CUENTAS

Domingo 26 de diciembre de 2004

Ayer todo el día tirada durmiendo. Me levanté a las nueve de la noche. Me comí una lata de sardinas y un paquete de galletas y volví a la cama. Iba a salir para estirar las piernas pero la perspectiva de tener que subir la escalera al regresar me detuvo. Cinco pisos me exigen una voluntad que ahora mismo no tengo.

Si duermo con el abrigo puesto no tengo frío.

Como era de esperarse, desperté a las cuatro de la mañana y ya no pude dormir. Encendí la luz y del alterito de libros que tengo en la mesita (mis circunstancias y las dimensiones del cuarto me condenan a los diminutivos), escogí el que más daño me haría. Releí en un suspiro el «Diario de Escudillers». Me quedó el consuelo de que yo vivo en un barrio mejor que el de Pitol, aunque la última frase me dejó un gusto amargo en la boca: «La verdad es que no cambiaría Barcelona por ninguna otra ciudad del mundo.» Yo la cambiaría por cualquiera.

Me acordé de la sonrisa enigmática de Pitol el día que nos acercamos para contarle que nos íbamos a vivir a Barcelona. Fue al final de una conferencia y él fingió muy bien que se acordaba de nosotros, de cuando habíamos asistido a su curso de cine y literatura en la facultad de letras. En aquel entonces me pareció una sonrisa de complicidad, extraña, pero de complicidad. Y en su actitud reservada también detecté cierto temor a que le pidiéramos alguna cosa (una carta de recomendación, que nos pusiera en contacto con alguno de sus amigos catalanes). Esta madrugada, después de releer el diario, esa sonrisa se transformó en socarronería. Como si Pitol nos hubiera advertido que Barcelona no era una buena idea. Él calibró nuestra ingenuidad. Él sabía lo que nos iba a pasar.

Once de la mañana. Sentí la necesidad de salir a la calle a que me pegara el frío en la cara, a comprar una baguette aunque fuera. En la plaza del Sol había menos okupas de los habituales. ¿Habrán ido a pasar las fiestas con sus familias? Me quedé observando a uno que tocaba la flauta sentado en el suelo, con un vaso de café para pedir dinero, sin perros. Miré a los demás okupas y descubrí que era el único que no estaba rodeado de perros. Lo observé por un rato sin disimular, entendiendo por primera vez cómo puede llegarse a eso. Yo podría llegar a eso. Voy en el camino correcto.

–Qué guapo tu abrigo, tía –me dijo el okupa, interrumpiendo su música y mi pensamiento–. ¿De dónde eres? –me preguntó.

Como no respondí al momento, añadió:

–Yo soy de Italia, de Milano.

–¿Y qué haces en Barcelona? –le dije, casi sin darme cuenta, con genuina curiosidad antropológica.

—En Italia tenemos Berlusconi —me dijo—, un fachista de mierda. Estás en la calle sin hacer nada y manda la policía para golpearte.

—¿Aquí no? —le pregunté.

—En Barcelona la gente es buena —me dijo—, bastante tonta.

—¿La policía también? —le pregunté.

—No —me dijo—, la policía siempre son hijos de puta, aquí hay mossos d'esquadra y guardia urbana y guardia civil y la policía secreta. Todos hijos de puta —me dijo—. Pero aquí la gente da dinero, en Gràcia está muy bien, no hay tantos problemas con los vecinos. ¿Vives aquí cerca? —me preguntó.

Le dije que sí, que en la calle de la Virtud, señalando con el brazo extendido hacia donde estaba la calle.

—Qué nombre para una calle, eh —me dijo—. ¿No me vas a decir de dónde eres? —volvió a preguntarme.

—De México —le respondí.

—Oh, me encanta Messico —me dijo—, Chiapas, el subcomandante Marcos. ¿Quieres un vaso de birra? —me ofreció, señalando una botella larga con una etiqueta roja, menos gorda que una caguama—. ¿Por qué no te sientas? Es más fácil calentarte si te quedas quieta donde cae el sol, mira a los perros, los perros lo saben. Los perros son muy sabios, eh, hay que hacer caso siempre a los perros.

—¿Tú no tienes perros? —le pregunté.

Levantó un tetrapack de vino tinto y se empinó un trago largo.

—Prefiero no hablar de eso —dijo.

—¿Cómo te llamas? —le pregunté.

—Jimmy —respondió—. ¿Y tú?

—No es un nombre muy italiano que digamos —le dije.

—En realidad me llamo Giuseppe.

Tres días sin escribir en el diario. No hago un diario para ridiculizarme, para compadecerme de mí misma, no me haría nada bien escribir sobre los últimos días. No quiero leerme dentro de un tiempo y sentir vergüenza de mí misma. Mejor no escribir. Lo único que he escrito son correos a Juan Pablo. Uno al día. Juan Pablo es un cabrón. Juan Pablo es un hijo de la chingada. Juan Pablo es un culero. Tecleo y tecleo hasta que se me acaban los quince minutos. El martes incluso pagué media hora.

Al atravesar la plaza del Sol me encontré a Jimmy en el lugar de siempre. Me invitó un vaso de vino tinto que no me atreví a rechazar. Vino de tetrapack que bajaba por mi garganta como si fueran cuchillas de afeitar que hacían pequeños cortes en el esófago.

—¿Dónde están tus colegas? —le pregunté, porque la plaza estaba medio vacía.

—En sus casas —me dijo—, visitando a sus familias.

—¿En Italia? —le dije.

—O en Francia, en Alemania, aquí hay gente de toda Europa.

—¿Y cómo le hacen para ir? —le pregunté.

—Como toda la gente, en avión, en tren, en autobús, depende, ¿qué esperabas?, ¿que fueran caminando?, ¿de autoestop? Somos gente normal, eh, ocupar es una elección, una forma de vida. ¿Tú qué haces para vivir? —me preguntó.

—Nada —respondí—. Nada por el momento.

—Pero de algo debes vivir —me dijo—, si no de dónde sacas ese abrigo tan chulo. Ese abrigo es caro, eh.

—Prefiero no hablar de eso –le dije.

—¿No trabajas? –insistió–, Barcelona es cara, se te va a acabar rápido el dinero.

—No tengo papeles –le dije.

—No necesitas papeles para trabajar –me dijo–, seguro consigues trabajo, en un restaurante, por ejemplo. Aquí hay muchos restaurantes mexicanos, aquí mismo en el barrio.

—Puede ser –dije.

—¿Pero tú qué hacías en Barcelona?, ¿por qué viniste? –me preguntó.

—Prefiero no hablar de eso –volví a decirle.

—Ah –dijo–, el amore, eh.

No dije nada.

—Yo te he observado –siguió–, todos los días dando vueltas por la plaza arrastrando el abrigo, como alma en pena. Me da tristeza, pero si no quieres contarme no me cuentas. No pasa nada.

—Okey –dije.

—¿Cómo conseguiste el abrigo?, ¿lo has robado? –me dijo, supongo que al darse cuenta de que lo llevaba arremangado.

—¡No! –le contesté–, me lo regaló un amigo.

—Un amigo, eh –dijo–. Lo que más me gusta de tu abrigo es que tiene muchos bolsillos, tiene bolsillos por todos lados. ¿Tú has revisado los bolsillos?

—¿Para qué? –le pregunté.

—Una vez me encontré un abrigo en Milano y cuando lo revisé en un bolsillo había pasta –dijo–, veinte euros, el dueño lo había tirado sin darse cuenta. Quizá tu amigo se olvidó algo. Mira, no pierdes nada.

—Ya los revisé –dije.

—¿Todos? –preguntó–, ¿segura?, son muchos bolsillos, eh. Hice como que los revisaba y de pronto, con el corazón de súbito en la garganta, descubrí un bolsillo interno que no había visto. Desabroché el botoncito. Saqué un billete de cincuenta euros de adentro.

—Lo sabía —me dijo—, tu amigo sí que es más olvidadizo, eh.

—Ahora invito yo el vino —dije—, voy a comprar una botella.

—Como quieras —me dijo.

Caminé hacia el supermercado, pero en el camino me detuve en un teléfono público. Llamé a Juan Pablo al celular.

—¿Qué significan esos cincuenta euros? —le pregunté en cuanto dijo «Diga» (no dijo «Bueno»).

—¿Vale? —preguntó.

Repetí la pregunta.

—Me dijiste que no tenías dinero —dijo.

—¿Y qué se supone, que me vas a dar dinero cada vez que lo necesite?, ¿así te quedas con la conciencia tranquila?

—No —me contestó—, pero si quieres puedo pagarte lo que cuesta el cambio de fecha del boleto de avión, para que vuelvas a México. Cuesta cien euros —dijo.

—Ya lo sé —le dije—, pero no voy a volver a México.

Viernes 31

Último día de este año extraño. Gabriele se fue a Roma a pasar el Año Nuevo con su familia. La pareja de brasileños de la otra habitación, a los que todavía ni conozco, siguen de vacaciones en Marruecos y no volverán hasta después del día de Reyes. ¡Tengo todo el departamento para mí sola!

122

En un arranque de optimismo fui a la calle Torrijos, donde había visto dos restaurantes mexicanos. Conseguí trabajo en uno de ellos, de mesera, voy a empezar el domingo. El salario no es mucho, pero calculo que será suficiente para sobrevivir mientras consigo otra cosa. Quizá tenga que cambiar de cuarto, vivir en Gràcia es caro, no puedo permitirme pagar doscientos euros al mes por una celda. Quizá encuentre algo en la calle Escudillers, ¿por qué no?, me gusta ese aire canalla del Raval, lo más parecido que he visto a la Barcelona de Fray Servando. Me vine a Gràcia sólo porque quedaba cerca de Julio Verne y ahora lo que necesito es alejarme.

Compré dos shawarmas en la plaza del Sol y me senté en el suelo a cenar con Jimmy. De postre me ofreció chocolate. Acabé descubriendo que así le dicen al hachís. Igual fumé, no lo había probado. La mariguana nunca me gustó mucho, me daba angustia y me ponía paranoica. El éxtasis no quiero ni recordarlo. El hachís me soltó la lengua, como si alguien hubiera bajado la compuerta de una presa que estaba a punto de reventarse. Quizá no fue el hachís, quizá fue el haber decidido quedarme, la expectativa de estar sola en el departamento por unos días, el haber conseguido trabajo, el haberme propuesto dejar de andar arrastrando el abrigo.

Le conté todo a Jimmy (bueno, casi todo), sin rencor ni melancolía, sin esperar sus consejos o su solidaridad, sólo por el gusto de contárselo, porque me pareció que se lo merecía. Hablé por horas, sin parar, y él me interrumpía sólo de vez en cuando para preguntarme quién era Pitol, Monsiváis, Monterroso o Ibargüengoitia. Le expliqué que Juan Pablo había contado un chiste sobre Monterroso el día que lo conocí. Que Monterroso había escrito un cuento de un renglón llamado «El dinosaurio». Que el cuento tenía ocho palabras. Y que en el chiste un lector le decía a Monterroso que era un gran admirador de su obra y Monterroso le preguntaba qué había leído. «El dinosaurio», decía el lector. ¿Y qué le pareció?, decía Monterroso. Todavía no lo termino, respondía el lector, voy a la mitad. Y que luego Monterroso vino a la facultad a dar una conferencia y que había contado la anécdota de una lectora que se acercó para confesarle que era una gran admiradora de su obra. Y la anécdota era idéntica al chiste de Juan Pablo.

—Eso te da una idea de cómo es Juan Pablo —le dije a Jimmy—, o de cómo era antes.

—Pues a mí me parece un gilipollas —dijo Jimmy—. Tú eres de puta madre, tía, y después de siete años de estar juntos te ha cambiado por una catalana con los dientes torcidos. Tú te viniste a acompañarlo, dejaste a tu familia y a tu trabajo. Es gilipollas, tía, tú estás guapa. Y eres maja, eres lista, coño.

Y yo me reía y le preguntaba si me estaba tirando la onda.

—No te vayas a enamorar de mí, Jimmy —le dije, cagada de risa, por el efecto del chocolate y por la euforia de una nueva vida.

—Si quieres yo le meto un susto, tía —me dijo Jimmy—. Tú me dices y yo le meto un susto, ya verás que se caga en los pantalones.

—No digas tonterías, Jimmy —le dije—, eso ya es parte del pasado. Hay que pasar página, es Año Nuevo.

Dos y media de la madrugada. Volví al departamento y arrastré el colchón de mi cama a la sala. Puse la calefacción al máximo. Encendí la tele y la dejé en un canal donde pasaban pornografía.

Sábado 1 de enero de 2005

Desperté a las tres de la tarde con un agujero en la barriga. Lloré hasta las cuatro y media, sin fuerzas ni siquiera para levantarme. Luego bajé a la plaza, me tomé un café con leche y estuve esperando a que Jimmy apareciera.

—¿Te acuerdas de lo que me ofreciste ayer, Jimmy? —le dije incluso antes de saludarlo—, ¿era en serio?

ESTO NO LE VA A GUSTAR NADA
AL LICENCIADO

Ahmed me llamó por teléfono y dijo: La perra no quiere comer. Era la una y media de la madrugada del Año Nuevo y yo estaba en una fiesta de los amigos de Laia en un departamento cerca de la plaza Joanic. Le dije que esperara, pedí disculpas a la amiga de Laia que estaba en su turno de incordiarme, cubriendo totalmente con la mano el minúsculo celular, y salí a una terraza donde la gente se apiñaba para fumar. Vi a Laia al fondo compartiendo un porro. Le volví a decir a Ahmed que esperara y atravesé la sala como pude y la cocina donde la gente se concentraba alrededor del refrigerador y salí al patiecito de la lavadora, que daba al cubo interior del edificio. Cerré la puerta.

¿Bueno?, digo. ¿Qué?, dice Ahmed. ¿Qué pasa?, digo, con el miedo irradiando su veneno hacia mis extremidades, el brazo que sostiene el teléfono de repente flojo y sin fuerza. Aprieto la mano para que el celular no se me caiga. La perra no quiere comer, dice Ahmed. ¿Es una clave?, digo. ¿Qué?, dice Ahmed otra vez. No entiendo la clave, digo, creo que me he perdido de algo. La perra no ha comido nada en cuatro días, dice Ahmed. ¡No entiendo la clave!, digo, en un susurro gritado. ¿¡Qué clave!?, grita Ah-

126

med. ¿Qué perra?, digo. ¡La perra, tío!, dice. Se ha puesto a chillar y no hay Dios que la calle. ¿¡Te quedaste con la perra!?, grito, otra vez susurrando. ¿No se supone que tenían que deshacerse de ella? El Chucky dijo que me la podía quedar, dice. Yo vivo solo, la perra me hace compañía. La sangre me vuelve al cuerpo y con ella la picazón en el cuero cabelludo, en el brazo izquierdo, en la espalda hasta la nunca. Es muy mona, tío, insiste Ahmed, tú la viste. Cambio el teléfono de mano y empiezo a rascarme.

¿Qué dijo el chino?, digo. Que si me la quería quedar era mi problema, dice. Esto no le va a gustar nada al licenciado, digo. ¿Qué hacemos?, dice. Espera, digo, porque escucho ruidos detrás de mí. Saco el otro celular del bolsillo del pantalón, por si acaso. La puerta se abre y Laia asoma la cabeza: ¿Todo bien?, dice. Un amigo de México, digo, mostrándole el celular que ella conoce. ¿Qué hora es en México?, dice. Tiene los ojos tristes por el efecto del porro. Miro el reloj en mi muñeca. Este, digo, las seis y media de la tarde. Ah, es verdad, dice. Te dejo para que puedas hablar. Aguardo a que se vaya, pero no se va. Se me queda mirando directo a la cara dos, tres segundos, cuatro, sin decir nada, y yo pienso que está demasiado fumada, pero entonces dice: Te han salido otra vez las ronchas. Hago una mueca como si pidiera perdón por no controlar las reacciones de mi cuerpo (eso intento). Al menos ahora no me da tanta comezón, digo, reprimiendo el instinto de rascarme furiosamente la espalda. Estaré en la terraza, dice, y por fin cierra la puerta.

El chino tiene razón, *capullo*, le digo a Ahmed en el teléfono, ése es tu problema. Lo hubieras pensado antes. Yo vi lo que hiciste, tío, me interrumpe Ahmed. Yo vi lo que hiciste, tú tienes que ayudarme. ¿De qué estás hablando?, digo, aunque ya sé de qué me está hablando. Yo vi lo que le hiciste al dueño de la perra, dice. Cállate, digo, con el cuero cabelludo en llamas. El licenciado dijo que estos teléfonos eran seguros, dice. ¡Que te calles, *tío!*, grito, cubriéndome la boca con la mano. Tú me tienes que ayudar, insiste. Saca a la pinche perra a la calle, digo, no vaya a ser que los vecinos llamen a la policía. ¿Dónde vives?, pregunto. En Sant Antoni, dice. Pues vete a las Ramblas, digo. O a la Rambla del Raval. Con el desmadre que ha de haber ahí nadie te va a decir nada. Pero la perra no come, tío, dice. Te veo mañana en la mañana, digo. Al rato, quiero decir. A las once, en el Zurich. Avísale al chino. ¿Dónde?, dice. En el Zurich, *tío*, en plaza Cataluña, ¿tú no sales nunca?

Guardo el celular caliente en el bolsillo y me coloco el otro en la oreja. Cierro los ojos y recito dentro de mi cabeza nombres de escritores de la Revolución Mexicana. Martín Luis Guzmán. José Rubén Romero. Le digo ajá de vez en cuando al celular. Respiro hondo. José Mancisidor. Mariano Azuela. Francisco L. Urquizo. No dejo de temblar. Me concentro en que la comezón disminuya, como si en verdad creyera en el poder de la mente sobre el cuerpo, como si no supiera que ese poder existe, pero sólo al revés. Rafael F. Muñoz. Debería inscribirme al yoga. ¿Qué será la F. de Rafael Muñoz? ¿Fernando? ¿Francisco? ¿Y la L. de Francisco Urquizo? ¿Luis?

Abro la puerta para regresar a la fiesta y en la cocina me intercepta la amiga de Laia, Núria creo recordar que me dijo que se llamaba, la misma con la que estaba hablando cuando el teléfono secreto dentro del bolsillo de mi pantalón se puso a vibrar. Núria es una amiga del instituto, una amiga *muy* querida, dijo Laia al presentármela, tan querida que tengo la sospecha de que sea una ex novia. ¿Te estás escondiendo?, dice. Le enseño el teléfono que sigue en mi mano derecha. Un amigo de México, digo. Lo que iba a decirte, dice, empezando a hablar en catalán y volviendo atrás para traducirse al castellano (descubriendo las ronchas en mi cara y reprimiendo el automatismo de preguntar qué *coño* me pasa), lo que iba a decirte es que yo conozco muy bien a Laia. Asiento. Pero mucho, dice, en catalán. Asiento y trato de recordar dónde dejé mi cerveza. Y hay algo muy raro en todo esto, dice. Laia no es así. Se queda callada y me mira a los ojos y luego a la boca forzándome a decir algo. ¿Así cómo?, digo, con tal de que deje de mirarme la cara. Así, dice, en catalán. ¿Heterosexual?, digo. Entre otras cosas, dice. La gente cambia, digo. No de preferencia sexual, dice. ¿No?, digo. Laia no, dice. Yo la conozco. Muchísimo, dice, otra vez en catalán, como si el superlativo fuera superior en catalán. ¿Sabes lo que pasa?, dice. Respeto la pausa retórica, pero ella no continúa y me obliga a preguntar qué, qué es lo que pasa, fingiendo interés, aunque sigo pensando en Ahmed y en la perra, dándome cuenta de que lo más probable es que la perra tenga un chip. Es por su padre, dice Núria, Laia se cansó de pelear. Son muchos años luchando por afirmar su identidad. Y no estoy hablando sólo de su identidad sexual, estoy hablando de todo. Cuando conozcas a su padre, si llegas a conocerlo, me entenderás. Un pinche chip, pienso, con el que cualquier veterinario podría relacionarla con su difunto dueño. Laia se cansó de luchar, sigue Núria, olvidándose de hablar español. Disculpa, digo, intentando interrumpirla. Qué triste, dice. Mucho. Pero no seréis felices, tío, Laia va a ser muy infeliz. Mucho. Y tú también. ¿Sí me entiendes?, dice, en catalán. Sí, digo, gracias por tus buenos deseos. Oye, digo, para interrumpirla. Lo siento mucho, tío, dice, en catalán, los catalanes somos así, nos gusta llamar a las cosas por su nombre. Y esto es un puto drama. Es tristísimo. Dicen que todo drama, con el tiempo, se vuelve una comedia, digo. Eso puede ser en tu país, dice Núria, terca, vosotros os reís de todo, hasta de la muerte. Aquí las cosas son diferentes. Aquí todo drama, con el tiempo, sigue siendo un drama. O si acaso se vuelve un melodrama. Además, eso lo dijo Woody Allen. Woody Allen es una puta mierda, es un misógino de cojones. Suena el celular de nuevo, pero esta vez es el celular que sigue en mi mano. Perdona, le digo a Núria, y empiezo a caminar hacia el patiecito de lavado.

¿Hola?, digo. ¡Feliz año, cabrón!, dice Rolando. ¿¡Bueno!?, grito, ¿¡bueno!?, finjo que no lo escucho y corto la llamada. Apago el celular. Saco el otro. Marco. Buenas, nen, ¿quién eres?, dice el Nen. Soy el mexicano, digo, ¿te acuerdas de mí? ¿Te gustaron las pastis, eh?, dice, ¿quieres recibir el Año Nuevo por todo lo alto?, te dije que eran la hostia, nen, pero si quieres más me las vas a tener que pagar. ¿Tú tienes perro?, digo. ¿Cómo?, dice. Que si tienes perro, digo, necesito un veterinario de confianza. ¿A estas horas, nen?, dice. No, digo, mañana en la mañana, al rato, quiero decir. Conozco un colega, dice, pero tendrías que venir a Badalona, ¿por qué no vas a un veterinario en Barna? Necesito a alguien de mucha confianza, digo, ¿conoces bien a tu colega? Somos vecinos, nen, dice, somos colegas de toda la vida, nos fumamos el primer porro juntos, nen. ¿Dónde te veo?, digo. Afuera de la estación del tren, dice. ¿A las doce?, digo. Como quieras, nen, dice. Pero trae pasta, es fiesta, esto te va a costar. Cuelgo y llamo de nuevo a Ahmed. Cambio de planes, le digo cuando contesta, y mientras le explico me rasco con fruición masturbatoria.

Entro a la cocina y antes de avanzar observo el panorama. No quiero tropezar de nuevo con Núria. Por lo que veo, o Núria ya se rindió, después de dos interrupciones, o, lo más probable, considera que ya entregó el recado.

Camino aliviado con la idea de ir a la terraza a buscar a Laia, pero antes de abandonar la cocina otra de las amigas de Laia me intercepta. Núria acaba de pasarle la estafeta.

Es la cuarta en la carrera; la primera, fue la otra Laia del doctorado, que hizo un marco teórico para defender la hipótesis de que yo era parte de una fase represiva en la sexualidad de Laia; la segunda, antes de Núria, fue una tal Lluísa, una amiga *muy muy* cercana de BUP, me dijo, que se concentró en demostrarme a través de la dialéctica negativa que yo representaba el clásico caso de pulsión de anulación de la anormalidad (cacofonía incluida). Y ahora una morenita chaparra me corta el paso y me agarra del brazo y me llama por mi nombre para demostrarme que no se equivoca de persona. Tío, dice, tú no me conoces, pero yo soy una de las mejores amigas de Laia. Soy la Mireia, somos *muy muy* amigas, ¿sí me entiendes? Le digo que sí, moviendo la cabeza para arriba y para abajo. Tengo que decirte una cosa, tío, sigue, es muy fuerte, pero tienes que escucharme. Suspiro y lanzo una mirada hasta donde la vista me alcanza, buscando algo o a alguien que me pueda rescatar. Pienso en tirarme la cerveza encima, pero hace horas que perdí mi cerveza. Cuando vuelvo a mirarla veo que ella escruta fijamente mi rostro. Tío, eso es una dermatitis nerviosa, dice. Le agradezco el diagnóstico pero le digo que se equivoca, que es una alergia. Yo sé de lo que hablo, tío, eso es una dermatitis, insiste. Mi padre es dermatólogo, la corto. Si me disculpas, digo, y trato de apartarla del camino. Espera, dice, necesito hablar contigo, es *muy muy* importante. Laia te está usando, tío, tú eres parte de un plan y ni te lo imaginas. Ajá, le digo, condescendiente. Era lo único que faltaba: la amiga conspiranoica. Tú no te enteras de nada, tío, sigue, y me da mucha pena que tú estés ilusionado, hasta te has pillado una dermatitis nerviosa, tío, es muy fuerte. Lo único que faltaba: una amiga conspiranoica y que tiene lástima de mí. Laia te está usando, insiste, apretándome del brazo y gritándome al oído para asegurarse de que la escuche bien por encima de la música y del murmullo de la fiesta. Tú eres su tesis de doctorado, dice. ¿Cómo?, digo. Que tú eres su tesis de doctorado, repite. ¿Tú sabes de qué es la tesis de Laia?, dice. Este, digo, es sobre Mercè Rodoreda. ¿Eso te dijo?, dice, ¿y le creíste? Hay más tesis de Mercè Rodoreda en las universidades catalanas que camellos en el Raval, tío, dice, tú no te enteras de nada. Ya ni aceptan proyectos de investigación sobre la Rodoreda, ya todo está dicho. La tesis de Laia es sobre heteronormatividad y multiculturalidad, dice, tú no te enteras de nada, tío. Tú eres su conejillo de Indias, dice.

Un gitano y un moro entran en un bar, dice el Chungo en la recepción vacía de su consultorio. Huele a perro mojado. A orines de gato. Y a croquetas para perro. Y para gato. A una mezcla repugnante de todo eso. Se sientan en la barra, dice el Chungo, y el gitano le pide dos cafés a la que atiende el bar, una española del barrio de toda la vida. Mira, tío, le dice el moro al gitano, y cuando la española se pone de espaldas a preparar los cafés, el moro coge una magdalena de encima de la barra y se la guarda en el bolsillo de la chaqueta. Eso no es nada, dice el gitano, que se ha picado, mira tú. Eh, tía, le dice el gitano a la española, voy a hacer un truco de magia que te vas a cagar encima. La española lo mira medio fastidiada, pero no dice nada para no enfadar al gitano. El gitano coge una magdalena y se la zampa de un solo bocado. ¿Y dónde está la magia?, dice la española. Mira en el bolsillo de la chaqueta del moro, dice el gitano.

Nadie se ríe. No se dice moro, tío, dice Ahmed, se dice magrebí. En mi barrio siguen siendo los putos moros, chaval, dice el Chungo. Si no os descojonáis es porque sois extranjeros. No entendéis el chiste. Ni siquiera tu colega se ríe, dice Ahmed. Yo no me río, nen, dice el Nen, porque ese chiste ya me lo contaron mil veces. No tiene ninguna gracia, dice Ahmed, además de que perpetúa el estereotipo de ladrones de los magrebíes y del pueblo romaní. ¿Pueblo romaní?, dice el Chungo, ¿de dónde coño sacaste a estos pavos, Nen? El chiste no habla de ladrones, dice el chino. No es lo mismo ladrones que listillos, dice. De cualquier manera es una imagen denigratoria, dice Ahmed. Depende, dice el chino. ¿De qué?, dice Ahmed. Depende de en qué mundo vivas, dice el chino. En mi barrio la astucia es una virtud muy apreciada. ¿En tu barrio de China, nen?, dice el Nen. Yo nací en L'Hospitalet, tío, dice el chino. ¿Y te llamas Jordi, nen?, dice el Nen, ¿eres uno de esos chinos con nombre catalán? Me llamo chino, dice el chino, y saca una cajetilla de cigarros del bolsillo de la chamarra. Antes de que la mano busque el encendedor, el Chungo lo detiene: Aquí no se puede fumar, chino, dice. El chino va a reclamar, pero en lugar de discutir con el Chungo (batalla perdida) le advierte a Ahmed: Al grano, que me pongo nervioso si no puedo fumar, dice. Espéralos afuera, nen, dice el Nen, afuera puedes fumarte todo el puto paquete. No puedo, dice el chino, soy el canguro de estos capullos. Hostia, dice el Chungo, si no os queréis reír de mi chiste no os riáis, pero no me deis el coñazo. Era un puto chiste del que me acordé al veros, dice. Porque parecéis el inicio de un puto chiste: Estaban una vez un mexicano, un musulmán y un chino. No soy musulmán, dice Ahmed, soy ateo. Y lo peor del chiste es que digas que la dueña del bar es espa-

133

ñola, dice. Es como si estuvieras diciendo que los inmigrantes venimos a robar a los españoles, dice. Eso lo dices tú, capullo, dice el Chungo, ahora me vas a salir con que soy racista por contaros un puto chiste. Que me ría de un chiste de negros no quiere decir que voy a salir a darle de palos a un negro, no jodas, tío. Pero es inmoral, dice Ahmed. ¿Inmoral, nen?, dice el Nen, ¿no habías dicho que eras ateo?

Este, ¿podemos ver lo del perro?, digo, interrumpiendo, aunque podría escribir un capítulo de mi tesis de doctorado si los dejara continuar. De «mi tesis», es decir: de la que me hubiera gustado escribir. Es perra, nen, dice el Nen, ¿no te enseñaron en la escuela a distinguir a los machos de las hembras?, ¿cómo no vais a ser un país subdesarrollado si recibís una educación de mierda? Ya sé que es perra, digo, es una forma de hablar. ¿Y a ti qué coño te pasa en la cara?, me dice el Chungo, que al parecer no había reparado en mi presencia. Es una alergia, nen, dice el Nen, no te preocupes, no es contagioso. Es por vivir en el puto DF respirando toda esa mierda de contaminación, nen, el pobre está envenenado por dentro. ¿No me dijiste que era una dermatitis?, me dice Ahmed, ¿no me estarás echando mentiras y tienes la lepra, tío? Todos me miran esperando que responda. Tengo las dos cosas, digo, la alergia la tengo desde niño, y ahora me salió una dermatitis, debe ser por el cambio de clima, de agua, de alimentación. Pobre nen, nen, dice el Nen, así está la peña en el tercer mundo, nen, les salen nuevas enfermedades encima de las que tenían antes. Mi abuela te cura eso con acupuntura, dice el Chino. Hostia, nen, dice el Nen, ¿tú estás seguro de que estás vivo?, ¿no serás un chino de cartón?, ¿un chino de plástico que compras a un euro en el chino? El Chungo y el Nen se ríen a carcajadas.

Este, digo, este, ¿podemos ver a la perra?, vuelvo a preguntar, antes de que la falta de nicotina y la insolencia charnega saquen de quicio al chino. ¿Qué le pasa a la perra?, pregunta el Chungo, mirando hacia el final de la correa que Ahmed sostiene en la mano derecha. La perra está echada en el suelo, dormitando. No quiere comer, dice Ahmed. ¿Cómo se llama?, dice el Chungo. Todos miramos a Ahmed. No sé, dice Ahmed. ¿No le has puesto nombre?, digo. Todavía no, dice Ahmed. Coño, dice el Chungo, ya está grandecita para no tener nombre. El gilipollas se ha quedado el perro de un colega que ya no la podía cuidar, dice el chino. ¿Y tu colega no te dijo cómo se llamaba?, dice el Chungo. El colega la palmó sin revelar esa información, dice el chino. ¿Y la perra no come de la tristeza, nen?, dice el Nen. Qué bonito, nen, los perros son la leche. En realidad la trajimos, digo, para ver si tiene chip. Microchip, me corrige el Chungo. O sea que estáis preocupados de que alguien pueda identificar al anterior dueño, dice, os preocupa que puedan relacionar a la perra con el difunto. ¿No dijiste que era una persona de confianza, Nen?, le digo al Nen, con un tono que me parece recriminatorio. Claro, nen, dice el Nen, aquí el nen es un camarada de toda la vida. Que sea una persona de confianza no quiere decir que no vaya a hacer preguntas, quiere decir que no le va a chivar a nadie las respuestas, dice. ¿Y por qué no os la cargáis?, dice el Chungo. Me parece que éste es un trabajito que habéis dejado a la mitad. ¿Pero qué dices, nen?, dice el Nen, no seas bestia. ¿Queréis que la duerma o queréis que le quite el microchip?, dice el Chungo. Que la duermas, dice el chino. No, dice Ahmed. Dormirla cuesta doscientos euros, dice el Chungo. Y mandarla cremar otros doscientos. Más cien por quitarle el microchip, porque de todas maneras habrá que quitarle el microchip para que no la identifiquen en el crematorio. Joder, dice el chino, yo por cien euros la dejo tiesa con un golpe y la tiro al vertedero del Garraf. ¿Un karatazo, nen?, dice el Nen, riéndose. Tú te ríes, dice el chino, pero no te reirías si supieras que yo conozco noventa y tres de los ciento ocho toques del Dim Mak. Pero eso no sirve en perros, nen, dice el Nen, son puntos del cuerpo humano. Yo los he probado en gatos, dice el chino. ¿De qué coño estáis hablando?, dice el Chungo. De kung-fu, nen, dice el Nen, según el kung-fu hay ciento ocho lugares del cuerpo donde pueden aplicarse golpes mortales. Wushu, dice el chino, el kung-fu es para occidentales. ¿Y L'Hospitalet no está en Occidente, nen?, dice el Nen. Eso son chorradas, dice el Chungo, teorías de la conspiración sacadas de las películas de Bruce Lee. No voy a pedirle a nadie que me crea, dice el chino, ¿queréis que os haga una demostración? Queremos quitarle el chip, dice Ahmed. Quitarle el microchip cuesta quinientos euros, dice el Chungo. ¿No has dicho que costaba cien euros?, dice Ahmed. Cuesta cien si hay que dormir y cremar a la perra. Si sólo hay que quitarle el microchip cuesta quinientos. En efectivo, añade. Primero habría que confirmar si la perra tiene chip, digo. Seguro que tiene, dice el Chungo, es una perra de raza, dice, y está muy bien cuidada, miradle las uñas. Todos dirigimos la mirada al suelo. A esta perra le hicieron la pedicura hace poco, dice el Chungo. Ahmed me pasa la correa y mete la mano en el bolsillo trasero del pantalón. Todos nos quedamos viendo cómo extrae la cartera y luego un billete morado de adentro, un billete que yo nunca había visto, de quinientos euros. Se lo entrega al Chungo, que lo levanta para inspeccionarlo a la luz de la lámpara del techo. Eres un gilipollas, tío, le dice el chino a Ahmed. El mejor invento de la Unión Europea, nen, dice el Nen. Pasad al consultorio, dice el Chungo, guardándose el billete en el bolsillo del pantalón. Voy a fumar un pitillo, dice el chino, abre la puerta de la calle, sale y la empareja.

Entramos al consultorio y el Chungo se mete a la trastienda, al trasconsultorio, y vuelve de inmediato con algo parecido a un control remoto. Blanco. Con una pantallita. Y una horquilla en la parte superior. En realidad en lo único en lo que se parece a un control remoto es en que tiene botoncitos. Sube a la perra aquí, le dice el Chungo a Ahmed, señalando una mesa de metal. Ahmed obedece. La perra no: se resiste y Ahmed tiene que retenerla para que no se tire por el precipicio de la mesa. El Chungo pasa el aparato por el lomo de la perra. Se escucha un pitido. Aquí está, dice el Chungo. Nos muestra la pantalla del aparato, donde se ven una serie de números y letras. Éste es el código, dice. Espera, digo. Este, ¿con ese código se pueden investigar los datos del dueño?, pregunto. El Chungo dice que sí. Nombre, dirección, teléfono. Ah, y el nombre de la perra también. Quiero verlos, digo. ¿Y dejar rastro de la búsqueda?, dice Ahmed. Tú eres tonto, tío. Dame el código. Es un sistema del Colegio de Veterinarios, dice el Chungo, no puede entrar cualquiera. Se necesita una contraseña. Apunta el código, me dice Ahmed.

Tres días más tarde Ahmed me llamó por teléfono y dijo: Tengo los datos, baja para que te los dé. Eran las nueve y media de la noche y yo estaba rascándome y cenando un pedazo de pizza en la cama. ¿Cómo?, digo. Que bajes, dice, estoy en la entrada de tu edificio. ¿Cómo chingados supiste dónde vivo?, digo. En tu empadronamiento, dice, entré en la web del ayuntamiento. No traerás a la perra, ¿verdad?, digo. ¿Dónde quieres que la deje, tío?, dice, si la dejo sola se pone a chillar. Chingada, digo. Hostia puta, digo, para que me entienda. Camina por la calle Zaragoza, digo, luego bajas por Vía Augusta. Te veo en Gala Placidia. Cuelgo.

Ahmed estaba sentado en una de las bancas laterales de la plaza, en obras, conversando con una quinceañera que paseaba a un beagle. Los dos perros se olisqueaban sus mutuas colas. Tuve que pasar de largo, dar la vuelta al parque infantil, demorarme fingiendo mirar el escaparate de una zapatería cerrada en Travessera de Gràcia. Volví a la plaza, Ahmed y la perra me interceptaron a mitad del camino. Hola, dice Ahmed. ¿Para eso quieres a la perra?, digo. ¿Para ligar? Ojalá, tío, dice, pero sólo vienen a hablarme tías. Los tíos van a lo suyo, ya se pueden matar los perros o ponerse a follar que igual no dicen nada. Estoy a punto de preguntarle si es gay, de puro reflejo, pero es obvio que es gay: porque me lo acaba de decir y porque no sé cómo no me había dado cuenta antes. Por eso me fui de Pakistán, tío, dice Ahmed, adivinando mis reflexiones. Allá no se puede vivir si eres maricón. Le pido que me entregue los datos antes de que siga. La perra ya está comiendo el nuevo alimento, dice, el veterinario tenía razón, era cuestión de comprar el caro. Que me entregues los datos, digo. Cuánta prisa, dice. Saca una hoja de papel doblada del bolsillo trasero del pantalón y me la entrega. Me la meto de inmediato en un bolsillo del abrigo y me doy la vuelta. Oye, dice. ¿Qué?, digo, girándome para encararlo. Mi madre dice que lo mejor para la comezón es comer cosas crudas, dice, frutas, verduras, no comas porquerías. Hazme caso, mi madre es médico en Lahore, trabaja en un hospital infantil. Asiento en silencio. Ah, dice, la perra se llamaba Viridiana.

Me doy la vuelta de nuevo y, sin despedirme, cambio la ruta de regreso, doy un pequeño rodeo paranoico, como si pretendiera despistar a alguien y, paradójicamente, es por eso que descubro que alguien me está siguiendo. Es imposible que alguien haga el mismo trayecto, por la simple razón de que ese recorrido, titubeante y absurdo hasta para un paseo, no tiene sentido. Al llegar a Guillermo Tell me giro para mirar de lleno al que me persigue: es un okupa. Sin perro. Viste una chamarra militar verde olivo. Carga un envase de cartón de vino que se empina para cubrirse el rostro cuando advierte que lo estoy viendo.

Subo por la calle Vallirana, desierta. Escucho los pasos del okupa detrás. ¡Eh, tío!, grita. No me detengo. ¡Tú, gilipollas mexicano!, grita de nuevo. Me paralizo pero no dejo de andar (la paralización es del espíritu, congelado de miedo). ¿¡Estás sordo, capullo!?, grita otra vez. ¡Te estoy hablando a ti, gilipollas! ¡Juan Pablo! Tiene acento italiano. Comienzo a trotar. ¡Yo sé lo que estás haciendo, capullo!, grita, ¡te estoy vigilando! ¡Yo sé lo que estás haciendo con tu novia catalana de dientes torcidos! ¡Tú crees que nadie se da cuenta, que van a ser felices y a comer perdices, pero yo te voy a dar por el culo, yo sé lo que estás haciendo! Empiezo a correr sin mirar atrás hasta llegar a la entrada del edificio.

Entro, me aseguro de cerrar y sólo dejo de correr al meterme al elevador. Presiono el botón del sexto piso. El celular secreto dentro del bolsillo del pantalón se pone a vibrar. Miro la pantallita: número secreto. Dudo en contestar, pensando que el asedio continuará por teléfono, como en las malas películas de terror. No atiendo. Prefiero empezar a rascarme. La vibración del celular cesa. Comienza a estremecerse de nuevo.

¿Bueno?, digo, con la voz temblorosa todavía entrecortada por la falta de aliento y un ejército de hormigas marchando por toda mi espalda (debería ir al yoga, debería hacer ejercicio, debería ir al médico, debería comer frutas y verduras). ¡Ha estado aquí el chino!, grita el padre de Laia, encolerizado. El gilipollas dice que él sólo obedece órdenes, que hable contigo. Este, ¿de qué?, digo. ¡De lo que acaba de entregarme!, grita, ¿de qué putas va a ser? ¿Hay algún problema?, digo. ¡Que me ha traído ciento treinta!, grita, ¡y el acuerdo eran quince! ¿¡Yo dónde coño voy a meter ciento treinta!? ¡Las cosas no se hacen así!, dice. Dile al capullo de tu jefe que no hay manera de colocar ciento treinta sin que se nos venga encima la Interpol. ¿Ciento treinta qué?, digo, cuando el elevador se abre en la sexta planta. ¡Millones de euros, gilipollas!, dice, ¡son veinte mil millones de pelas!, grita, y corta la comunicación.

Atravieso el pasillo, entro en el departamento, aparentemente vacío, y lo recorro para confirmar que no hay nadie. Localizo el teléfono que el licenciado nos dio para emergencias, el celular de Barcelona, sólo para urgencias, dijo, que no deberíamos contactarlo bajo ninguna circunstancia, salvo emergencias, y que más nos valía que entendiéramos lo que era una emergencia. Me sirvo un vaso de agua, respiro, me siento en el sillón de la sala, respiro, y por fin marco el número.

¿Me vas a contar que el maricón se quedó con la perra?, dice el licenciado, en cuanto contesta. Este, digo, me acaba de llamar el padre de Laia muy alterado, el chino le entregó, digo, pero el licenciado me interrumpe: Dile al maricón que vaya a verlo, dice, el maricón sabe lo que tiene que hacer. ¿Cómo?, digo. Que le digas a Ahmed que vaya a ver a Oriol, chingada, dice, ¿por qué tengo que repetirte todas las cosas todo el tiempo?, ¿acaso soy tu madre? ¿Para eso me llamaste, carajo? ¿No les dije que sólo debían llamarme en caso de emergencia?, dice. Otra cosa, digo. ¿Qué?, dice. Este, digo, y me quedo pensando en la manera en que debería describirle lo que acaba de suceder para que no parezca que la culpa es mía. ¿Qué?, chingada, dice. Creo que nos descubrieron, digo, confiando en que el verbo hipotético y el objeto directo en plural me den, aunque sea, el beneficio de la duda. ¿De qué chingados estás hablando?, dice. Le hago un resumen de lo que acaba de pasar, de la persecución del italiano y de lo que el italiano me gritó. ¿Estás seguro de que era italiano?, pregunta el licenciado. No sé, digo, creo que sí. ¿Sí o no?, dice. Creo que sí, digo. Chingada, dice, me cago en todos los pinches italianos. Me cago en Italia entera. Este, digo, ¿qué tiene que sea italiano? ¡Que los italianos nos quieren levantar el proyecto, pendejo!, dice. La puerta del departamento se abre y aparece Facundo que lleva en brazos a Alejandra, dormida. Me hace señas con el mentón para que lo ayude a cerrar la puerta y a descolgarse la mochila de la espalda. Tenemos que identificar al italiano, dice el licenciado. Voy a llamar a Riquer. ¿A quién?, digo. Al jefe de los mossos, pendejo, dice. Atento con el teléfono que te va a llamar. Él o alguien de su gente. Haz lo que te digan, dice, y cuelga.

Guardo el telefonito en el bolsillo del pantalón sin que Facundo lo vea y me acerco a la entrada para ayudarlo. Aunque el imperativo es el silencio, la verborrea de Facundo se desborda, en susurros: Se va a quedar unos días con nosotros, dice. La boluda de la madre se va a Buenos Aires de emergencia. Un hermano accidentado. En la moto. Derrapó el boludo y acabó abajo de un camión. Seguro el boludo iba hasta arriba de pastillas. Lo conozco al boludo. Alejandra abre los ojos, estira los bracitos para desperezarse y dice: ¡Es tan real el paisaje que parece fingido! Miro a Facundo para pedirle explicaciones. Boludeces de la madre, dice. Alejandra se me queda viendo fijamente a la

141

cara. Che, boludo, me dice, ¿a vos qué te pasó en la cara? Dale, Ale, dice Facundo, no le digas boludo al boludo.

Riquer me llamó por teléfono y dijo: Ven a mi despacho mañana a primera hora. Quedamos de vernos a las ocho en su oficina del Paseo de San Juan. Llegué, estaba solo: no era la comandancia de los mossos d'esquadra, era el despacho donde despachaba (sic) asuntos privados, me explicó. Estreché su mano rasposa y aspiré el tufo alcohólico que emanaba de los poros de su piel. Una de dos: o había desayunado con ginebra o no había dormido y acababa de tomarse la última copa del día. Del día anterior. Tenía poco pelo, poquísimo, cortado al ras con máquina, y los dientes amarillos de nicotina. Cincuenta y tantos años, más cerca de los sesenta que de los cincuenta. Traje azul marino sin corbata. La camisa no muy bien planchada. Al grano, dice, hay que darse prisa, y me pide que lo siga.

El despacho tiene dos oficinas y una sala de recepción. Los muebles viejos y pesados, de madera de verdad, de otra época en la que había carpinteros y árboles. Una fina capa de polvo, el calendario de las Olimpiadas del 92, legajos de documentos en diversos tonos de amarillo, las cortinas deshilachadas en la parte inferior, todo sugiere un uso moderado, o clandestino.

La secretaria llega a las nueve, dice, y me indica que me acomode frente al escritorio, delante de la pantalla de una computadora. La silla de cuero, de animal de verdad, rechina cuando me siento. El archivo de los antisistema, dice, colocando el primer retrato en la pantalla. ¿Cómo sabe que era un antisistema?, le pregunto. Porque lo dijiste tú, dice, ¿no dijiste que era un okupa? No sé, digo, eso parecía. Eso parecía, repite, y para eso estamos aquí, para estar seguros, dice.

Presiona el botón del ratón para pasar a la siguiente fotografía. Obedezco. Miro la primera. Varios segundos. Paso a la segunda. La observo. Apúrate, dice Riquer. Hay más de ochocientas fichas sólo de italianos. Si no lo encuentras vamos a tener que revisar el resto. Incremento el ritmo de los clicks en el mouse, uno cada cinco o máximo diez segundos.

Riquer arrastra desde el otro lado del escritorio un taburete para sentarse a mi lado. Son la polla los italianos, dice, se creen que Barcelona es una alcantarilla para venir a tirar toda su mierda, sobre todo desde que Berlusconi los puso en orden. Mira nada más qué gentuza, dice. Abre un cajón del escritorio y saca un puro. Escucho que le quita la envoltura, que lo corta, que lo enciende y que lo chupa con fruición mientras sigo pulsando el botón izquierdo del mouse.

¿Hace mucho que trabajas para el licenciado?, pregunta. Dudo un momento si debo responder. Coño, dice, estamos en confianza, haz el puto favor de corresponder a la gentileza que estoy teniendo contigo. Dudo otro momento. Hostia puta, tío, dice, ¿tú te crees que estarías aquí si yo no fuera gente de la absoluta confianza del licenciado? Este, digo, sin despegar la mirada de la pantalla, yo en realidad vine a Barcelona a hacer un doctorado. ¿Un doctorado?, dice, coño, qué buena idea. El licenciado es la leche, tío, de verdad. Estudiantes de doctorado. ¡Así nos va a costar más trabajo cogeros!, grita, y suelta una carcajada metálica seguida de un ataque de tos.

¿En qué es el doctorado?, pregunta, cuando se repone. No digo nada. ¿Estás inscrito de verdad o sólo sacaste la carta de aceptación para tramitar el visado?, pregunta. Aprieto el botoncito del mouse con mayor rapidez y sigo callado. La peste del puro comienza a marearme. Suspiro fuerte para regular la respiración. Riquer no espera mis respuestas, sigue el hilo de sus especulaciones en voz alta. Sólo falta que la policía nacional esté expidiendo tarjetas de residencia de estudiante a los delincuentes, dice. No sería raro, con lo capullos que son.

Entonces veo la cara: un poco más regordeta, un poco más colorada, un poco más sana, que la del tipo que me amenazó, pero sin lugar a dudas es la misma. La misma, avejentada y demacrada por la mala vida. Es éste, digo. ¿Seguro?, dice Riquer, abanicando el humo del puro y metiendo la cabeza a unos centímetros de la pantalla. Seguro, digo. Pues entonces ya está, dice, y se levanta y empuja la silla en la que estoy sentado. ¿Y ahora?, digo, mientras lo persigo hacia la salida del despacho. Abre la puerta y hace el ademán para cederme el paso. Ahora te vas, dice.

En la pesadilla más recurrente el viejo se me aparece con su gabardina y su perro, su perra, digo, y me dice, acongojado: ¿Alguien se rió del chiste? Yo le digo que no y le digo que lo siento, que yo no soy así, que yo era, hasta ahora, una persona incapaz de matar ni a un personaje de un cuento. Le cuento que una vez estaba escribiendo un cuento para un concurso de la universidad y que en un determinado momento me di cuenta de que el protagonista, un detective privado que se había metido donde no lo llamaban, debía morir. Y que no me atreví a matarlo, porque le había agarrado cariño. Que preferí dejar de escribir el cuento a pesar de que el premio eran dos mil pesos. El viejo se rasca la gabardina para quitarse una mancha de la solapa y yo le veo la mirada más triste del mundo: la mirada vacía de los muertos. Pero a mí sí me mataste, dice el viejo. Y no era un cuento. Era la realidad. Sois unos cínicos, dice. Todos vosotros. La gente de letras.

144

Y yo despierto cada vez con la sensación de tener el muerto encima, como decía mi abuelo, con el peso del cadáver del viejo abrazado a todo lo largo de mi cuerpo, y prendo la luz de la lamparita y empiezo a rascarme y agarro cualquier libro de la pila que tengo en la mesa, *Cartucho*, de Nellie Campobello, pero está lleno de cadáveres, los cuentos de Julio Torri, pero el mejor es un relato jocoso sobre fusilamientos («Hasta para morir precisa madrugar», escribe Torri), y entonces me levanto y enciendo la computadora y me pongo a teclear sin convicción el ensayo que debo entregar en febrero para el seminario de la doctora Ripoll, un recuento histórico de la invención y evolución de las muñecas inflables, que pienso relacionar con «Las Hortensias» de Felisberto Hernández. Tecleo sólo unos cuantos minutos y luego me rindo y abro otro documento y empiezo a escribir todo lo que me ha pasado en los últimos meses, como si escribiera una novela, como si mi vida inverosímil pudiera ser el material de una novela. Escribo sin culpa, sin vergüenza, como liberación, con comezón. No escribo para pedir perdón, no escribo para justificarme, para dar explicaciones, no es una confesión. Escribo porque en el fondo soy un cínico que lo único que ha querido siempre es escribir una novela. A cualquier precio. Una novela como las que a mí me gusta leer. Soy un cínico y si no me entrego a la policía o si no me tiro por la ventana es porque no estoy dispuesto a interrumpir la novela. Quiero llegar hasta el final. Cueste lo que cueste. Y aunque exagere un poco (no hay comedia sin hipérbole), todo lo que cuento en mi novela es verdad. No hay lugar para la ficción en mi novela. Puedo demostrarlo todo, tengo pruebas. Todo es verdad. No voy a pedirle a nadie que me crea.

TODO ES POR EL BIEN DE MI PRIMO

¿Qué onda, prima?, ¿cómo estás?, ¿cómo te tratan los catalanes?, ¿ya fuiste de rebajas?, ponte abusada que luego le suben el precio a la ropa antes de hacer los descuentos y acabas pagando más caro.

Oye, prima, no te sacarás de onda de que te diga prima, ¿verdad, prima?, las novias de mis primos son mis primas, igual que si fueran de la familia, supongo que ya te habrás dado cuenta de que somos una familia muy unida. No importa que no hayamos podido convivir, que no nos hayamos visto nunca en persona, yo te conozco como si te conociera de toda la vida, yo sé todo de ti, todo, porque mi primo me lo ha contado, somos muy unidos, mi primo y yo, me imagino que él también te habrá contado todo de mí, siempre fui su primo preferido.

Espero que estés leyendo esto, porque eso quiere decir que sí te llegó la carta, me dijeron en el consulado que ellos podrían entregártela si ibas a hacer la inscripción consular, toma nota, así se llama el trámite, es importante que lo hagas para que te puedan localizar si hay algún problema y además así aprovechas para recoger esta carta. O si la carta llega después ellos tienen cómo avisarte. Así que no dejes para mañana la inscripción, ve al consulado rápido, hoy mismo, y dile a mi primo que también se inscriba, este tipo de cosas prácticas son a las que nunca les hace caso, ya ves que mi primo vive en la luna pensando en la inmortalidad de los apaches.

Pero no le vayas a decir a mi primo que te escribí, prima, no le cuentes de esta carta, es importante que tú y yo, prima, abramos un canal de comunicación directo, sin que mi primo se entere, pero no te creas que es para hacer cosas a sus espaldas, cómo crees, prima, mi primo y yo somos como hermanos, todo es por el bien de mi primo, prima. A la mejor tú crees que lo conoces bien, a mi primo, pero yo lo conozco mejor que tú y por eso te escribo, para contarte algunas cosas muy importantes y que ayudes a mi primo en esta nueva etapa que comienzan. Yo sé que me vas a entender, sé que eres lista y que tú sí sabes cómo está la vida de cabrona, perdona que te escriba groserías, prima, pero tú tienes un origen humilde y sí sabes que la vida no es como en los libros que le gustan tanto a mi primo, donde hasta las cucarachas tienen crisis existenciales. Y espero que no te pongas a la defensiva, prima, yo estoy de tu lado y ahora tú, mi primo y yo vamos a ser un equipo, tenemos que estar unidos, ya sé que tú has de estar pensando que estoy en tu contra, pero yo soy diferente de mis tíos, y de mi prima, de tu cuñada, ¿sí me entiendes?, tienes que aprender a distinguir y ver que yo estoy de tu lado, somos un equipo a partir de ahora, en mí sí que puedes confiar. Yo te voy a defender de la familia y por mí ya eres de la familia, una más, como si hubieras nacido del vientre de una de mis tías, neta, como si fueras alteña y güerita como nosotros, como si el mundo fuera como esa nevería de Veracruz en donde les dicen güeros a todos los clientes, ¿la conoces?, ¿qué va a querer, güero?, dicen, ¿de vainilla, güerita?, y los clientes están más prietos que Moctezuma.

Hablando de Veracruz, y para que veas que no estoy hablando nada más de dientes para afuera, te cuento que hace dos semanas hice un viaje a Veracruz para ver dónde vivías y conocer a tu familia. Hace dos semanas de cuando estoy escribiendo esta carta, para que me entiendas, no dos semanas de ahora que la estás leyendo, porque no sé cuándo la vas a leer, espero que sí la estés leyendo, ¿sí te llegó la carta? No te vayas a sacar de onda, todo es por el bien de mi primo, yo por el bien de mi primo soy capaz de cualquier cosa, pero también es por el bien de todos, ahora que somos un equipo, ahora que eres parte de la familia, si te digo que cuentas conmigo es porque te conozco y porque sé que también puedo confiar en ti y para eso tenía que asegurarme. Yo soy así, ya me vas a conocer, aunque seguro que mi primo ya te habrá contado cómo soy, que soy una persona que cuando se propone algo lo consigue, pero para eso lo primero es la confianza, la lealtad, ¿y yo cómo iba a saber si realmente podíamos contar contigo?

Me cayeron muy bien tus hermanos, y tus papás, y ese gato tan gordo que me metió un pinche sustote cuando salió de su escondite, ya ves que se la pasa metido en el baño. Por supuesto que a tus papás no les dije que yo era el primo de mi primo, cómo crees, no iban a entender que yo me apareciera ahí a hacerles preguntas, iban a pensar que te estaba espiando, iba a haber un malentendido porque ellos no saben que nosotros somos un equipo y que ahora tú eres de la familia, güerita. Toqué a la puerta y les dije que estaba haciendo una encuesta, a tus papás, que si contestaban la encuesta iban a entrar a la rifa de un coche, y se portaron superamables conmigo, me invitaron a pasar, nos sentamos en la sala y me ofrecieron un agua de Ja-

148

maica y un café. Me cayeron muy bien, tus papás, de veras, me cayeron perfecto, a mí siempre me ha parecido que entre más simple es la vida de la gente la gente es más feliz, más digna, más decente, aunque digan lo contrario. Te lo juro, prima, que a veces hasta me dan ganas de irme a vivir a una isla desierta y comer cocos, hacer sushi con el pescado o cuando mucho preparar un tartar de atún.

Lo que quiero es contarte sobre mi primo y sobre nosotros, ahora que somos un equipo y tenemos que estar unidos, vamos a ser un equipo y necesito que tú hagas tu parte, apoyando a mi primo muy fuerte, ya ves que el carácter de mi primo no ayuda, por eso tú y yo vamos a respaldarlo, porque si no él solito no va a poder, las grandes oportunidades le quedan grandes, mi primo no entiende nada de cómo se llega al éxito, ya ves que tiene propensión al fracaso y a la infelicidad, porque así son los personajes de los libros que le gustan, puro pinche vagabundo angustiado (disculpa la grosería).

Una vez, nunca se me va a olvidar, estábamos en la boda de un primo, de otro primo, y ya cuando mi primo estaba medio borracho se puso a citarme de memoria unas frases de uno de sus escritores favoritos. Hubieras visto, puras frases de looser, que el hombre era un excelente abono para sembrar papayas o que a todo mundo le gustaba la posteridad porque ahí ya iba a estar muerto y descansando. Yo le dije: Primo, si ésos son los libros que te gustan no vas a llegar a nada en la vida, la vida está muy cabrona para encima echarle cosas deprimentes encima. Y perdóname otra vez por decir groserías, prima, pero es que siento que te conozco muy bien aunque nunca nos hayamos visto, y tu familia me cayó perfecto, son gente honesta, bien sencilla, tus papás, ojalá hubiera más gente como tus papás en este país, eso es lo que nos hace falta.

Así es mi primo, prima, no lo estoy inventando yo, te digo que yo soy el único que lo defiende en la familia, hasta mi tía lo ha tratado supermal toda la vida, criticando todo lo que hacía, pero yo entiendo a mi tía, porque está cabrón defenderlo (disculpa la grosería), cuando siempre toma decisiones equivocadas, como estudiar una carrera que no sirve para nada, como irse a vivir a Veracruz, no vayas a ofenderte, pero eso ya es lo mismo que irse a Honduras o Guatemala. O andar contigo, prima, yo te defiendo y nosotros somos un equipo, pero mi primo hizo contigo exactamente lo contrario de lo que debería haber hecho. No me vayas a malinterpretar, pero no me vas a negar que casarse es también una manera de asegurarse el futuro, de acumular patrimonio, de hacer nuevos contactos de negocios, yo sé que me entiendes, porque por algo tú escogiste a mi primo, no será por guapo o inteligente. Perdóname si te ofendo, prima, pero creo que hay que hablarnos con honestidad, ahora que somos un equipo no podemos andar con hipocresías.

La buena noticia, prima, es que tu primo sí ve las cosas diferentes, tu primo sí ve que el vaso está lleno cuando todos dicen que está vacío, es más, tu primo lo ve lleno de champaña, y tu primo nunca se olvida de su primo, de mi primo, a pesar de que él ya me haya echado a perder algunos negocios y no aspire a nada en la vida. Si mi primo quiere conformarse con ser profesor de literatura, ¿sabes qué, prima?, tu primo no lo va a dejar abandonado, tu primo es capaz de transformar un doctorado inútil en una oportunidad de negocio, tu primo tiene proyectos muy pesados y tu primo no se olvida de su primo, tu primo siempre lo incluyó en sus planes, aunque no se lo mereciera, porque somos primos y eso es lo que se hace en las familias, apoyarse unos a otros y cuando uno tiene una oportunidad compartirla, que es lo que estoy haciendo ahora, aprovechando que tú y mi primo se van a vivir al país de los gilipollas, tu primo aprovecha las cagadas de su primo como abono para hacer crecer negocios, estoy invitando a mi primo a un negocio de alto nivel, un negocio muy pesado, un negocio por el que todo el mundo mataría, un negocio que si sale bien nos hinchamos de billetes todos, tú, prima, mi primo y yo, y hasta vas a poder ayudar a tus papás, mandarles euros por Western Union, por eso te escribo, porque necesito que apoyes a mi primo, que le des un backup muy fuerte para aterrizar el proyecto en el que estamos trabajando.

No te puedo contar los detalles del negocio porque estos proyectos son así, hay que mantener la confidencialidad si no otros inversionistas se enteran y nos roban la idea. Pero lo que sí te puedo contar es que nuestros socios son gente muy pesada, de alto nivel, tanto los socios mexicanos, que son gente de mi confianza con los que ya he hecho otros negocios muy pesados, como los socios catalanes, que son con los que a mi primo le va a tocar trabajar. Lo único que puedo decirte es que tienes que apoyar a mi primo pase lo que pase y aunque mi primo haga cosas RARAS, no te creas que éste es un trabajo normal de oficina, cuando se hacen negocios de muy alto nivel hay que estar preparado para cualquier cosa, ¿tú crees que Slim construyó su fortuna metido en una oficina de nueve a dos y de cuatro a siete? Hay que estar preparado para todo, prima, y tienes que confiar en mí, yo confío en ti, ya hice la inversión de ir a Veracruz para conocer a tu familia e investigar si podías ser una persona de confianza, y cuando vi que sí armé un dosier muy positivo sobre ti, prima, para dárselo a nuestros socios mexicanos, ahí les puse que tú eres una persona que viene de abajo pero que busca la superación, que tienes ambiciones en la vida. Como ves, yo estoy yendo más allá de las palabras, yo soy una persona de hechos, míralo como una prueba de que tú también puedes confiar en mí, que además soy el primo favorito de mi primo. Y en lo que más tienes que ayudar a mi primo es en darle SEGURIDAD, porque es muy inseguro, y en que sea PERSISTENTE, porque me preocupa que empiece el proyecto y luego lo deje a medias. Tú y yo necesitamos que mi primo esté fuerte para que el proyecto camine, y también te quiero pedir que si notas algo raro, si ves que mi primo puede estar actuando contra nuestros intereses, contra los tuyos y los míos, prima, que me avises de inmediato, al final de la carta te estoy poniendo el teléfono de mi oficina. Si ves que mi primo se sale del plan me llamas y si no me encuentras me dejas recado, dices que me llamó mi prima, así, no digas tu nombre, sólo que llamó mi prima, yo voy a saber que eres tú y me dejas un teléfono o algo para localizarte. No te vayas a creer que yo desconfío de mi primo, no, nosotros somos hermanos, pero cuando se hacen negocios de alto nivel hay muchas tentaciones, y espero que mi primo sólo sea un pusilánime y que no vaya a resultar también un TRAIDOR.

Bueno, prima, ya no te quito el tiempo, ve al consulado a inscribirte y aprovechas para recoger esta carta. No te vayas a tardar, no vaya a ser que algún metiche la abra, ya ves cómo son los diplomáticos, que no tienen nada que hacer en todo el día, ésos sí que se dan la gran vida, hasta he pensado que debería meterme de embajador, tengo un amigo que es vecino del cuñado de un primo del secretario de Relaciones Exteriores, voy a llamarlo para ver si me conecta.

Te mando un abrazote, prima, y mucha suerte, hazlo por tus papás, ellos se merecen una vida mejor y si todo sale bien tú los puedes ayudar. Espero que pronto nos conozcamos en persona, ya vas a ver que te voy a caer muy bien.

CUATRO DÍAS DE SOL

Lunes 3 de enero de 2005

La una de la mañana. Llueve. Mi minúsculo cuarto atrapa todos los ruidos del barrio. Hoy por la tarde depresión muy aguda, temblores. No volveré a beber. Tengo que aprender a rechazar el vino de tetrapack de Jimmy.

Ayer primer día de trabajo. Y último: renuncié después de dos horas, ni siquiera completé la jornada. Yo no vine a Barcelona para servir nachos y guacamole. Yo no abandoné a mi familia para soportar que la gente me trate como a una cucaracha subdesarrollada porque la comida pica. A quién quiero engañar. Yo no vine porque quisiera. El proyecto del doctorado era una excusa para estar con Juan Pablo.

Quizá sea hora de aceptar que estar aquí ya no tiene sentido. Tomar el dinero que Juan Pablo me ofrece y cambiar el boleto de avión. No tengo cómo aguantar hasta fin de mes. Ni financiera, ni anímicamente. Mañana, o sea, hoy, más tarde, lo voy a llamar.

Miércoles 5

Dos días pésimos. Insomnio terrible. Dos días sin atreverme a llamar a Juan Pablo porque soy incapaz de tragarme el orgullo. Porque temo desmoronarme al escuchar su voz, en la misma cabina telefónica. El gran cambio es que ya dejé de ser la buena de la telenovela, la idiota, y ahora soy una vil despechada de canción ranchera. Y borracha. Lo único que hago es sentarme en la plaza del Sol a beber con Jimmy. Revisar el email un par de veces al día. Comer (cuando me acuerdo). No leo nada. Siento como si me hubiera quitado un fardo de la espalda.

Ayer volvió Gabriele de Roma.

—Deberías darte una ducha, guapa —me dijo cuando me vio.

O, mejor dicho, cuando me olió.

Jueves 6

Nueve de la noche y sigo con el susto en el cuerpo, no me puedo tranquilizar. Siento como si a la pluma le faltara el aire, como si mi escritura se fuera a asfixiar. Pero no es momento de hacer literatura. Me tiemblan hasta las pestañas.

Serían las cinco de la tarde y yo estaba en la plaza, sentada en el suelo con Jimmy, cuando en una de las calles laterales se estacionó un coche de la policía. Vi escabullirse a unos cuantos okupas, a un negro que ofrecía películas pirata a los peatones, a una pareja de alemanes que se inyectan heroína y a veces se ponen muy violentos. Yo podría haberme levantado, podría haber caminado tranquilamente a mi casa y quizá no habría pasado nada. Me quedé sentada sin reaccionar porque llegué a una conclusión equivocada: que eso no tenía que ver conmigo. En realidad no fue una conclusión, ni siquiera lo pensé. La mala costumbre de no estar acostumbrada a tener problemas con la policía. Imaginé que la redada, si puede llamarse redada a una acción ejecutada sólo por dos policías, sería para incautar drogas. Pero los dos policías atravesaron la plaza y vinieron directo hacia Jimmy. Directo hacia nosotros, quiero decir.

Eran un hombre y una mujer. El policía llamó a Jimmy por su nombre completo, que traía apuntado en una libreta, como en las películas, y le pidió su documentación. Jimmy le entregó, resoplando, una credencial de cartón que no estaba ni enmicada. Con una foto suya de hace un millón de años en la que tenía el pelo corto y parecía un estudiante de administración de empresas. Dijo que era su carnet de identidad italiano. Mientras el policía cotejaba los datos en el cartoncito, la mujer reparó en mi presencia. En que yo estaba con Jimmy.

–Documentación –me dijo.

Extraje el pasaporte de uno de los bolsillos internos del abrigo. Normalmente no lo llevo conmigo, por miedo a perderlo, pero esta mañana de veras estaba decidida a llamar a Juan Pablo y había pensado que en la oficina de la aerolínea me lo pedirían para cambiar el vuelo. (No lo llamé, sobra decir, mi convicción se evaporó al atravesar la plaza.) En cuanto la agente agarró el pasaporte interrumpió al otro, que había empezado a interrogar a Jimmy sobre su empadronamiento, a decirle que estaba obligado a empadronarse.

–Es mexicana –le dijo, en catalán.

Sonó a acusación. Le pasó mi pasaporte al policía como si fuera la evidencia de un crimen. Por la secuencia

155

de acciones pareció que el hombre era el jefe, si es que había un nexo de subordinación entre ellos. Y si no lo había actuaban respetando los roles de supremacía machista.

–¿Vives en Barcelona, Valentina? –dijo el agente, revisando todas las páginas del pasaporte.

Buscaba el sello de entrada de inmigración. Dije que por una temporada. Sólo por tres meses. Que había llegado a finales de octubre. El agente por fin localizó el sello y confirmó la fecha.

–¿Estás empadronada? –me preguntó.

Le dije que sí, pero que no en mi dirección actual, que antes vivía en otro departamento y que todavía no había hecho el cambio.

–¿En que dirección estás empadronada? –preguntó la agente, con la pluma y la libreta listas para anotar.

Dije que en Julio Verne 2. El policía cerró el pasaporte y metió la credencial de Jimmy dentro. Los dos agentes se miraron. Esos gestos fueron los que me alarmaron.

Empecé a temblar.

–¿En el sexto cuarta? –dijo la agente, pronunciando «sesto».

Se me bajó la borrachera de golpe.

–Me parece que tenemos un móvil –le dijo el agente a la mujer, los dos mirándonos fijamente.

–¿Cómo? –dijo Jimmy.

–Que el ex novio mexicano de tu nueva novia mexicana te puso una denuncia por amenazas –respondió–. El denunciante, Juan Pablo Villalobos Alva, identificó a su agresor como Giuseppe Colombo.

Me salió un agujero caliente en la barriga.

–Amenazas en la vía pública –siguió el agente–. El denunciante caminaba por la calle Vallirana el martes 4 a las 22.30 cuando fue interceptado por el acusado.

156

–No somos novios –dijo Jimmy.

–¿Por qué te fuiste del piso de la calle Julio Verne? –me preguntó la agente.

El agujero empezó a derramar lava hacia mis piernas.

–¿Te peleaste con Juan Pablo? –añadió.

Alguien metió una piedra adentro de mi cabeza, en el lugar donde debería estar el cerebro.

–No respondas –dijo Jimmy, de inmediato–. Yo conozco la ley, tía, no digas nada. El martes a esa hora yo estaba aquí en la plaza, siguió, ahora hablándole también a los agentes, tengo mogollón de testigos. Podemos denunciaros por difamación, os vamos a denunciar por dañar nuestra imagen aquí con nuestros colegas y con la gente del barrio.

Lo miré atónita.

–Yo estudié derecho en Bologna, tía –me dijo–, soy abogado.

–¿Es una broma? –dijo el agente.

–¿Me estoy riendo? –respondió Jimmy.

El policía chasqueó la lengua con fuerza y desvió la mirada hacia el otro lado de la plaza, donde los okupas que no se habían escabullido se amontonaban para comentar lo que estaba sucediendo.

–Las cosas que tenemos que aguantar –le dijo a su compañera–, estos italianos son la polla.

–Y vosotros sois unos fachistas –dijo Jimmy–. Y racistas. Molestáis a mi amiga porque es latina. Habéis robado todo el oro de América y ahora os quejáis de la inmigración. Nazis de mierda.

–Eh, chaval –dijo la agente–, cierra la boca si no quieres que te detengamos ahora mismo.

–Éstos son mossos, tía –me dijo Jimmy–, son de la policía catalana, éstos son los peores.

–Es en serio, tío, cierra la puta boca –dijo el agente.

Luego me preguntó si tenía boleto de avión para regresar a México. Le dije que sí.

–¿Para qué fecha? –preguntó.

Le dije que para el 27 de enero. Me pidió que se lo enseñara y le dije que lo tenía guardado en el departamento donde vivía.

–¿Hiciste la inscripción consular? –me dijo.

Le dije que no, que no sabía qué era eso.

–Bueno –dijo–, como no tienes actualizado el empadronamiento y tampoco hiciste la inscripción consular vamos a tener que acompañarte a tu piso. Tenemos que comprobar tu domicilio.

Jimmy iba a decir algo, pero el agente lo interrumpió:

–Esto es para ti.

Le extendió una hoja de papel.

–Ahí pone la fecha, la hora y el lugar en el que debes presentarte –dijo–. Si no vienes nosotros venimos por ti. También hemos mandado una circular a la policía italiana.

–Es aquí –les dije a los agentes cuando llegamos frente al edificio de la calle de la Virtud–. En el cuarto primera –dije.

–Tenemos que entrar –dijo la agente–, tenemos que verificar que realmente vives aquí.

–Entra tú –le dijo el policía a la agente–, yo te espero aquí afuera. Voy a tomar un café.

La agente aceptó la propuesta como si de acatar órdenes se tratara. Entramos las dos al edificio y empezamos a subir la escalera.

–Es lo malo de Gràcia –dijo la agente en el rellano del segundo piso, que en realidad es el tercero, considerando el entresuelo–. El barrio es muy chulo pero las fincas son viejas y no tienen ascensor. Al menos haces ejercicio –añadió.

Yo no dije nada. No sabía si ahora se iban a poner a jugar a policía malo (que se va a tomar café) y policía buena, o si de veras la agente se estaba esforzando en ser simpática, en mostrar su empatía, como si ahora que su compañero no estaba presente todo fuera un asunto entre chicas. Estaba tan asustada que decidí seguir el consejo de Jimmy y quedarme callada, no tanto porque confiara en sus consejos legales, sino por un instinto básico de supervivencia que me decía que si yo no hacía nada las cosas no podrían empeorar.

Por fin llegamos al cuarto piso, yo medio asfixiada, como siempre, y la agente fresca y rozagante, estaba en excelente forma. Reparé por primera vez en su apariencia física mientras me recuperaba y buscaba la llave en los bolsillos del abrigo. Pelirroja (se había quitado el gorro al entrar al edificio). Ojos color aceituna. Facciones anodinas. Los pómulos salpicados de pecas diminutas, casi imperceptibles.

Giré la llave en la cerradura, empujé la puerta y de inmediato escuché el vozarrón de Gabriele.

—Ah, volviste —dijo—, mira, te presento a los brasileños, han vuelto de Marocos.

Las dos mochilas estaban todavía a media sala y la pareja de brasileños tomaba cerveza en el sofá.

—Hola —dije.

Los tres vieron a la agente que entró detrás de mí y por unos segundos el efecto del uniforme de policía produjo un silencio absoluto.

—Buenas tardes —dijo la agente—. Es un asunto de rutina —agregó.

Luego me pidió con voz de profesora de preescolar que le mostrara el billete de avión. Me metí a mi cuarto a buscarlo. Mientras escarbaba entre los papeles del buró es-

159

cuché que la agente decía que parecía que iba a llover. Los brasileños estuvieron de acuerdo. Gabriele dijo que eso podría parecer, pero que luego en Barcelona no llovía nunca.

—Sólo hay esta humedad de mierda —dijo, y pidió disculpas por haber dicho mierda.

—No pasa nada —dijo la agente—, quejarse del clima todavía no es delito.

Salí del cuarto con la hoja doblada en cuatro. La agente se puso a revisarla. Los brasileños aprovecharon el silencio para beber traguitos de cerveza. La policía volvió a doblar la hoja, me la devolvió junto con mi pasaporte (yo ni me había dado cuenta de que no me lo habían regresado todavía).

—Todo en orden —dijo.

Se despidió. En la puerta me dijo que saliera un momento. Salí, cerré detrás de mí.

—Escucha, tía —me dijo la agente, ahora con voz de profesora de secundaria—, de momento no pasa nada, pero si el italiano se chiva o tu ex novio se entera vas a tenerlo crudo. La citación de Giuseppe es para marzo. Para ese entonces tú ya estarás en México. Si de veras vas a usar ese billete de avión. Mi recomendación, si me lo permites, es que mañana a primera hora vayas al consulado de tu país y hagas la inscripción consular. Que sepan cómo localizar a tu familia si algo pasa. Corta los malos rollos que esto no va a acabar bien. Créeme que sé de lo que hablo. Parece una cosa tonta de celos hasta que a un capullo se le va la cabeza. Lo he visto muchas veces. Y el 27 súbete al avión. Hay gente que se queda ilegal durante años y nadie se da cuenta. Eso para ti ya no es una opción. Si no te vas, el mismo 27 vas a tener una orden de expulsión.

Me puso la mano en el hombro. No dije nada, aun-

160

que me sentí incómoda, como si ella quisiera hacer que me sintiera desvalida. Y no hacía falta, ya estaba desvalida, me estaba doctorando en eso.

–Escucha –dijo–, ¿hay alguien de confianza a quien puedas llamar si la cosa se pone chunga?

Seguí callada.

–Tía –dijo–, yo no sé cómo son las cosas en tu país, pero supongo que habrás visto los telediarios de aquí, tenemos casos de violencia machista todos los días. Te asombrarías si supieras cómo empiezan las historias que luego acaban así.

Tanta insistencia acabó por hacerme dudar de si cabría la posibilidad de que, en un mundo paralelo, existieran policías buenos. O policías buenas, para ser exactos. Ésta, por lo menos, parecía genuinamente preocupada.

–No –le dije, por fin–, no conozco a mucha gente.

Sacó una libreta y anotó su nombre y un par de teléfonos. Para acabarla de fregar, se llamaba Laia.

–Toma –dijo, arrancando la hoja y entregándomela–. Llama al número de abajo si es una emergencia. El otro es mi móvil, puedes llamarme cuando quieras si crees que te puedo ayudar.

Entré de vuelta al departamento, atravesé la sala sin mirar hacia donde Gabriele estaría esperando una explicación y me encerré en mi cuarto.

Viernes 7

Me quedé hasta las nueve y media metida en el cuarto porque quería evitar toparme con Gabriele, que normalmente se va antes de las nueve. No escuché que los brasileños se fueran, pero tuve que salir porque me estaba orinando encima. Abrí la puerta y olí el aroma del café y de la mantequilla en el sartén. Los brasileños me invitaron a desayunar. Insistieron tanto que me fue imposible negarme.

–Ayer no hubo tiempo de introducirnos –dijo el brasileño, corrigiendo su mal español con su buen inglés–. Ella es Andreia. Yo me llamo Paulo.

Pronunciaba raro la doble ele. Y la i griega. Como con miedo de parecer argentino. Nos dimos los dos besos y les pedí disculpas por mi aspecto (por mi olor).

–Estoy pasando por una etapa confusa en lo referente a la higiene –les dije.

Se rieron con ganas y vi que tenían una dentadura muy bonita. Para hacerme sentir bien, o para que no me sintiera mal, más bien, se pusieron a enseñarme sus brazos y piernas, repletos de piquetes (y de tatuajes). Las chinches se los habían merendado en Marruecos. Él es moreno y ella muy blanca, de ese color lechoso que da pena ajena en la playa. Deben tener más de veinticinco y menos de treinta años. Mientras planchaban una baguette en mantequilla me contaron que habían venido a Barcelona para hacer una maestría. Llegaron a finales de septiembre del año pasado.

Él es arquitecto y, aunque sólo venía a estudiar, a las dos semanas ya tenía trabajo en una constructora.

–La empresa construye rotondas donde no hay nada –dijo, riéndose–. Hicimos una rotonda en un pueblo cerca de Alicante y no tiene calles para llegar a la rotonda. Lo que tiene es una escultura gigante que costó un pastón. Todo pagado con fondos europeos.

Ella es fisioterapeuta. Estudia una maestría en quinesiología. Masajes, terapias de rehabilitación muscular, ese tipo de cosas. Cuando nos sentamos en la mesa encendió un incienso. Me ofendí un poquito, aunque reconozco que en lugar de ofenderme lo que debería hacer es meterme a bañar. Ninguno de los dos mencionó lo que había pasado la noche anterior, tampoco insistieron en que les contara mi vida o las razones que me trajeron a Barcelona. Eso me gustó. Se conformaron con contarme de sus vacaciones en Marruecos, me mostraron fotos en una laptop, y nos reímos de los close ups que habían tomado de las chinches del colchón de una pensión de Tánger.

–Pinches chinches –les dije, haciendo un juego de palabras tonto, pero les encantó y no paraban de repetirlo.

Se reían mucho, siempre mostrando sus dientes bonitos. Cuando terminamos me ofrecí a recoger la mesa y a lavar los trastes. Aceptaron sin hacerme sentir que tenía que devolverles el favor. Me cayeron muy bien. Antes de irse a hacer sus cosas me advirtieron que no moviera de lugar las mochilas. Que no las tocara. Las mochilas seguían tiradas a mitad de la sala.

–Vamos a llevar toda la ropa a lavar con agua caliente –dijo Paulo.

–Y tenemos que tirar las mochilas –dijo Andreia.

–Las pinches chinches –dijeron, a coro, riéndose de nuevo.

Eran tan felices que empecé a odiarlos un poco.

Me hizo bien desayunar con los brasileños, asomar mi cabecita confusa a la normalidad, recordar que afuera de ese agujero profundo en el que me he metido hay un mundo donde la gente es feliz con sus dentaduras perfectas. Esperé a que se desocupara el baño y me metí con la intención de ducharme. No contaba con que los brasileños se acabaran el agua caliente. Cinco días sin bañarme y cuando por fin me decido sólo sale agua helada. Me restregué las axilas, la entrepierna, la cara. Me puse ropa limpia. Me lavé los dientes con rabia. Luego estuve un rato quitándole la pelusa al abrigo con un cepillo que encontré en la sala. Necesitaba hablar con Jimmy.

Bajé a la plaza al mediodía y todavía no estaba. Aproveché para ir al locutorio para investigar en internet lo de la inscripción consular, que en realidad se llama «matrícula consular». Apunté la dirección del consulado y los horarios para ir el lunes. La verdad, lo de ayer me dejó muy asustada.

Cuando volví a la plaza me encontré a Jimmy donde siempre, como siempre, como si nada hubiera pasado. Palmeó con la mano derecha en el suelo ofreciéndome que me sentara. Me quedé parada frente a él.

—¿Vas a tomar el té con la reina, tía? —dijo—, ¿adónde vas con esa pinta?

—¿Lo golpeaste? —le pregunté, ahorrándome prólogos y rodeos.

—¿A quién? —respondió—, ¿al gilipollas de tu ex novio? No le hice nada, tía, sólo lo que me pediste. Le metí un susto que te cagas, pero el gilipollas no sólo es gilipollas, también es gallina, ¿quién coño va a buscar a la policía porque te meten un susto?

—Yo no te pedí que —dije.

—¿¡Que no qué!? —gritó Jimmy antes de que yo continuara—. ¿Qué es esto? ¿Ahora vas a salir con que todo fue idea mía? Yo soy el único que te defiende, tía, sólo falta que ahora te pongas en mi contra. No te arrepientas, tú estás hecha cagada y el gilipollas feliz de la vida, eso no está bien, ¿sabías que el capullo se compró un abrigo nuevo? Otro abrigo igual de chulo, igual de caro, ¿de dónde saca la pasta el gilipollas, eh? Tú tienes razón en querer que le meta un susto, no te arrepientas.

164

La cara se le había puesto del color del vino de tetra-pack y una vena en el cuello estaba a punto de explotar.

–También tengo razón en pedirte explicaciones, Jimmy –le dije–, ahora tengo problemas con la policía.

–¿Es por eso? ¿Te asustaron los mossos? ¿Te vas a cagar en mí para librarte de los mossos? Eres una puta traidora, tía. Que te den, tía.

Se empinó un largo trago de cerveza, evitando mirarme, paseando la mirada perdida por el suelo de la plaza.

–¿Cómo lo encontraste? –dije.

–Joder, tía, era lo más fácil del mundo, si no paras de hablar de él todo el puto día, me dijiste un montón de veces la dirección donde vivíais, me enseñaste fotos aquel día que trajiste el ordenador portátil, ¿no te acuerdas?

–Tendrías que habérmelo contado –dije–, no puedes hacer una cosa así sin decirme nada.

–¡Se me olvidó, tía! –me respondió–. ¿Tú crees que mi única preocupación es hacer tu venganza sentimental? Yo tengo mogollón de cosas en que pensar. Tú crees que estoy todo el día en la plaza sin hacer nada pero tú no me conoces, tú no sabes quién soy. Además, ¿cómo iba a saber que el capullo iba a ir a la policía? No contaba con eso, tía, la verdad no sé cómo pudiste ser novia de ese gilipollas. Además tiene toda la puta cara llena de manchas, tía, es feo de cojones.

–Yo no te pedí que lo amenazaras, Jimmy –le dije–, bueno, claro que hablamos de eso, pero yo estaba muy jodida, tendrías que haberte dado cuenta de que no hablaba en serio.

–¿¡Que no hablabas en serio!? –dijo–, ¿tanto te asustaron los mossos? Cómo sois los mexicanos, tía, no os merecéis a Zapata. Pancho Villa invadió Estados Unidos y vosotros os cagáis con la policía catalana. ¿Tú crees que puedes

165

aparecer disfrazada de pija para reñirme? Y hasta te has duchado para venir a reclamarme, te has duchado para sentirte superior a mí, yo sé cómo funciona la mentalidad fachista. ¿Pero quién era el único que te aguantaba cuando te apestaba el coño, tía? ¡Yo!, tía. ¡Yo! Eres una cobarde, tía. Olvídate del gilipollas, olvídalo, es un capullo. Te dejó por una catalana con los dientes torcidos, supéralo ya.

–Mira quién habla –le dije–. ¿Tú crees que no me he dado cuenta de por qué estás siempre solo en la plaza? ¿De por qué no tienes perros y estás todo el tiempo mirando hacia aquel grupo? Porque aquella *tía* te dejó y se quedó con los perros –dije, estirando el brazo con el dedo índice hacia el grupo de okupas franceses.

–¡No apuntes, coño! –gritó.

–¿Me equivoco? –le pregunté–. Y tú no tienes los huevos de ir a hablar con ella o de largarte a otra plaza. Y hasta debes haberme estado usando para darle celos.

–¡Cállate! –me gritó–. ¿Sabes lo que deberías hacer en lugar de meterte donde no te llaman? Deberías preguntarte cómo hizo el gilipollas para identificarme y cómo hicieron los mossos para averiguar mi nombre y saber que vengo a la plaza del Sol. Eso sí que es raro. Lo estuve pensando toda la noche. ¿De dónde han sacado mis datos? Algo no cuadra, tía. Pero esto no se va a quedar así. Yo lo voy a investigar.

ESO PARECE UN ATAQUE DE PÁNICO

La perra habla, tío, dice Ahmed mientras me muestra el perchero donde tiene colgada la correa, en el recibidor de su departamento. ¿Cómo?, digo. Que la perra habla, tío, repite, vas a pensar que estoy loco, pero es la verdad, tío, la perra habla. Lo miro con la simpatía de saber que no está loco (o no todavía) y que incluso quizá sea más sana su estrategia de sobrevivencia (desconectar de la realidad) que la mía (padecer un colapso nervioso). Supongo que las conversaciones de Ahmed con Viridiana serán una sublimación de sus terrores, la expresión esquizofrénica de las amenazas del licenciado. ¿Y qué dice?, digo. No sé, tío, dice, la perra habla catalán. Yo no entiendo catalán, dice. ¿Tú sabes?, dice. Algo, digo, lo suficiente para enterarme. Qué bueno, tío, dice, así puedes decirme qué te cuenta la perra. Claro, digo. ¿Sales ahora?, dice. No, digo, más tarde. No vayas a tardar, dice, si no la sacas pronto se mea. Llévala a la Rambla del Raval, le encanta orinar en las patas de la escultura del gato gordo. ¿El gato de Botero?, le pregunto. ¿De quién?, dice. Olvídalo, digo. No vayas a tardar, repite, si se mea tú vas a limpiar, y ten cuidado con los tapetes. No te preocupes, digo, seguro que ella me va a avisar cuando tenga ganas. Hostia, tío, dice, es verdad. Tengo que tomar clases de catalán, dice.

Abre la puerta para salir. Yo la cierro antes de que salga. Oye, digo. ¿Tú qué tienes que hablar con este tipo?, digo. Me refiero al padre de Laia, que lo está esperando en una oficina de la avenida Diagonal. Es mi trabajo, dice Ahmed. ¿Eres un hacker?, digo. Tú ves muchas películas, tío, dice. ¿Eres el que lava la lana?, digo. ¿Cómo?, dice. ¿Que si eres el que blanquea la pasta?, digo. No digas palabrotas, tío, dice. O sea que sí eres, digo. Tú no sabes quién soy, tío, dice, yo estudié en Yale, tío, yo antes trabajaba en un banco, dice, tú no sabes quién soy. ¿En un banco en Pakistán?, digo. En Londres, dice. ¿Ahí conociste al licenciado?, digo. Yo al que conozco es al jefe del licenciado, dice, pero de eso no voy a hablarte, dice. Es por tu seguridad. Le miro el bigotito recortado, el suéter de lana, la bufanda, el abrigo gris rata que aún no se pone, doblado en el antebrazo. Sólo ahora recapacito en lo bien vestido que va siempre (la percepción de la moda disminuye en situaciones de emergencia). Se agacha para levantar del suelo la bolsa verde de plástico con las seis latas de cerveza. *Tío*, digo, vas muy elegante para ser un latero. Eso no importa, dice, la gente no mira la ropa, tío, la gente mira las caras. Tú no te das cuenta porque eres blanco, tienes ojos azules, hasta que abres la boca nadie sabe que eres mexicano. Me voy, tío, dice, se está haciendo tarde. ¿Y tu trabajo tarda?, digo. ¿Cómo?, dice. ¿Que cuánto vas a tardarte?, digo, tengo cosas que hacer (tendría que estar leyendo un ensayo de Jung). No sé, dice, no depende de mí, depende de este tío. De veras ya tengo que irme, dice.

Voy a buscar a la perra en cuanto Ahmed sale y la encuentro despatarrada en medio de la sala, dormitando. Aprovecho para echar un ojo. Se trata, claramente, de uno de esos departamentos para renta por temporada, amueblado, decorado con el gusto estandarizado de la pequeña burguesía. Los cuadros recuerdan que esta ciudad continúa siendo la capital de los informalistas. Encuentro tres, cuatro computadoras portátiles en cajones (dos), armarios (una) y mochilas (una). Las enciendo pero de inmediato exigen una contraseña. Vuelvo a colocarlas donde estaban.

No hay nada extraño en el departamento, parece lo que promete: el lugar de paso de un ejecutivo que trabaja en la ciudad por unos cuantos días. En el bolsillo del pantalón, el celular vibra. Hago la asociación automática: bolsillo derecho, celular social. Lo saco. Es Laia. Hola, mexicano, dice, ¿tienes planes para esta tarde? Le digo que nada en especial, pero que debería ponerme a trabajar en cosas del doctorado. Necesito pedirte un favor, dice. Le digo que qué con un silencio prolongado que ella no entiende. ¿Estás ahí, mexicano?, dice. Sí, digo, dime, dime. Tengo que ir a la casa de mi tío y no quiero ir sola, dice. Es una situación rara. Ahora ella es la que guarda silencio. ¿Por?, digo. Hace días que no sabemos de él, dice, está, dice, y hace una pausa, medio desaparecido. Espero a que ella diga algo más, pero no dice nada, es mi turno. Se habrá ido de vacaciones, digo, por decir cualquier cosa. No, dice, nos hubiera avisado, además no trajo los regalos. ¿Qué regalos?, digo. Feliz día de Reyes, mexicano, dice. ¿Y no tiene familia?, pregunto. Nosotros somos su familia, dice. Suya, quiero decir, digo. Es soltero, dice, ¿me acompañas? ¿Adónde?, digo, no entiendo. A su piso, dice, mi madre consiguió la llave con el administrador del edificio pero no se atrevió a entrar. Otra pausa, ahora más larga, suficiente para que la imagen de un cuerpo en descomposición se instale entre nosotros. ¿Por qué me llama a mí?, pienso, ¿por qué no va su padre o cualquiera de sus empleados domésticos? En lugar de eso, le pregunto si su tío está muy viejo. No tanto, dice, tiene sesenta y dos años. ¿Me acompañas?, repite. ¿No hay nadie más que pueda ir?, digo. Quiero ir yo, dice Laia, enfáticamente. Mi tío y yo estamos muy unidos, añade. En la sala, Viridiana chilla. Tapo el micrófono del celular. Olvídalo, dice Laia, me equivoqué al pedirte el favor. ¿A qué hora?, digo. A las cinco, dice. Te veo en la esquina de Còrsega con Enric Granados.

Voy al perchero por la correa de paseo, una correa con los colores y el escudo del Barça. Vamos, digo, asomándome a la sala ya con la puerta abierta. La perra se levanta, perezosa. Se deja poner la correa, sumisa. ¿Tú sabes a qué se dedica Ahmed?, digo. Le repito la pregunta en catalán, en lo que creo que es catalán, en catalán champurreado. Pero la perra no responde.

Es aquí, dice Laia deteniéndose delante de un edificio amarillo. En el último piso hay un relieve de flores modernistas. En el entresuelo, un balcón de columnas dóricas. Yo conozco este edificio, lo conozco muy bien, tan bien que el corazón me salta a la garganta y siento uno a uno el surgimiento de las ronchas que anuncian el tormento de la comezón. ¿Estás segura?, casi estoy a punto de decir, pero no lo digo, porque estoy seguro de lo que va a pasar, de golpe lo entiendo todo, que cuando le pregunte a Laia en qué departamento vive su tío, en qué *piso*, ella contestará que en el ático primera.

Este, digo, ¿en qué *piso* vive tu tío? Laia mete la llave a la cerradura del portal de hierro forjado y cristal, también adornado con motivos modernistas. Tío, dice, ¡te has llenado de ronchas en un segundo!, dice, y aguanta la puerta entreabierta sin entrar, para poder observarme a la luz pobre del atardecer de invierno. ¿Te encuentras mal?, dice. Es la pinche alergia, digo, la pinche alergia de los cojones, especifico. ¿Pero qué te pasa ahora?, dice, ¿qué sientes? Como que me asfixio, digo, como que no puedo respirar, es una sensación que me da mucha ansiedad. Eso parece un ataque de pánico, dice, ¿no será que lo que tienes es una dermatitis nerviosa? Es alergia, digo, pegándome a ella para obligarla a entrar (al mal paso darle prisa), es algo parecido al asma, digo, me lo explicó el alergólogo, miento. ¿Fuiste al alergólogo ya?, dice, empujando la puerta y metiéndose por fin al edificio, y mientras caminamos al elevador, lo llamamos y esperamos a que descienda desde el tercer piso le explico que fui de urgencia para pedir algo para la comezón y de pura casualidad había un alergólogo de guardia. ¿¡Un alergólogo en el CAP!?, dice Laia, escandalizada. Este, no, digo, este, no, intentando corregir la mentira, intentando respirar normal, fui a una clínica privada, tengo el seguro de la beca (como en la literatura, una verdad nimia en medio de un montón de mentiras crea una ilusión de realidad). De todas maneras qué raro, ¿no?, dice Laia. La Neus es alérgica y cuando mi madre le pide visita con el alergólogo se la dan para dos o tres semanas después, como mínimo. Pues no sé, digo, parece que ahora es temporada baja, digo, como si las alergias fueran hoteles o cruceros. ¿Cómo?, dice Laia. Sí, digo, que lo fuerte de las alergias es en los cambios de estación, este, sobre todo en primavera (esto lo leí en internet). Pues cuídate, mexicano, dice, pasándome la mano por la nuca, si ya te has puesto así en invierno cómo te va a ir en primavera. A la mejor no llego a la primavera, digo, como de broma, pero en serio. No seas tarado, mexicano, dice Laia.

Llega el elevador, entramos y Laia, efectivamente, presiona el botón del ático. Ya ni me molesto en volver a preguntarle a cuál departamento nos dirigimos. El elevador sube lentamente, con una pedantería acorde con la solidez burguesa del edificio. Aprovecho para tratar de calmarme. Cierro los ojos y respiro con normalidad, como supongo que se respira en la normalidad, si es que todavía puedo recordar cómo es la normalidad. Laia me pone la mano en la nuca de nuevo, no dice nada, en lugar de decir algo, me aprieta levemente con sus dedos, respetando el silencio.

Necesito tranquilizarme. ¿Qué puede pasar ahora? Nada. Nada. Respiro con normalidad, con dizque normalidad. Nada. No va a pasar nada ahora, no hay razón para alarmarse. El cadáver del tío de Laia no va a estar pudriéndose en su cama, ni lo vamos a encontrar desangrado en la tina del baño, como Laia y su madre deben estar temiendo, sin atreverse a confesarlo. De eso estoy seguro, segurísimo: el cadáver del tío de Laia se lo llevó el Chucky luego de que yo le metiera tres tiros. Dos en el pecho. Uno en el cuello. ¿O si no cómo explicar que estemos ahora en la misma dirección, Enric Granados 98, que aparecía en el chip de la perra?

Pero ahora no va a pasar nada, no, respiro con toda la normalidad del pánico, como tampoco pasó ayer mientras estuve un rato vigilando el edificio, viendo entrar y salir a los vecinos e imaginando que aquélla podía ser la esposa del detective, aquél su hijo adolescente, aquélla la empleada doméstica. Y si ayer no había un coche de policía ni ningún movimiento raro de alarma, tampoco lo había habido ahora al llegar, ni lo habrá más tarde al salir, porque lo que vamos a encontrar es el departamento vacío, suspendido en su cotidianidad truncada, como la casa de quien baja a comprar cigarros y no vuelve (en el caso de que el tío de Laia fumara), como hace la gente de los suburbios en las novelas norteamericanas.

El elevador llega al ático. ¿Te sientes mejor?, dice Laia al suspender el masaje y retirar su mano de mi nuca. Empuja la puerta del elevador y camina titubeante hacia la derecha, hacia la puerta del primero, titubeante de nervios, no de indecisión. Sí, digo, ya se me está pasando, digo, como si pidiera un deseo. ¿Verdad que no huele nada, Juan?, dice Laia, asustada. Es la primera vez que me dice Juan, como mi madre, es la primera vez que la veo comportarse como una niña. Si no supiera que de verdad está asustada pensaría que es una pésima actriz. Tu tío está de vacaciones, digo, ya verás que entramos y no encontramos nada. Siempre que sale fuera avisa a mi madre, dice. Además, tiene una perra, cuando se va de vacaciones nos la deja. Se habrá ligado a alguna *tía* y se instaló unos días en su casa, digo. Mi tío es gay, dice. Ah, digo, pues a un *tío*, entonces. Se pasa el llavero de una mano a otra, dudando.

¿Puedes entrar tú primero?, dice Laia. Si no encuentras nada me avisas. ¿Puede ser? Por favor. Le digo que sí. Laia abre la puerta y retrocede dos, tres pasos, como si una verdad muy temida fuera a venírsele encima y a aplastarla. Yo empujo la puerta y de pronto una sospecha me muerde la boca del estómago. Me giro hacia Laia. Este, digo, espérame aquí, yo te aviso, y cierro la puerta.

Cruzo el recibidor, donde varios abrigos cuelgan del perchero. Al atravesar la sala pateo algo que me moja el tobillo del calcetín derecho: un cuenco de plástico con agua. Al lado hay otro recipiente con croquetas. En dos de las paredes hay estanterías del suelo al techo repletas de libros, el instinto me pide detenerme a revisarlas (la mala costumbre), pero no lo hago. Recorro el departamento con frenesí, agitado, histérico, al borde del colapso respiratorio y dermatológico, paranoico, pero no encuentro nada, por más paranoico que estoy mi paranoia no consigue producir una prueba o evidencia que me incrimine. Recorro el departamento una vez más, y otra, asegurándome de que no haya nada que pueda comprometerme, reviso los cajones del escritorio que hay en el despacho, los de la cómoda de la habitación principal y de la de invitados, incluso inspecciono la alacena, las gavetas con los productos de la limpieza, finalmente vuelvo a la puerta de entrada, recupero el aliento y la abro.

Laia está sentada en el suelo del rellano, llorando. Te lo dije, digo, no pasa nada. Qué tarado eres, dice, sollozando, qué tarado eres. Te has tardado mucho. Este, lo siento, digo, quería revisar bien. La última vez que lo vi nos peleamos, dice. No quiero que se muera mi tío, dice. Es la única persona en el mundo que me ha apoyado siempre, dice. No se va a morir, digo. ¿Me lo prometes?, dice, y sorbe los mocos, aspira fuerte y exhala, para intentar recomponerse.

El sonido de su celular me ahorra la promesa falsa. Laia mira la pantallita y me avisa que es su madre. Contesta. No te preocupes, mama, dice, en catalán. No está en el piso. Sí, dice. Eso voy a hacer ahora. Te llamo después. Estira la mano derecha para que la ayude a levantarse, la jalo y cuando se pone de pie me abraza. Gracias, mexicano, me susurra al oído. Debo reconocer que es bonito sentirse protegida, dice (¿será un hallazgo de su investigación?, ¿la comprobación de una hipótesis?). Se separa. Saca un trozo de papel higiénico del bolso y se suena la nariz. Tanta militancia feminista para acabar de niña desvalida en los brazos de un macho mexicano, dice, riendo triste (la frase me gusta para subtítulo de su tesis). Vamos a entrar, me dice. Quizá encontremos algo que explique dónde está mi tío.

Empujo la puerta, dejo pasar a Laia y la sigo respetuoso, o fingiendo respeto, o prudencia, al menos: la prudencia de los culpables. ¿A qué se dedica tu tío?, digo, al ver de nuevo los centenares de libros en la sala. A nada, dice Laia. Vive de sus rentas. Ah, digo. La familia de mi madre tiene mucha pasta, dice. O tenía, más bien. Mira, dice, levantando un portarretratos de encima de una cristalera, es él. Agarro la foto y asiento, reconociendo al protagonista de mis pesadillas, unos diez años más joven. Y ésta es su perra, dice, enseñándome otra foto. ¿Cómo se llama?, digo, dándome cuenta de que debo preguntárselo. Pedro, dice, ¿no te lo había dicho? Se cambió el nombre a Pere después de Franco, en el DNI, en los documentos, pero todo el mundo le continuó diciendo Pedro. Me refería a la perra, digo, el nombre de tu tío lo vi escrito en el recibo del gas que está encima del escritorio del despacho, digo (no digo, por supuesto, que ahí fue donde lo vi por segunda vez, ni que la primera vez lo vi escrito en un documento del Colegio de Veterinarios). Perdona, digo, como si la intromisión fuera el más grave de mis pecados. No pasa nada, dice. Se llama Viridiana.

Laia se pasea por la sala y se detiene a revisar una libreta de teléfonos. Luego se mete a la habitación principal, a la de invitados, al despacho, echa un ojo a los dos baños. Mientras tanto, yo simulo interesarme por la biblioteca (eso sí lo sé hacer muy bien). Tiene buen gusto tu tío, le digo a Laia cuando vuelve a la sala (aquello parece el canon occidental y de literatura mexicana sólo tiene lo obvio: los dos libros de Rulfo, la poesía de Paz y unas cuantas novelas de Fuentes, las más malas de todas, curiosamente). No estoy segura de que haya leído todo eso, dice. Entresaco al azar cuatro libros: tres están nuevos, uno tiene señales indudables de lectura. No veo nada raro, dice Laia, entreabriendo algún cajón. ¿Tú?, dice. No sé, digo, este, creo que no. Mira, dice, y señala hacia el charquito de agua derramada del cuenco de la perra. Fui yo, digo, me tropecé. No, dice, la comida. ¿Qué tiene?, digo, mirando el cuenco lleno de croquetas hasta la mitad. Suena el celular de Laia de nuevo.

Hola, mama, dice Laia. No, dice, nada, en catalán. Es como si hubiera bajado a pasear a la perra o a comprar el periódico y no hubiera regresado, dice (no fuma, de lo contrario habría dicho aquello inevitable de salir a comprar cigarros). Habrá que avisar a la policía, dice Laia. Sí, dice. Sí, dice. Díselo al papa, dice.

La habitación principal tiene un balcón de quince metros cuadrados que parece flotar sobre el Mediterráneo. Pero sólo lo parece: en realidad el Mediterráneo está a sólo ochenta metros (o al menos eso prometen los cartelones publicitarios a la entrada del edificio). El licenciado mira fijamente hacia la playa, de espaldas al departamento vacío. Pensé que estaríamos solos, digo, cuando descubro al chino sentado en un rincón, fumando, y a otras dos personas, étnicamente indiferenciadas, que merodean por el departamento simulando estar sumidas en sus profundos pensamientos simulados. A juzgar por la vestimenta, son profesionistas liberales. Uno lleva en las manos una carpeta atestada de documentos y el otro teclea en un telefonito minúsculo. El licenciado se gira para buscar al tipo de la carpeta. Anótalo también, dice. El de la carpeta abre la carpeta y rebusca entre los papeles. Tío, me dice el chino, cada vez estás peor. Voy a hablar con mi abuela para que te dé hora. Le digo que no hace falta. ¿Cómo que no?, me contesta, parece que tienes sarna. Espérenme aquí mientras hablo con este pendejo, dice el licenciado. Atraviesa el departamento hacia la salida y yo lo sigo.

Subimos en silencio al piso de arriba por la escalera de mármol del edificio, entramos a otro departamento idéntico al anterior, idénticamente vacío. La puerta está abierta de par en par, sin embargo, en cuanto la atravesamos, el licenciado la cierra.

El detective era el tío de Laia, digo, de inmediato, siguiendo al licenciado que cruza el recibidor, la sala, la habitación principal y sale al balcón. No era un detective, quiero decir, digo, era el tío de Laia, el hermano de su madre. ¿Para eso me llamaste, pendejo?, dice el licenciado, recargando los codos en el barandal, adoptando la misma posición contemplativa que tenía en el departamento de abajo. ¿Eso era la cosa tan urgente que no podías contarme por teléfono?, dice. Te hubieras ahorrado el viaje, en este pinche pueblo no hay nada. ¿Cómo viniste?, dice. Este, en tren, digo, rememorando el viaje de cuarenta minutos desde la estación de plaza Cataluña en la línea que recorre el Maresme. Al edificio, pendejo, dice el licenciado. No me digas que agarraste un taxi en la estación. No, miento, vine caminando. ¿Seguro?, dice, está lejos. Seguro, digo, volviendo a mentir. Todo el pinche mundo es igual, dice el licenciado, desviando la mirada hacia la hilera de edificios que bordean la costa. Pienso que se va a poner a decir que todo el mundo miente, como novia despechada, pero en realidad ya ha cambiado de tema: No sé por qué chingados le gusta tanto la playa a la gente, dice. Es la cosa más incómoda del mundo, estar lleno de arena, embarrado de bronceador. La gente de verdad que está bien pendeja. Cuando vivía en Cancún acabé hasta los huevos, no hay peor raza en el planeta que los turistas en la playa. Peor si son extranjeros.

Era el tío de Laia, digo de nuevo, interrumpiendo la digresión sociológica, volviendo al tema que me hizo suspender de urgencia, otra vez, el plan que tenía para la tarde (releer *Los Esforzados*, de Albert Cohen, y subrayar los fragmentos que me permitan relacionarlo con la idea de la risa como signo de superioridad del ensayo sobre lo cómico de Baudelaire). El licenciado gira la cabeza para verme. Era su tío, insisto. ¿Tú crees que yo no sabía, pendejo?, dice. ¿Tú crees que estoy tan pendejo como para pedirle a un pendejo que mate a otro pendejo sin saber quién es? ¿Tú crees que yo no sabía que ese pendejo era el tío maricón de Laia? Tú me dijiste que la familia de Laia lo había contratado, digo. Yo te dije que la familia de Laia lo había *mandado*, dice, no que lo hubiera contratado. Pero me equivocaba. El pobre pendejo se había puesto a seguirte por su propia cuenta, pinche gente desocupada es lo peor de lo peor. O al menos eso le contó al Chucky, pinches burgueses europeos, no aguantan nada, con dos toquecitos en los huevos le soltó toda la sopa. Que Laia le habló de ti y todo le pareció muy sospechoso. Que la sobrina lesbiana de pronto le saliera con que estaba saliendo con un pendejo. Con un inmigrante mexicano, para acabar de chingarla. Tenían mucha complicidad entre ellos, ya sabes, eran los raritos de la familia. ¿Sabes por qué se puso a seguirte?, dice. No digo nada. O más bien le digo que me cuente por qué levantando las cejas. Porque pensó que eras un vividor, que querías aprovecharte del dinero de su familia, de las influencias políticas de su padre, que ibas a usarla para conseguir los papeles. Tenía muchos prejuicios contra los inmigrantes, el hijo de puta. Te voy a contar un secreto, dice, pero no vayas a contárselo a tu noviecita: tenemos sus orejas y los dedos de las manos. ¿Cómo?, digo. El Chucky se los cortó antes de deshacerse del cadáver, pendejo, dice. Los tenemos guardados en el congelador de un restaurante chino. Si el padre de Laia se pone pendejo le mandamos una oreja de su cuñado. Si se nos rebela, le mandamos un dedo pulgar. Si nos desobedece, le mandamos el anular, para que se lo meta por el culo. El tono sereno con el que relata estas atrocidades me transmite una inquietante tranquilidad, la que supongo que sienten los enfermos terminales cuando les dicen que están en manos del mejor especialista del mundo. Estuvimos a punto de mandarle una oreja para que dejara de hacer tanto pinche escándalo por el capital inicial del proyecto, dice el licenciado. Menos mal que Ahmed lo convenció, no quería gastarme una oreja tan pronto. Es un genio el pinche maricón, dice, ¿tú crees que lo dejaría quedarse con la perra si no fuera un pinche genio? Y tiene paciencia de profesor de primaria, tuvo que ponerse a explicarle cómo se hacen las divisiones y cómo se calculan los porcentajes. Convencerlo de que el tres por ciento de ciento treinta es mejor que el tres por ciento de quince. El pendejo de Oriol se asusta porque es catalán, y los catalanes son pesimistas por naturaleza. Le estamos dando la oportunidad de su vida, si la aprovecha puede llegar a consejero, a presidente de la Generalitat, si quisiera, o más bien si nosotros queremos, y en lugar de verlo así el pendejo se imagina que lo van a meter a la cárcel. ¿Sabes lo que los catalanes piensan cuando el Barça va ganando cinco a cero? Que están a punto de empatarlos.

¿Y si avisan a la policía?, digo, este, ya deben haber avisado a la policía de la desaparición, digo, pero el licenciado me interrumpe: No van a avisar a la policía todavía, dice. Hace una pausa retórica y sonríe divertido. Tiene una dentadura perfectamente alineada y natural, sin los remiendos evidentes en las sonrisas de los ricos nuevos. El cabrón del Chucky le ha estado mandando mensajes al pendejo de Oriol desde su celular, dice. Desde el celular de Pere o Pedro o como chingados se llame. Puras marranadas. Se ríe sin mucho entusiasmo, como si le hubieran contado un chiste muy bueno pero archiconocido, uno de esos albures que el mexicano promedio repite veinte mil veces en su vida. Que está encerrado en una bacanal en Sitges, dice. Una orgía con travestis brasileños, dice. Pinche Chucky se la raja. El padre de Laia no ha dicho nada, digo, Laia no sabe nada de eso. ¿Ah, en serio?, dice, ¿por qué crees que será? Se me hace que al pinche Oriol también se le hace agua la canoa. Esos del Opus luego acaban resultando las más locas. Olvídate del tío de Laia, eso está bajo control.

Se yergue y estira la espalda, gira la cabeza para un lado y para otro, para arriba y para abajo, pasa la mano derecha por encima del hombro y la enlaza con la izquierda en la espalda. Debería ir al yoga, dice. Pero con tanto pinche viaje no puedo, chingada, dice. Se quita los lentes oscuros y se pone a limpiarlos con una toallita.

Hablé con Riquer, dice. Se da la vuelta y se recarga en el barandal de espaldas al paisaje marítimo. Es la primera vez que le veo los ojos: tiene unos ojos color café del montón. ¿Con quién?, digo. Con el jefe de los mossos, pendejo, dice, ¿tengo que repetirte todo todo el tiempo? Localizaron al italiano, dice. Lo encontraron con Valentina. ¿Cómo?, digo. Es un abogado de Milán con un historial de delitos menores que más bien parecen una coartada para ocultar otra cosa, dice. Te lo dije, dice, no debiste dejar que se fuera Valentina. Termina de limpiar los lentes y vuelve a colocárselos. Te lo dije, repite.

180

La mención del nombre de Valentina me distrae de la explicación, el licenciado sigue hablando pero yo sólo capto trozos aislados de lo que dice: okupa, plaza del Sol, boleto de avión, otro italiano de nombre Gabriele. ¿Cómo que Valentina estaba con el italiano?, digo, cuando consigo volver de la estupefacción. Chingada, dice el licenciado, ¿que no entiendes lo que te estoy diciendo? No digo nada, porque no entiendo nada. ¡Que los italianos están tratando de levantarnos el proyecto, pendejo!, dice. Eso no me extraña, dice, pero lo que tenemos que averiguar es cómo encaja Valentina en todo esto. ¿Qué italianos?, digo. Italianos de Italia, pendejo, dice, ¿de dónde más? Valentina es muy lista, no como tú. Te lo dije, dice, no debiste dejar que Valentina se fuera. Te lo dije, dice.

Me quedo pasmado mirando, sin mirar, el Mediterráneo, cavilando en la hipótesis absurda de que Valentina hubiera sido reclutada por la mafia italiana. O en que mi primo la haya involucrado en todo esto de otra manera. ¡Contesta, pendejo!, grita el licenciado. No sé de qué está hablando. ¿Cómo?, digo. ¿Que no me estás oyendo?, dice. No digo nada. ¿Que qué has sabido de Valentina, pendejo?, dice, y no me hagas repetirte la pregunta de nuevo. Este, nada, digo, no la he visto desde que se fue del departamento. Tuerce la boca contrariado, de verdad contrariado. Yo no hubiera querido llegar a esto, dice. Me cae bien Valentina, dice. Me gusta la gente que viene de abajo. Pero no va a haber otro remedio. No debiste dejar que se fuera Valentina, dice. Te lo dije.

NO PUEDO CREER QUE ESTOY MUERTO

Ay, pinche primo, no me digas que sí te llegó esta carta, no me digas que la estás leyendo, cabrón, porque si te llegó quiere decir que ya me cargó la chingada. Espero de veras que nunca te llegue esta carta, pero que si te tiene que llegar que te llegue, porque esto no se puede quedar así, no mames, ¿cómo crees que si estos cabrones me chingan yo me voy a quedar tan tranquilo?, ni madres, si estos cabrones me chingan yo me los voy a chingar.

Yo creo que nunca te va a llegar esta carta, estoy seguro, pero de todas maneras la tengo que escribir, porque si te llega tú me tienes que ayudar. ¡Pero no me digas que sí te llegó la pinche carta, pinche primo! Nomás de imaginarme que te haya llegado me da un agüite bien cabrón, no mames, pero ya verás que no te va a llegar nunca y que yo estoy perdiendo el tiempo escribiéndola como un pendejo.

¿Verdad que no te llegó?

¿Verdad que no, pinche primo?

No te ha llegado, seguro que no, ni te va a llegar, vas a ver que no, te pido que seas optimista por una pinche vez en la vida, pinche primo, no me vayas a salir ahora con tu pinche actitud negativa, vamos a apostarle juntos a que nunca te llegue, que si la carta te llega quiere decir que tu primo está muerto. Sí, cabrón, MUERTO, no mames, así que más te vale que no leas esta carta NUNCA.

Tenemos que hacer un compromiso los dos, pinche primo, me lo tienes que prometer. Yo me comprometo a escribir la carta aunque sé que la verdad ni hace falta escribirla y tú te comprometes a que si la recibes me vas a ayudar, comprométete conmigo, pinche primo, yo te he hecho un chingo de favores y ahora es el momento de que me los devuelvas, cabrón.

Y si no te va a llegar nunca esta carta, ¿para qué la escribo, cabrón?, no vayas a creer que tu primo es un pendejo, o que no tengo cosas más importantes que hacer que escribirte una pinche carta que nunca vas a leer. Si la escribo es porque tu primo es muy previsor, tu primo aprendió en los negocios a considerar todas las variables, a analizar todos los escenarios, hasta que los proyectos a veces salen mal, pero no porque tu primo sea un pinche pesimista como tú, tu primo tiene los pies en la tierra y sabe que los chingadazos en la vida real están de la chingada, pinche primo, y tu primo no puede permitir que si se lo chingan las cosas se queden así, no, tu primo quiere VENGANZA. Estamos en esto juntos, primo, te lo dije en la otra carta, la que sí te llegó, ¿verdad que sí te llegó la otra carta que te mandé a la universidad?, si ya te llegó y no me lo has confirmado llámame en chinga, ahorita, órale cabrón, ¿qué estás esperando? Estamos juntos para todo, pinche primo, para lo bueno y para lo malo, pero si te llegó esta carta no vayas a ser tan ojete de hacerte pendejo nomás porque estoy muerto y crees que no me voy a dar cuenta de que no me hiciste caso, me lo debes, cabrón, ¿o nada más vas a estar conmigo en las buenas?, no se te olvide que yo te metí en este proyecto cabroncísimo con el que tú nunca hubieras soñado, tener acceso a proyectos de este nivel es para muy pocos, pinche primo, no se te olvide que fui yo el que te abrió esa puerta, aunque no te lo merecieras, aunque tú siempre te hayas comportado como un ojete boicoteando mis proyectos.

Por eso ahora tienes que ayudarme.

No me puedes fallar.

Pero que no te llegue esta carta, pinche primo, te lo juro que nomás de imaginarte leyendo la carta en una terraza al lado de la pinche Sagrada Familia se me salen las lágrimas. Y no digas que estoy exagerando, cabrón, cómo no voy a llorar si estoy muerto y tú estás a toda madre comiendo unas papas bravas y tomándote una chela leyendo mi carta.

¿Ves eso de aquí encima? ¿Esa manchita de humedad? ¿Sabes qué es?

¡Es una pinche lágrima, cabrón! ¡Una pinche lágrima de tu primo que está muerto y tú a toda madre en Barcelona chingándote un vermuth con unas aceitunas! Así que lo mínimo que puedes hacer ahora es ayudarme, ¿o te vas a rajar?, ten un poco de respeto por los muertos, cabrón, me lo debes, no creas que nomás porque estoy muerto no me voy a enterar, te aseguro que me voy a enterar, pinche primo, y aunque sea un pinche espíritu lo mínimo que voy a hacer es ir a agarrarte las patas para no dejarte dormir, cabrón, te voy a sacar un pinche sustote que te va a dar un ataque al corazón, hijo de la chingada.

Tienes que ayudarme, pinche primo, tú no sabes lo que se siente estar muerto, no mames, no puedo creer que estoy muerto, neta. Y si estoy muerto lo mínimo que quiero es VENGANZA, esto no se puede quedar así, cómo crees que me voy a quedar tan tranquilo si además de chingarme se están aprovechando de mis proyectos, una cosa es que te chinguen y otra muy distinta que además te quieran ver la cara de pendejo.

Yo no quería escribir esta carta, pinche primo, yo no quería, pero si la escribo no es porque yo quiera, no estoy tan pendejo para escribir una carta que es mi certificado de defunción, si la escribo es porque un hijo de la chingada me quiere chingar, y si te llegó la carta es porque el muy hijo de puta ya me chingó, no mames, no puedo creer que estoy muerto, no puedo creer que el hijo de la chingada haya cumplido sus amenazas y me haya chingado. A estas alturas, si estás leyendo esta carta, ya debes saber de quién estoy hablando, sí, del hijo de la chingada del licenciado, del hijo de puta que se supone que era nuestro socio y que ahora resulta que me chingó. El cabrón me la tenía jurada, pinche primo, todo por culpa de un proyecto que salió mal, bueno, no salió mal, lo que pasó fue que los socios se desesperaron y ya no quisieron meterle lana cuando ni siquiera habíamos salido de la fase de start up. ¿Cómo chingados no íbamos a perder la lana si no quisieron esperar a que el proyecto despegara? Los proyectos tienen que ser a largo plazo, pinche primo, todos los proyectos tienen que pasar por sus fases muy cabronas hasta llegar a las utilidades, por eso hay que estar cubierto con inversiones fuertes para aguantar las pérdidas, tener circulante suficiente para operar, contar con alternativas para apalancarse, y lo más importante es tener inversionistas que entiendan los plazos del proyecto, ya sé que para ti es como si te estuviera hablando en chino, pinche primo, si a ti lo único que te interesa es descubrir si una novela la escribieron en el campo o en la ciudad.

Y ni siquiera era tanta lana la que perdimos, nomás unos cuantos millones de dólares, pura pinche morralla para los proyectos que maneja esta gente, pero el pedo es que esta gente no se anda con mamadas, cuando te metes con gente de este nivel asumes las consecuencias, están acostumbrados a manejar puro pinche proyectote, y los grandes proyectos son donde hay más riesgo, ésa es la regla del dinero, cabrón, a más riesgo más ganancia, por eso en los negocios más grandes lo que se juega es la vida o la muerte, nomás para que veas lo diferentes que somos yo todavía me preocupo de que entiendas cómo funcionan las cosas en la vida real aunque estoy muerto, y en la vida real los chingadazos están de la chingada.

No puedo creer que estoy muerto, pinche primo. No puedo creerlo, neta.

¿Cómo fue?

¿Me atropellaron? Estos hijos de la chingada siempre hacen como que atropellan a la gente.

¿Sí me atropellaron?

No mames, no puedo creer que estoy muerto.

Yo quise ser optimista y por eso te mandé la otra carta donde te hablaba de nuestros socios y del proyecto en Barcelona. Y si en aquella carta no te expliqué que este hijo de la chingada del licenciado me quería chingar, fue porque en ese momento necesitábamos ser positivos. Mi única oportunidad de que no me chingaran era que el proyecto saliera bien y yo no iba a contarte que las cosas estaban de la chingada, si para acabar de chingarla tú tienes una tendencia muy cabrona al fracaso, pinche primo, eres un pinche pesimista de lo más radical. Pero aunque hayan salido mal las cosas yo no soy un resentido, tampoco te guardo rencor, ahora que lo pienso a la mejor me chingaron por tu culpa, a la mejor tú la cagaste y el que la acabó pagando fui yo, pinche primo. Con mayor razón tienes que ayudarme, cabrón, esto no se puede quedar así, yo confié en ti e invertí mucho en el proyecto, yo puse lo más importante que tenía, pinche primo, puse mi vida y ahora tú me vas a tener que ayudar.

Lo más importante que tienes que entender, antes que nada, es que no se te vaya a ocurrir ir a la policía, escúchame bien, pinche primo, no vayas a ir a la policía por ningún motivo, la pinche policía la controlan ellos, no mames, ¿en qué pinche mundo crees que vives? Si vas a la policía el que va a acabar en la cárcel eres tú, cabrón, si no es que también te chingan, no mames, primo, no me digas que fuiste a la policía, no me digas que también a ti te chingaron, nomás falta que nunca recibas esta carta porque a ti te chingaron también.

No mames.

Si también a ti te chingaron entonces sí no tiene ningún sentido que siga escribiendo esta carta, pinche primo, por eso no vayas a ir a la policía, cabrón, hazme caso si quieres vivir, la única manera de sobrevivir es ponerse al mismo nivel de estos hijos de la chingada, y eso es lo que te voy a explicar, cómo puedes hacerle para chingártelos tú, si es que ellos todavía no te chingan, ¿verdad que no te han chingado, primo?, ¿verdad que sí estás leyendo esta carta?

En serio que yo no quiero que te chinguen, primo, tienes que creerme, yo todo lo hice por tu bien, no sabes lo preocupados que estaban tus papás porque hacías puras pinches pendejadas, cómo ibas a hacerle para progresar en la vida si te dedicabas a investigar la influencia de un pinche escritor muerto en los libros de otro pinche escritor muerto. Nadie te va a dar dinero por eso, pinche primo, tienes que reaccionar, los chingadazos en la vida real están de la chingada y tú parece que no quieres enterarte de que existe la realidad, y no nada más esa pinche simulación de la literatura. Pero yo sí soy positivo, pinche primo, y yo quiero pensar que todavía no te han chingado y que vas a leer esta carta, a huevo que la vas a leer, vas a ver que sí, seguro que sí, pinche primo, tú también tienes que ser positivo porque se trata de tu propia vida, cabrón, ¿o no quieres vivir?, y tú vas a VENGAR a tu primo y de paso vas a recuperar el dinero de tu primo para dárselo a mis papás y le vas a dar cinco mil pesos a la sirvienta de la casa que me hizo el paro de mandarte la otra carta y veinte mil al güey que te mandó esta carta y que me prometió que iba a investigar tu dirección si algo me pasaba, y que no iba a decirle a nadie de esta carta (te voy a poner sus datos al final, no se te vaya a olvidar pagarle, yo le dije que tú le ibas a pagar veinte mil pesos por mandar la carta y si no le pagas capaz que le cuenta a mis papás).

Tú tienes que ver que ésta es la oportunidad de devolverme todo lo que me debes, pinche primo, yo siempre te invité a mis proyectos de negocio aunque tú eras un ojete que me quería boicotear, pero yo no te guardo rencor, yo lo que quiero es que ahora me devuelvas esos favores, pero tienes que hacer las cosas como yo te digo, ya te dije que no puedes ir a la policía porque te van a chingar, hazme caso por una vez en la vida. Además, si vas a la policía mi familia se va a enterar de lo que pasó y mis papás no van a entender, ellos son de otra generación, ellos no saben que para entrar a proyectos de este nivel hay que arriesgar, que la única manera de hacer negocios en este pinche país es así, no vayas a ir a la policía, prefiero que piensen que soy un pendejo que no sabe cruzar la calle. ¿Fue un camión? A estos hijos de la chingada les encanta aplastar a la gente con camiones, para que no se pueda descubrir lo que les hicieron antes.

Lo que tienes que hacer es ponerte al nivel de estos cabrones, cabrón, y eso es lo que vas a hacer, yo voy a decirte cómo le vas a hacer, pon atención, pinche primo, la clave de todo es un cabrón al que le dicen el Chucky, si estás leyendo esta carta ya debes saber de quién estoy hablando. El Chucky es la clave de todo, si convences al Chucky de que nos ayude al hijo de la chingada del licenciado se lo va a cargar la chingada, y yo sé cómo le vamos a hacer, porque yo me hice amigo del Chucky, y aunque es un cabrón muy sanguinario es muy buena onda el cabrón, no te creas que esta gente por ser asesinos no tiene su corazón. Y el pinche Chucky ya está hasta la madre del licenciado porque el licenciado está bien pendejo, no lo aguanta más, y hasta anda pensando en irse por su cuenta o en chingár- selo para agarrar su lugar, en ser el que controla los pro- yectos, está muy cabrón, el Chucky, muy preparado, tú lo ves armado haciendo sus chingaderas y no te imaginas que hizo un MBA en Estados Unidos, te lo juro, pinche pri- mo, sacó mención honorífica con un estudio sobre flujos de capital internacional, diseñó un pinche sistema para no pagar impuestos que ahora andan usando todos los pin- ches inversionistas, cómo la ves, cabrón, nomás para que veas cómo están los chingadazos en la vida real. Pinche Chucky debería ser el que controla los proyectos y no el licenciado, el pinche Chucky es un líder de verdad, fue toda su pinche vida a los Boy Scouts, es cinta negra de ka- rate Lima Lama y hasta fue presidente de la sociedad de alumnos de la Ibero, cuando estudiaba administración y finanzas, y el pendejo del licenciado lo único que tiene es un buen contacto, un contacto muy chingón, no voy a decir que no, pero el cabrón ha vivido toda su vida de ese contacto como un parásito, nomás por ese contacto ha trepado y todo lo que ha hecho es porque ese contacto lo puso ahí y lo protege.

Yo cuando conocí al licenciado era el pinche gerente de un hotelucho de Cancún, dizque cinco estrellas, pero, la

189

neta, en Cancún hay hoteles mucho más chingones que ése. Y el pinche licenciado se hubiera quedado ahí, mandando a lavar las toallas y supervisando el consumo de mayonesa en la cocina del hotel si no hubiera sido por ese pinche contacto, ese cabrón fue el que le pagó para que se fuera a hacer una maestría a Barcelona y luego cuando regresó lo puso a controlar algunos de sus proyectos. Y si no te digo quién es ese pinche contacto, pinche primo, es por tu seguridad, para protegerte, para que veas que yo sí soy positivo y creo que estás vivo leyendo esta carta, si te escribiera el nombre del contacto del licenciado, del mero mero, no sólo a ti y a mí nos cargaba la chingada, hasta los pinches carteros iban a valer madre nomás por tocar esta carta. Lo único que tienes que saber es que el mero mero no es un pendejo, ¿cómo crees que va a ser un pendejo si es el mero mero?, no mames, y el mero mero ya se está dando cuenta de que el licenciado es un pendejo y de que el Chucky está más preparado para controlar sus proyectos.

Entonces tú lo que tienes que hacer, cuando el licenciado y el Chucky se instalen en Barcelona para hacer el start up del proyecto, es irte acercando al Chucky, ganarte su confianza y que vea que puede confiar en ti para su proyecto de chingarse al licenciado. No te va a costar mucho trabajo, porque eso el cabrón ya lo tiene metido en la cabeza desde hace tiempo y siempre hablábamos de eso, de que él debería ser el que le reportara al mero mero y que el licenciado era un pendejo, pero si estás leyendo esta carta eso quiere decir que algo salió mal, que el licenciado se nos adelantó o que pasó alguna otra cosa (a la mejor fuiste tú el que la cagó, pinche pendejo), pero puedes estar tranquilo que estoy seguro de que el Chucky no me traicionó, el Chucky y yo nos hicimos muy amigos, hermanos del alma. Por eso tienes que ayudar al Chucky, por eso tienes que ayudarme, esto no se puede quedar así, me lo debes, pinche primo, me lo debes porque para eso somos familia y yo siempre te hice un montón de favores y te defendí.

No me puedes fallar, pinche primo.

No me puedes fallar, cabrón.

Tienes que comprometerte conmigo aunque sea por una vez en la vida, ahora que estoy muerto.

Tres

¿ESTÁS SEGURA DE QUE ESTE TÍO NO ERA SUBNORMAL?

Domingo 9 de enero de 2005

Mediodía. Salí a caminar sin rumbo ni objetivo porque las paredes del cuarto se me venían encima. Sigue sorprendiéndome la tranquilidad sepulcral de los domingos comparada con la hiperactividad y el ruido cotidianos. Esta ciudad, o al menos el barrio en el que vivo, sólo conoce dos estados de ánimo: la histeria del parque de diversiones y la desolación de los cementerios.

No había prácticamente nadie en las calles, salvo unos cuantos okupas en la plaza del Sol (Jimmy no había llegado todavía), unos pocos viejos al sol, unos cuantos padres con sus hijos en los parques infantiles, unas pocas personas haciendo compras de emergencia en las tienditas de los pakistaníes.

El frío en los pómulos me hacía bien, me despertaba, simulaba aclararme las ideas, los pulmones agradecían el aire helado después de un día y medio de encierro. Mientras caminaba, volví a hacer cuentas en la cabeza: no había manera de que aguantara hasta el 27 de enero con los cuarenta euros que me sobraban. Algo tendría que hacer. Llamar a Juan Pablo para pedirle dinero. Mendigar con Jimmy (que de algo sirvieran las clases de flauta que tomé en la primaria). O trabajar. Pero en qué.

Estaba cruzando la plaza de la Revolución cuando escuché el gritito de Alejandra:

–¡Mirá, papa, la morocha! –gritó, sentada en lo alto de una resbaladilla.

Facundo tecleaba en el celular, recargado en la cerca que separa la plaza del parque infantil. Me detuve sin acercarme, guardando una distancia de seguridad, a dos o tres metros de Facundo.

–¿Todo bien, boluda? –me dijo.

–¿Cómo estás, Ale? –le grité a la niña, ignorando la pregunta de su padre.

–Estoy mal –gritó con voz teatral de niña malcriada–, muy mal.

–¿Cómo mal? –le pregunté–, ¿por qué?

–Mi mamá se fue a Argentina y el papa no me cuida bien.

–Dale, Ale, pará de molestar –la interrumpió Facundo–. La nena está cabreada porque no puedo quedarme con ella ni ir a buscarla al colegio –me explicó–, ¿y?, ¿yo qué voy a hacer?, a las cinco estoy en el laburo.

–¡Que me cuide la morocha, papá, que me cuide la morocha! –gritó Alejandra.

–Pará, Ale, vos ya tenés canguro, ¿ya se te olvidó?, ¿qué le vamos a decir a la pobre Pilar?

–¡No me gusta Pilar! –gritó Alejandra–. ¡Pilar es tonta! ¡Quiero que me cuide la morocha!

Facundo se acercó, para, al mismo tiempo, alejarse de Alejandra, y me contó que a la madre se le había muerto un hermano en Buenos Aires en un accidente, que se había tenido que ir de urgencia la semana pasada y que Alejandra estaba insoportable.

—La verdad es que la canguro tampoco la banca —me dijo—, se llevan fatal, ¿vos no podrías cuidarla? Te pagaría, claro, siete euros la hora.

De inmediato supe que no podía rechazar la oferta, yo con siete euros vivo un día, pero aun así me resistí. Le dije que, la verdad, necesitaba el trabajo, pero que sería muy raro volver al departamento, que no quería encontrarme con Juan Pablo.

—No seas boluda, boluda —me dijo—, mirá, vos pasás por Ale a las cinco a la escuela y te la llevás un rato a la plaza. Luego te vas al piso, yo te dejo una llave en la mochila. La duchás y te ponés con ella a dibujar o a hacer las boludeces que ella quiera. Yo llego máximo a las ocho. El boludo de Juan Pablo no está nunca en esos horarios. ¿Qué te parece veinte euros al día? ¿Lo cerramos en veinte euros? Pero con un poco de flexibilidad por si me atraso, y si llego antes vos cobrás veinte euros igual, compensamos unos días por otros. ¿Qué me decís?

Dudé de nuevo, en silencio.

—Escuchame, boluda —insistió Facundo—. Si necesitás el trabajo que se joda el boludo de Juan Pablo. Yo no soy nadie para decirte nada, pero vos tenés que pensar en vos. Esta ciudad es muy linda, pero es como una puta muy cara. Sin plata puede ser la peor ciudad del mundo, haceme caso, boluda, aceptá el trabajo.

Volví a dudar. No dije nada.

—¿Necesitás una disculpa, boluda? Está bien, mirá que sos boluda. La cagué, de acuerdo, fui un boludo, disculpame, pero también podrías haberlo visto como un halago, que yo quisiera...

—Mejor no trates de arreglarlo —lo interrumpí—. La verdad, sí necesito mucho el dinero. Acepto.

El día en que nada tiene lógica. O el día en que por fin todo empezó a tener una lógica. Aunque no entienda nada. O no todavía. Pero al menos sé que hay una lógica que explica todo lo que ha pasado hasta ahora.

Fui al consulado para hacer el trámite de la inscripción consular y al registrarme en la recepción me dijeron que había una carta para mí. Que la tenían ahí desde hace meses, desde principios de noviembre. Pensé que todo era una confusión, pero la única manera de saberlo era abriendo el sobre, que no tenía remitente, aunque el sello del correo era de Guadalajara. ¡Era una carta de Lorenzo, el primo de Juan Pablo! La metí de vuelta al sobre con el susto en el pecho, como si hubiera recibido la carta de un muerto, que era justamente lo que había pasado. La recepcionista me preguntó si me sentía mal, debe haberme visto muy alterada. Me di la vuelta y salí del consulado sin completar el trámite. Caminé corriendo en cualquier dirección, me metí en el primer café que encontré y leí la carta.

Lo único que me quedó claro es que Juan Pablo anda metido en algo raro, en un supuesto proyecto de negocios en el que lo metió su primo, más bien. No sé por qué desde el inicio me dio la sensación de que se trataba de una extorsión o un chantaje. Algo ilegal, incluso criminal. Quizá fue por el tono con el que está escrita la carta, como el delirio de un idiota con aires de grandeza (de grandeza empresarial, para acabarla de fregar), como un desvarío. No conocí a Lorenzo y lo poco que Juan Pablo me contó mal lo recuerdo. Era el primo que vivía en el Caribe y poco más.

Tardé en salir del aturdimiento para reparar en que en la carta Lorenzo decía que había ido a conocer a mis papás. Me apaniqué en un segundo, ¿hace cuánto que no hablaba con ellos? Desde Año Nuevo. Pagué el café que había pedido (¡dos euros!) y sólo en ese momento me di cuenta de que había entrado a la misma cafetería donde Juan Pablo se había reunido con Laia antes de Navidad.

Me fui corriendo de vuelta a Gràcia, de bajada, haciendo un camino intuitivo, y me detuve en el primer locutorio que encontré. Llamé a casa. Contestó mi mamá. Me preguntó qué me había pasado, asustada. Le dije que nada, que llamaba para saludar.

–Hija –me dijo–, son las cinco de la mañana.

Le pedí perdón, le dije que me había despistado (era verdad) y le pregunté si todos estaban bien.

–¿Qué pasa, hija? –me preguntó.

Estoy segura de que me veía temblar al otro lado de la línea, al otro lado del Atlántico.

–¿Hay algo que me quieras contar? –insistió.

Estuve a punto de aprovechar para contarle que Juan Pablo y yo habíamos terminado, pero de pronto me di cuenta de que la carta de Lorenzo lo cambiaba todo. Había un misterio que explicaba lo que le había pasado a Juan Pablo, lo que nos había pasado a nosotros, y yo lo tenía que descubrir. Quizá había leído muchas novelas, o quizá esta conclusión era una estrategia de mi autoestima para revalorizarse, quizá creer en la existencia de una explicación estrambótica acabara resultando una nueva manera de engañarme.

Le dije a mi mamá que los extrañaba mucho, que eso era todo, y me despedí tratando de aparentar una melancólica normalidad, aunque estoy segura de que no me creyó, la pobre debe haberse quedado despierta con la angustia de imaginar que algo malo me pasa.

Corrí a la plaza del Sol, directo a Jimmy.

—La princesa por fin se va a dignar a dirigirme la palabra —me dijo como recepción.

Empecé a contarle lo que había pasado atropelladamente, me senté a su lado y le leí la carta en voz alta, casi sin respirar, y cuando respiraba Jimmy aprovechaba la pausa para decirme, sin variación:

—¿Estás segura de que este tío no era subnormal?

Acabé de leer la carta y me levanté como si tuviera un resorte en el trasero.

—¿Adónde vas, tía? —me paró Jimmy.

Le dije que tenía que hablar con Juan Pablo para decirle que lo sabía todo, aunque no supiera nada, o aunque no entendiera nada, pero que él me lo tendría que explicar.

—No hables nada con nadie, tía —me dijo—, no sabes en qué mundo te mueves. ¿Sabes lo que me dijo un colega?, ¿sabes lo que pude investigar?

Dio un trago largo directo de la botella de cerveza, antes de continuar.

—Que el gilipollas de tu ex novio me identificó revisando los registros de los mossos d'esquadra.

—¿Cómo lo sabes?, ¿quién te lo contó? —le pregunté.

—Al capullo lo recibió el jefe de los mossos en su despacho privado, ¿cómo es que lo recibe el jefe por una mierda de denuncia de amenazas? El gilipollas está enchufado. Hay algo muy gordo detrás de todo esto.

—¿Y cuándo ibas a decírmelo?

—Apenas lo supe ayer. Y tú no me hablabas, tía, eres una puta interesada, me dejaste tirado por cagarte del miedo. Pero te voy a perdonar porque tú no tienes la culpa de nada, la culpa es del gilipollas de tu ex novio.

Le dije que necesitaba saber cómo se había enterado, que era muy importante, que necesitaba estar segura para decidir qué tenía que hacer. Miró paranoicamente hacia los lados, hacia el frente y hacia atrás. Bajó la voz obligándome a acercarme, la peste casi me disuade.

–Se lo pregunté a un colega, a un tío que conozco.

–¿A un mosso? –le pregunté.

Asintió. Dudó entre la botella de cerveza o el tetrapack de vino tinto. Eligió el segundo: se empinó un trago, pero el envase estaba vacío. Lo lanzó hacia el centro de la plaza.

–No puedes hablar de esto, tía –me dijo–, te lo advierto. Es difícil de entender. A veces yo hablo con él para ayudarlo y otras veces él me ayuda. Hay una guerra muy jodida contra los antisistema.

–¿Eres su informante?

–Cállate, coño, tía, ¿qué te pasa?

Se levantó y caminó hacia la calle más cercana. Lo seguí. A la mitad de la cuadra se detuvo, se pegó a la pared, se bajó la bragueta y empezó a orinar.

–No hables con él –me dijo, como si hablara solo o como si tuviera conversaciones con su verga–. No ahora –dijo–. Antes hay que descubrir en qué anda metido.

Cuatro y media de la tarde. Por pura curiosidad fui al locutorio y llamé a un teléfono que el primo de Juan Pablo ponía en la carta por si yo necesitaba contactarlo.

–Pata de Pollo –contestaron.

Pregunté adónde hablaba, fingiendo que me había equivocado. Me dijeron que eran las oficinas corporativas de Pata de Pollo, la franquicia líder de pollo asado a domicilio en México y Centroamérica.

Primera tarde cuidando a Alejandra. No había nadie en el departamento y no podía aguantar la tentación de

201

asomarme al cuarto de Juan Pablo. ¿Y si encontrara una pista para entender lo que está pasando? Después de bañar a Alejandra, intenté escabullirme del baño, mientras la niña se secaba, pero no me dejó: la escuincla se me pega a la pierna como una garrapata. Luego nos pusimos a dibujar y en la parte de abajo de un garabato bastante abstracto (que en teoría era un árbol), Alejandra escribió: «La verdad tiene estructura de ficción». Esta vez no me asusté, casi ni me sorprendí, salvo por la belleza de la frase, perfecta en su luminosidad.

Facundo llegó a las ocho y media. Alejandra ya estaba muerta de hambre y lo único que había encontrado en la alacena era un paquete de galletas de chocolate. Media hora de retraso el primer día... Le enseñé el dibujo.

–¿También es de la Pizarnik? –le pregunté.

–Eso es de Lacan, boluda –me dijo.

–¿Otro tatuaje?

–Es un letrero que la boluda de mi ex mujer tiene colgado en la sala de su piso.

–¿Tu ex es psicoanalista?

–No –me dijo–, sólo es boluda.

Martes 11

Once y veinte de la mañana. Juan Pablo salió de Julio Verne. Me dispuse a seguirlo por la calle Zaragoza, pero caminó en dirección contraria, hacia la Ronda, y giró a la derecha, rumbo a la plaza Lesseps. Yo estaba totalmente al descubierto, la amplitud de la Ronda no me ofrecía escondites, si Juan Pablo miraba hacia atrás me descubriría fácilmente. Decidí arriesgar. Podría fingir una coincidencia. O confrontarlo de una vez.

202

Llegamos a la plaza Lesseps, en obras, Juan Pablo se paró al costado del cruce de las calles, esperando el cambio de semáforo, y yo me aposté a diez metros, medio escondida detrás de una pequeña excavadora. El semáforo cambió, pero Juan Pablo no se movió. Yo tampoco. A la distancia, me pareció que la dermatitis, la supuesta alergia, ha empeorado muchísimo. Pasaron cinco minutos: un Mercedes Benz negro, sin placas y con los vidrios polarizados, se detuvo en el cruce, sobre la Ronda. Se abrió la puerta. Juan Pablo se acercó, metió la cabeza al coche, como si le dijera algo a los que estaban adentro. Enseguida, un hombre bajó del auto y Juan Pablo se subió. El coche arrancó, salí de mi escondite como si fuera a subirme a un taxi para iniciar una persecución, fue un impulso idiota, porque no iba a hacerlo, pero no pude evitarlo. Además, aunque lo hubiera querido tampoco habría podido hacerlo: el hombre que había bajado del coche me interceptó, me dio dos besos, fingiendo conocerme, y me agarró del antebrazo.

–Vamos a tomar un café, Valentina –me dijo.

Hizo el movimiento para obligarme a que lo acompañara, para forzarme, para empujarme, y yo iba a gritar cuando el grito se materializó desde afuera:

–¡Eh, tía, te estoy esperando hace media hora! ¿Dónde coño te has metido?

Era Jimmy, del otro lado de una de las calles, Príncipe de Asturias, creo que se llama. Empezó a atravesar el cruce zigzagueando entre el tráfico, mientras la presión del agarrón en mi antebrazo fluctuaba. El tipo estaba dudando si me soltaba. Miró en derredor, como calculando sus posibilidades. Yo lo miré a la cara, a los fragmentos de rostro que quedaban al descubierto, la mayor parte tapado por unos lentes oscuros enormes, el abrigo con las solapas levantadas, una bufanda anudada entre el cuello y la quijada que le cubría la parte inferior de la boca. Moreno. Nariz achatada. El labio superior fino, con una roncha de herpes. Finalmente se decidió a soltarme y me dijo antes de que Jimmy nos alcanzara:

—No sabes dónde te estás metiendo.

Se dio la vuelta y se fue, apresurado.

—¿¡No te quedas a saludar, capullo!? –le gritó Jimmy.

Le pedí que se callara. Lo abracé, aspirando con fuerza el olor a cloaca que emana de su chaqueta militar, de los pegostes de su cabello, de los poros de su piel, de su aliento fétido. Le di las gracias. Vimos al tipo perderse a la distancia. Le sugerí a Jimmy que buscáramos un lugar tranquilo para hablar, pero él me dijo que fuéramos a la plaza del Sol, que teníamos que mantener la rutina, que no podíamos hacer cosas raras porque nos expondríamos.

—En la plaza estamos seguros, tía –me dijo–. Ya ves lo que pasa por no contarme lo que vas a hacer, ¿cómo se te ocurre ponerte a jugar al detective?, ¿cómo se te ocurre seguir al gilipollas de tu ex novio? Te lo dije que era peligroso. Te lo dije.

—¿Y tú también me estás siguiendo, Jimmy? –le pregunté.

—Yo vivo ahí –me dijo, levantando el brazo y apuntando.

Señaló hacia el otro lado de la plaza, donde una bandera anarquista colgaba de una casa de dos pisos abandonada, o más bien okupada.

—O sea que fue una casualidad –le dije.

—¡Claro que fue una casualidad! –me dijo–. Pero lo que importa no es eso, lo que importa es lo que te dije ayer, que el capullo de tu ex novio anda metido en algo gordo. Te lo dije. ¿Viste el coche en el que se fue?

—Un coche de lujo –le dije.

204

—¡Un coche diplomático, tía! —me dijo—, lo mínimo que tienes que hacer si vas a ponerte en plan detective es estar atenta. El coche tenía placas diplomáticas.

Le dije que el coche no tenía placas. Que estaba segura.

—Claro que tenía —me dijo—, negras, del mismo color que el coche, por eso no las has visto, tu mirada buscaba las placas blancas y por eso no las has reconocido. Es muy jodida la mirada, eh, muy perezosa, se acostumbra a todo y luego por eso no ves nada.

Seguimos discutiendo un rato si el coche tenía o no tenía placas. Él cada vez más seguro, autoritario incluso. Yo cada vez con más dudas. Luego la discusión pasó a la frase que me había dicho el tipo que se bajó del auto.

—Te lo dije —me dijo Jimmy—, te lo dije que no sabías dónde te estabas metiendo. Tú no te imaginas lo que es capaz de hacer esa gente, tía, te lo digo yo que soy italiano. Por eso dejé de trabajar en Milano de abogado, el despacho donde trabajaba sólo defendía empresarios muy gordos, gente muy respetada de esa que sale en los periódicos y va a merendar con el Papa. Todos se dedicaban a blanquear pasta, tía, pasta de las drogas, de las armas, del tráfico de mujeres, del petróleo de los dictadores africanos.

—Vas a pensar que estoy loca, Jimmy —le dije—, pero la verdad es que en ningún momento me sentí amenazada, sentí como si ese tipo me quisiera ayudar, como si fuera alguien en quien podría confiar.

Era verdad: a pesar de que mi consciencia percibía que la situación era peligrosa, aunque mi cerebro me había ordenado que debía gritar, pedir ayuda, prácticamente ni me había asustado, quizá porque no había tenido tiempo.

—Joder, tía —me dijo Jimmy—, eso es porque el hijo de puta iba muy bien vestido, te crees que no era peligroso porque iba de ropa de marca, zapatos italianos de mil euros, gafas de diseñador. Pero ésos son los peores, tía, tú tienes el prejuicio de que los criminales son pobres, moros, gitanos, en el fondo eres como la gente de aquí, tía.

–Cálmate, Jimmy –le dije–, yo ni me fijé en la ropa, sólo te estoy diciendo que la manera en que me habló, incluso la manera en que iba a forzarme a acompañarlo, no era violenta.

–No me vas a decir que crees que el gilipollas de tu ex novio lo mandó a ayudarte. Porque lo viste, ¿no? ¿Viste que fue él el que le avisó al hijo de puta que tú lo estabas siguiendo?

Le dije que no estaba segura, que todo había pasado muy rápido, aunque era verdad que después de que Juan Pablo dijera algo con la puerta abierta del coche, el tipo se había bajado y había venido directo a buscarme.

–El gilipollas de tu ex novio lo mandó a amenazarte –me dijo.

–Sólo hay una manera de saberlo –le dije.

–No hables con él, tía –me dijo–, no sabes dónde te estás metiendo, ya has visto que es peligroso.

–No voy a hablar con él, Jimmy.

–¿Entonces?

–Esta tarde voy a necesitar que me ayudes. A las cinco. Voy a necesitar que vayas al cerrajero mientras llevo al parque a Alejandra.

Empecé este diario titubeando, como una señorita decimonónica demasiado pudorosa para contar lo que de verdad le sucedía. Y quién me viera ahora: estas páginas empiezan a parecer una novela. Hay misterios, hay intriga, hay buenos y malos, o al menos buenos y malos en potencia.

Si alguien leyera estas páginas no me creería, diría lo

contrario de la frase de Lacan, que la ficción usa la estructura de la verdad (especialmente en la literatura íntima). Pero como de todas maneras nadie las va a leer, no me importa que nadie crea que esto es un diario: no voy a pedirle a nadie que me crea.

DENTRO DE NADA YO SERÉ PRESCINDIBLE

Ahmed me llamó por teléfono y dijo: Tío, tienes que acompañarme al veterinario, la perra está enferma. Yo estaba sentado en el tren, a dos estaciones de la universidad, había planeado pasar el día en la biblioteca. Por la ventana miré el bosque que se deslizaba (se deslizaba el tren en la vía que cortaba el bosque, más bien) y me permití la fantasía de imaginar que me metía entre los árboles a buscar ramas para rascarme y me perdía y no salía nunca. ¿Qué le pasa?, digo. Está sangrando, tío, dice Ahmed, es urgente. ¿De la vulva?, digo, tapándome la boca y el telefonito con la mano derecha, para que las estudiantes que abrazan sus carpetas como si fueran bebés de cartón no alcancen a escucharme. ¿De dónde?, dice Ahmed. ¿No sabes qué es la vulva, *tío?*, digo, bajando la voz al pronunciar la palabra vulva. En la vagina, digo. La chica que está sentada frente a mí levanta la vista de las copias fotostáticas que lee y finge (muy mal) que no me mira. Luego mira alrededor, como para verificar si alguien más ha escuchado al pervertido. Coño, tío, dice Ahmed, a mí me gustan los hombres, yo nunca estuve con una tía. ¿Y tampoco fuiste a la escuela?, digo. ¡Fui en Pakistán, tío!, dice, ¿tú te imaginas la educación sexual que dan en las escuelas de Pakistán? No debe ser muy diferente de la educación sexual de las escuelas de Los Altos de Jalisco, pienso, ni de las de Guadalajara. De hecho, pensándolo bien, yo había aprendido lo que eran la vulva y el clítoris en el porno de finales de los años ochenta, y lo había aprendido mal, o a medias, por culpa de la abundancia de vello púbico y de la baja calidad de las fotografías y videos de la época.

Retiro la mano del telefonito y digo: La perra está en celo, digo, no le pasa nada. La chica de enfrente simula que vuelve a sus copias fotostáticas. Está enferma, tío, dice Ahmed, quiere orinar todo el tiempo y no come. Me la paso en la calle todo el puto día, dice. Y los perros vienen a intentar montarla y ella no se deja montar, digo. ¿Cómo lo sabes?, dice. ¡Porque la perra está en celo!, digo, ten cuidado que dentro de unos días si no la cuidas se la van a montar hasta las palomas, digo. La chica de enfrente se ríe, mirando fijamente los subrayados de sus copias. La de al lado se levanta para buscar sus cosas. ¿Y yo qué hago, tío?, dice Ahmed, la perra no se puede quedar preñada, ¿luego yo qué hago con los perritos? Los estudiantes empiezan a incorporarse, a ponerse chamarras y bufandas, a rescatar mochilas y libros y carpetas de los compartimentos superiores. Falta una estación para llegar a la universidad. Ahmed no para de hablar: me pide que llame al Chungo, me dice que lo tengo que ayudar. Escucha, digo, ahora no puedo hablar, estoy llegando a la universidad. Esta tarde voy a tu piso, como a las seis.

Toma, le digo a Ahmed cuando abre la puerta de su departamento, entregándole una bolsa. ¿Qué es?, dice. *Braguitas,* digo, para la perra. Estás de coña, dice. Mira dentro, digo. ¿Me dejas pasar?, digo. Ahmed se hace a un lado y yo atravieso el umbral y me quito el abrigo y la bufanda y los cuelgo en el perchero.

Coño, tío, dice, mirando el paquete, qué buenas. Muchas gracias, tío, dice. Las venden en cualquier veterinaria, digo. Son desechables, tienes que cambiárselas. Las próximas se las compras tú. Atravieso el recibidor y me siento en el sofá de la sala, mientras Ahmed persigue a la perra para ponerle los calzones. O las pantaletas, para ser exactos. Hay dos computadoras portátiles encendidas sobre la mesa del comedor. Un vaso de agua, un paquete de galletas abierto, las morusas en la mesa y la posición de una silla revelan lo que Ahmed estaba haciendo antes de que yo llegara.

Escucha, digo, tenemos que hablar. Ahmed levanta la vista desde el suelo, donde forcejea con la perra agachado (la perra cree que la prenda es un juguete o comida). La cagaste, digo. Quedándote con la perra, digo. Y no lo digo por todos los inconvenientes. El licenciado dice que no se puede confiar en ti, digo. Voy haciendo pequeñas pausas retóricas para que Ahmed pueda procesar la información. Que has puesto en riesgo el proyecto, digo. Que si relacionan a la perra con el dueño se cae el proyecto. ¿Sabías que el dueño de la perra era el cuñado de Carbonell?, digo, aunque sigo pronunciando *Carbonel*. La perra se escapa porque lo que digo ha surtido efecto. Ahmed se levanta. Camina hacia mí. Se olvida de la perra, que se lleva la braguita en la boca y se mete en la habitación principal, debajo de la cama.

¿Van a matar a Viridiana?, pregunta. Asiento sin abrir la boca, para que el efecto sea más melodramático. ¿Cómo lo sabes?, dice Ahmed, y se sienta en el silloncito de al lado. Porque el licenciado me lo dijo, digo, ¿cómo más lo voy a saber? Ahmed se queda callado: si no fuera tan moreno podría decirse que está pálido, tan pálido como si lo hubieran condenado a muerte, tan pálido como un ruso atormentado en una novela de Dostoievski o mínimo de Turguéniev. Por un momento me arrepiento de estarle mintiendo, por un instante toda la ruindad de mi estrategia de sobrevivencia me desborda y estoy a punto de echarme para atrás. Lo sabía que no se podía confiar en este capullo, dice Ahmed, salvándome. Hostia puta. El capullo es un matón, yo no estoy acostumbrado a trabajar así, tío, yo no tengo ninguna necesidad de aguantarlo. Yo me piro con la perra, tío, dice. ¿Adónde?, digo. No sé, dice, a donde sea. No te puedes ir, digo, este, si te desapareces van a pensar que los traicionaste y te van a buscar, este, no vas a poder vivir tranquilo. Yo hace mucho tiempo que no vivo tranquilo, tío, dice. ¿Por qué no la regalas?, pregunto, arriesgando fuerte, para ganar credibilidad. ¿Por qué no la llevas a un albergue? La perra es mía, tío, dice. La perra ya perdió una vez a su amo. La perra no podría soportar otra pérdida, dice. Desde la habitación llega el ruido de la perra, que parece estar luchando contra la braguita, quizá se la ha calzado en la cabeza. ¿Por qué me cuentas esto, tío?, dice Ahmed. ¿No lo entiendes?, digo. Dejo que la pregunta cumpla su cometido, que Ahmed intuya que mi interés por la perra es egoísta, que no soy un buen samaritano ni ningún San Antonio Abad mexicano, que las posibilidades de salvación de la perra son también las mías. Incluso alcanzo a reflexionar en la triste ironía que yo solito, con mis mentiras, he postulado: que mi vida vale exactamente lo mismo que la de la perra.

A mí me pasa lo mismo que a la perra, digo, de hecho. Dentro de nada yo seré prescindible. Dentro de nada seré un estorbo. Un pendejo que sabe demasiado, digo. El *ca-*

pullo que sobra en esta historia. Probablemente ya lo sea, digo. A mí sólo me usaron para ablandar a Carbonell. Me levanto y camino hacia la mesa del comedor, la rodeo y, antes de que pueda mirar las pantallas de las computadoras, Ahmed reacciona: casi corre para cerrarlas, de dos manotazos (uno para cada una). Yo sé cómo podemos salvar a la perra, Ahmed, digo. Yo sé cómo puedes quedártela. Ahmed se sobresalta, creo que nunca había pronunciado su nombre en voz alta. Coloca las manos en el respaldo de una silla y mira hacia la ventana, hacia las cortinas que impiden ver hacia afuera (y que sobre todo impiden ver desde afuera lo que pasa adentro). Se escuchan ruidos raros provenientes de la habitación, sonidos guturales, la perra debe estarse atragantando. Ahmed no dice nada. ¿Qué es eso?, digo. Es la perra, dice, desde que tiene la regla no para de hablar. No tiene la regla, digo, está en celo, en la primera fase del celo, digo, se llama proestro. ¿Tú tenías perro en México?, pregunta. Le digo que no. ¿Y cómo sabes tanto de perros?, dice. Lo investigué hace tiempo para una novela que quería escribir, digo. (Una novela abandonada, por supuesto, como todas las novelas que he intentado escribir hasta ahora. Hasta ahora: porque ahora voy a ir hasta el final y si quiero terminar la novela necesito salvarme, nadie ha vuelto de la muerte para escribir el final de una novela.) ¿Una novela de perros?, dice Ahmed. Había un perro en la novela, digo, una perra, más bien. ¿Eres escritor?, pregunta. Le digo que no, que todavía no, que estudié letras y que, en realidad, más que escritor lo que soy es un lector profesional. ¿Y cómo acabaste metido en esto?, dice, yo pensaba que la gente que leía mucho era buena, que no se metía en líos. Me quedo callado. Pensando en esa idea, bastante extendida, según la cual la gente culta, y en especial los literatos, tiene una superioridad moral, aunque la verdad es que los lectores no buscamos en la literatura pautas para nuestro comportamiento en la realidad. Los escritores tampoco. Lectores y escritores lo único que queremos es perpetuar un sistema hedonista, basado en la autocomplacencia y en el narcisismo. El verdadero lector lo único que quiere es leer más. Y el escritor escribir más. Y los académicos somos los peores: los carroñeros que queremos extraer un poco de sentido existencial a toda esa mierda. Eh, dice Ahmed, para sacarme de mi ensimismamiento repentino y de la digresión. Necesito que me cuentes para que yo pueda creerte, dice. ¿Cómo voy a confiar en ti si no me cuentas nada? Tú tampoco me has contado nada, digo. Quién es el jefe del licenciado y cómo lo conociste y cuál es tu trabajo, digo, por ejemplo.

Ahmed me mira a los ojos y luego recorre mi rostro con la mirada, como si estuviera contando las ronchas (eran siete esta mañana).

¿Qué propones?, dice finalmente.

Miro hacia la puerta, como si el licenciado o uno de sus matones fueran a tirarla en cualquier momento. Pero la puerta resiste. Es sólida y Ahmed y yo estamos dentro.

Hay que hablar con el Chucky, digo. Pero primero me tienes que explicar cómo funciona el negocio.

El italiano estaba sentado al pie de una pequeña escultura en uno de los costados de la plaza del Sol. Tocaba la flauta y levantaba un vaso de cartón para mendigar cada vez que alguien pasaba cerca. Aunque eran más de las ocho de la noche la plaza estaba muy tranquila. Poca gente en los bares. Un poco más de gente en el shawarma. Era lunes. Los únicos que no se quedaban en casa los lunes en la noche eran los okupas.

213

Contrario al resto de los okupas de la plaza, el italiano estaba solo y no tenía perros. Alternaba tragos a una botella de cerveza con tragos a un tetrapack de vino o jugo. Me senté de espaldas a la plaza (o más bien de costado: medio dándole la espalda a la plaza), en las escaleras, frente a un restaurante libanés. Saqué del bolsillo del abrigo la novelita de Jardiel Poncela que había traído, prestada de la biblioteca de la Autónoma, recomendada por un compañero del doctorado. La abrí al azar: con las farolas había suficiente luz en la plaza como para fingir que estaba leyendo.

De vez en cuando levantaba la vista del libro (también de vez en cuando daba la vuelta a las páginas), y hacía una mirada de reconocimiento, como si esperara la llegada de alguien, para vigilar al italiano, que permanecía sentado, a unos veinte metros, en diagonal. Pasó un cuarto de hora.

El italiano entonces recogió sus cosas, las puso dentro de una mochila y comenzó a atravesar la plaza. Aguardé sin moverme pero sin perderlo de vista. Me incorporé cuando el italiano enfiló por la calle Planeta y fui siguiéndolo por las callecitas de Gràcia, en un recorrido errático, hasta que en una esquina desolada se encontró con otra persona. Los vi de lejos mientras caminaba por la calle Asturias. Los vi a una cuadra de distancia, sin detenerme, de reojo, en un vistazo de un segundo. Pero estoy seguro. El italiano hablaba con el chino.

Me fui de vuelta a casa, pensando en Valentina, en que el licenciado quizá ya había puesto en marcha el plan para deshacerse de ella. En que el italiano no era lo que ella pensaba (fuera lo que fuera que ella pensara del italiano y fuera el italiano lo que fuera que fuera). En que tenía que darme prisa.

Al abrir la puerta del departamento, como si hubiera estado convocando a Valentina con el pensamiento, Ale-

214

jandra me grita: ¡Boludo, se acaba de ir tu novia! Miro a Facundo para pedirle explicaciones. Está frente a la estufa controlando el hervor del agua para la pasta. Ale, dice, no digas boludo. Y la morocha y Juan Pablo ya no son novios, dice. ¿Vale estuvo aquí?, digo. Me está ayudando a cuidar a Alejandra, boludo, dice Facundo. Qué querés que haga, a la niña le cae bien la morocha.

¿Los vio subir alguien?, le pregunta el Chucky al que me fue a recoger a plaza Lesseps, donde yo había quedado de encontrarme con el Chucky a las once y media y lo que había encontrado era un coche mafioso, o un coche de mafioso, más bien, un coche muy caro, sin placas y con los vidrios polarizados, que abrió su puerta trasera para invitarme a entrar. ¿Dónde está el Chucky?, dije, cuando me asomé al interior y vi que no estaba el Chucky, que adentro del coche sólo estaba el chofer (adelante, claro) y otro tipo muy bien vestido (detrás) que después de decirme que me apurara a subir de pronto decidió bajarse y, luego de salir del coche, me dijo que entrara de una chingada vez, y le dijo al chofer que diera una vuelta y bajara por el otro lado de la plaza en cinco minutos. Dimos una vuelta de cinco minutos, quizá de seis, yo en silencio, mirando hacia afuera con la impunidad de no ser visto, con la sensación melodramática de estar viendo las cosas por última vez. O por penúltima, con suerte. Los autos. Los edificios modernistas o sólo modernos. Las pinches palomas. Las cotorras que tanta gracia me hacían hasta que me enteré de que son una plaga fuera de control. Esas calles asépticas sin basura, sin niños que mendiguen, sin vendedores en los semáforos, sin microbuses que te embistan, aunque quizá hoy, de todas maneras, acabe, como mi primo, con la cabeza destrozada.

Negativo, jefe, le dice al Chucky el que me fue a recoger a plaza Lesseps, el que después de los cinco o seis minutos se subió de nuevo al coche y me dijo como si me conociera de toda la vida, como si no fuera la primera vez que nos viéramos y él lo supiera todo de mí: Qué necia es tu novia, me dijo. Tu ex novia, quiero decir. ¿Cómo?, dije. ¿No la viste?, dijo, ¿a Valentina? Te estaba siguiendo. Otra vez. Ya se le está haciendo vicio, dijo. El uso del presente continuo me alivió temporalmente, era una señal de que el tipo no le había hecho nada a Valentina, de que Valentina seguía viva, de lo contrario hubiera usado el pasado continuo y hubiera dicho que ya se le *estaba* haciendo vicio.

En el trayecto hasta Pedralbes, un barrio al que yo nunca había ido pero que sabía que existía, el barrio más *pijo* de Barcelona, me habían dicho, decidí mantener la boca cerrada y concentrarme en la conversación que iba a tener con el Chucky, en los argumentos que iba a usar para convencerlo, no podía distraerme con nada en ese momento, ni siquiera con Valentina, porque de esa conversación dependía mi vida y también la de ella.

Por fin llegamos a nuestro destino, un pequeño edificio de estilo californiano (o eso me parece, aunque la identificación de estilos arquitectónicos se me atrofia cuando estoy estresado), una fortificación coqueta, custodiada por seguridad privada, atravesamos el portón eléctrico y estacionamos en el subterráneo, bajamos del coche y entramos a un elevador que hace honor a su nombre subiendo para arriba, como le gusta decir a las lumbreras de este país redundante.

El ascensor se abre y no hay pasillo ni puerta de entrada, las puertas del elevador se repliegan y al dar un paso hacia delante piso el suelo de madera de una sala despro-

216

porcionada, cuarenta o cincuenta metros cuadrados sólo de sala. Siéntate, me dice el Chucky apuntando con la barbilla al sillón que está al lado de donde él está sentado, en una poltrona que parece un trono, veo que en una de las paredes hay un cuadro de Tàpies con textura de arena y un trozo de poliducto de plástico pegado, en la del fondo un grabado que podría ser de Miró o tan sólo de alguno de sus imitadores.

Tú dirás, dice, cuando me siento, pero en lugar de dejarme hablar añade: ¿Será que el licenciado te subestimó?, dice, con claro acento norteño, de Monterrey o de Saltillo, supongo. Viste una camisa blanca perfectamente planchada, las iniciales bordadas a la altura del pecho izquierdo: Ch. Un reloj que debe ser carísimo, pero no es ostentoso. Calcetines gris oscuro del mismo exacto color del pantalón de lana. Me mira de arriba abajo cuando me levanto para quitarme el abrigo y la bufanda (el departamento está climatizado, hace calor adentro), yo miro en derredor y coloco las prendas encima de un taburete.

Deberías ir al dermatólogo, compadre, dice, acariciándose el mentón, como si tuviera barba. Y luego, otra vez, sin dejarme hablar: Supongo que no tengo que decirte que esta situación es totalmente irregular, dice. Esto no le va a gustar nada al licenciado. Más te vale que sea algo importante. O más te vale que me interese. Si no, ya sabes cómo va a acabar esto, dice. Mal, dice. Ya te debes haber dado cuenta de que a mí no me gustan las bromas. Y menos los chistes malos, dice, y por fin guarda silencio.

Trago saliva con sabor a gastritis y de entre todas las frases que he estado ensayando digo: Este, digo, este, qué iba a decir. Déjame adivinar, me interrumpe el Chucky otra vez. Ya te diste cuenta de que ahora que el proyecto está en marcha tú vas a ser prescindible, dice, con un tono

217

de voz que revela lo fácil que era llegar a esa conclusión, lo obvio del silogismo. Que vas a ser un estorbo, dice. Asiento. Tienes razón, compadre, dice, pero déjame decirte una cosa: tú eras prescindible desde el inicio, desde el minuto cero, desde la primera página del libro, si prefieres, ya que te gusta tanto leer, dice. Has llegado hasta aquí de pura pinche chiripa, compadre, pero ya debes andar como en la página doscientos y el libro tiene máximo doscientas cincuenta. En estos bisnes las historias muy largas no funcionan, dice. Tengo una propuesta, digo, atropelladamente, antes de que otra vez se ponga a hablar. Un proyecto a largo plazo, digo. Ah, chingados, dice, ya hablas como el pendejo de tu primo y ya viste cómo acabó. Mal, dice. Mucho proyecto mucho proyecto y se lo cargó la chingada. ¿Tú sabes por qué me dicen Chucky?, me pregunta. Todo el mundo se imagina que es por la película, por el muñeco diabólico. Pero es por el verbo en inglés. *To chuck*, dice. El apodo me lo pusieron los compañeros de una maestría que hice en Estados Unidos. Me decían Chucky por la manera en que solucionaba los casos de negocios que nos planteaban. Tienes cinco minutos para explicarme tu pinche proyecto, dice, dando por hecho que conozco el significado de la palabra en inglés (que no sé).

Este, ¿y si el licenciado es el que es prescindible?, digo, para empezar, empezando por el final, saltándome los prolegómenos y los prólogos y todo el discurso que había preparado y que no puedo recordar. ¿Y si el licenciado estorba?, insisto. El Chucky sonríe como si le hubiera contado un chiste que ya le hubieran contado un millón de veces. Se levanta y camina hasta una mesita lateral, agarra una jarra de cristal y se sirve un vaso de agua. A la mitad. Tráeme el omeprazol, le dice al que me fue a recoger a plaza Lesseps, que está apostado en la entrada del departamento, como si fuera el cadenero de una discoteca. Debe estar en el buró, dice el Chucky. O en el baño. El tipo atraviesa la sala y se pierde por el pasillo que lleva al interior del departamento. El Chucky se queda de pie, con el vaso en la mano derecha, mirándome. No me vas a salir con que quieres que yo me chingue al licenciado para salvarte el pellejo, dice. Este, digo. Tienes huevos, compadre, dice. ¿Y si llamo al licenciado y le cuento? Este, digo, mi primo me dijo que, empiezo a decir, pero el Chucky me interrumpe: Tu primo estaba bien pendejo, dice. ¿Tú sabes por qué se lo chingaron? No digo nada, que es lo mismo que decir que no. Por pendejo, dice, o por pasarse de listo, que viene a ser lo mismo. Según él andaba haciendo un negociazo y cuando se dio cuenta había perdido catorce millones de dólares. ¿Tú sabes cuánto dinero es eso, compadre? Me quedo callado, respetando la pausa de la pregunta retórica que pretende, y consigue, con mucho éxito, magnificar la estupidez monumental de mi primo. El que fue a buscar el omeprazol reaparece y le entrega la cápsula, que el Chucky se introduce en la boca de inmediato. Bebe el agua del vaso. Lo coloca de vuelta en la mesita, al lado de la jarra. ¿Te mandaron los italianos?, dice, y gira la cabeza hacia la entrada, donde ya está apostado de nuevo el que le dio la cápsula, resguardando la guarida. El tipo asiente como si le ordenaran que esté preparado (para liquidarme o, de milagro, nada más para acompañarme a la calle). El Chucky se sienta en la poltrona. Yo no sé nada de los italianos, digo, este, yo ni entiendo qué tienen que ver los italianos en todo esto, y sigo, antes de que el Chucky me interrumpa de nuevo: Hablé con Ahmed, digo, tenemos un proyecto mucho mejor que el del licenciado. Eso no está nada difícil, compadre, dice el Chucky, el pendejo del licenciado estaba tan desesperado de que le levantaran el proyecto que asumió niveles de riesgo inaceptables, dice. Yo lo único que tengo que hacer es esperar a que el proyecto reviente. Es cuestión de semanas, dice, a lo mucho dos, máximo tres meses. Yo no tengo dos meses, digo. Qué lástima, dice. Puede que el proyecto funcione, digo, este, puede que al final el licenciado se salga con la suya. ¿Cómo crees que va a funcionar, compadre?, dice. ¡El proyecto está hecho con las patas! Cataluña tiene siete millones de habitantes, si ponemos a circular todo ese capital, ¿sabes lo que va a pasar?, ¿tú sabes cuál es el producto interno bruto de Cataluña? El gran error del proyecto es ignorar que Madrid existe. A la policía nacional le va a encantar la idea de ir a allanar la sede del partido por blanqueo de capitales, dice. Imagínate la escena, compadre: un prohombre de la catalanidad esposado como vil delincuente, entrando a una patrulla. Eso queda muy bien en los noticieros de la televisión, dice. Para alimentar la fobia a los catalanes. El licenciado va a caer solo, dice, yo no necesito mover ni un pinche dedo. Luego le dice al que me fue a recoger a plaza Lesseps, que sigue inmóvil en la entrada: Ve a ver si ya puso la puerca. El tipo se da la vuelta, presiona el botón para llamar al elevador y espera. Acompáñame, dice el Chucky. Se levanta, atraviesa la sala, cruza un pasillo con tres, cuatro habitaciones a los lados y desemboca en la cocina, donde una mujer dormita sentada en un banquito al lado de la estufa, la cabeza recargada en la pared.

Buenos días, doña Mariana, dice el Chucky. La mujer despierta sobresaltada. Discúlpeme, señor, nomás no me acostumbro al cambio de horario, dice, tallándose los ojos con los nudillos, poniéndose de pie, alisándose el delantal. No se preocupe, dice el Chucky, prepárenos unos huevos con machaca. Se acabó la machaca, dice la mujer. Se la acabaron los muchachos. Ah qué la chingada con esos pinches muertos de hambre, dice el Chucky. Que los muchachos bajen a desayunar al bar, doña Mariana, que para eso les pago sus viáticos. Los muchachos no están autorizados a comerse mis cosas. ¿Se le antojan unas quesadillas de huitlacoche?, dice la mujer para salir del apuro. Está bueno, dice el Chucky. Hágale también al muchacho, a ver si se le quitan las ronchas, a mí se me hace que lo que tiene es el síndrome del Jamaicón, ¿cómo ve, doña Mariana? La mujer coloca el comal en la estufa y comienza a trajinar entre el refrigerador y la alacena ignorando la pregunta, sabedora de que es una pregunta retórica, experta en entender que nada de lo que pase a su alrededor es de su incumbencia.

Siéntate, me dice el Chucky apuntando con la barbilla hacia las cuatro sillas del desayunador. Toma asiento y se arremanga la camisa, una, dos vueltas. ¿Estás seguro de que el maricón está contigo?, dice, en el momento en el que doña Mariana coloca dos tazas de café americano sobre la mesa. Ten cuidado, dice el Chucky, el maricón es el único que tiene línea directa con el mero mero. ¿Con el jefe del licenciado?, pregunto. Con el jefe de todos, compadre, dice, pero no has contestado mi pregunta. Doy un trago de gastritis antes de responderle. Este, sí, seguro, digo. Se me queda mirando a los ojos, como si la confianza fuera algo que se encuentra en la mirada, como si de verdad creyera en el bolero que dice que los ojos son el espejo del alma. Segurísimo, insisto, exagerando, porque la verdad sólo estoy más o menos seguro. ¿Cómo sabes?, pregunta. Le dije que el licenciado va a mandar a matar a la perra, digo. ¡Lo sabía!, grita el Chucky, golpeando la mesa con regocijo. Lo sabía, repite. En lugar de preguntarle qué era lo que sabía me quedo callado esperando a que él solito me lo explique, está tan contento que no se va a poder aguantar. No se aguanta, de hecho: ¿Sabes quién se supone que tenía que deshacerse de la perra?, pregunta. Lo sabía, vuelve a decir. Por primera vez pienso que lo puedo convencer, porque ahora trabaja a mi favor la hipótesis de que la alianza con Ahmed fue posible gracias a una *genialidad* suya. Explícame el proyecto, compadre, dice, volviendo de la alegría a la realidad, en verdad interesado, receptivo, y bebe un sorbo de café.

Al día siguiente, el chino me llamó por teléfono y dijo: Mi abuela puede atenderte hoy. A las once. ¿Cómo?, dije. Eran las ocho de la mañana y yo seguía acostado en la cama, leyendo, sin poner atención, o sólo poniéndola de vez en cuando, un librito con las greguerías de Gómez de la Serna que había comprado dos días antes en el mercado de Sant Antoni, de camino hacia el departamento de Ahmed. Hablé con mi abuela y dice que lo que tienes es una crisis de ansiedad, me dijo el chino. Te veo diez minutos antes de las once. Afuera del metro Florida. Línea roja.

Llamé al Chucky para avisarle, para decirle que el chino me ofrecía acupuntura y que yo creía que me estaba tendiendo una trampa, emboscada, o cualquier tipo de acción funesta de final infeliz. Necesitamos saber a qué está jugando el chino, me respondió. El chino es el punto ciego de esta historia. Necesitamos saber si es el liquidador (sic). O si el licenciado es tan pendejo que no se ha dado cuenta de que el chino está con los italianos. Le dije que me parecía muy arriesgado, este, ir a meterme a la cueva del lobo para averiguarlo, que seguro que el licenciado ya le había dado al chino la orden de liquidarme con uno de sus golpes de kung-fu y que yo no pensaba salir de mi cuarto. Hubo un silencio al otro lado de la línea de unos cuantos segundos. ¿Bueno?, dije. Estoy pensando, dijo el Chucky. Y luego: Te mando al Herpes para que te cubra la espalda. ¿A quién?, dije. ¡Al que te fue a recoger ayer, compadre!, me dijo. ¿No le viste la boca?

LLAMA A TU MADRE AHORA MISMO

Juan, hijo, ¿por qué no contestas el celular? Tu madre te ha estado marcando todo el día y parece que tienes el celular apagado, hazle el favor a tu madre de encender el teléfono o de llamarla en cuanto termines de leer este correo. No importa la hora que sea, si es de madrugada tu madre de todas maneras estará despierta de la preocupación.

Acaba de estar aquí un tipo muy insolente que vino a reclamar que le debes veinte mil pesos. Le dijo a tu madre que tu primo Lorenzo le prometió que tú ibas a pagárselos por un «trabajo» que hizo para ustedes. Tu madre le pone comillas a la palabra trabajo porque a tu madre no le gustó nada el tono con el que el descarado la decía. Como si se tratara de algo ilegal. A tu madre el fulano le resultó conocido y cuando tu madre le preguntó si se habían visto antes el individuo le dijo que había estado en el velorio de tu primo, que era amigo de tu primo.

Tu madre le preguntó qué servicio les había hecho y si tenía una factura o un recibo, o un contrato, y el descarado se rió de tu madre en su cara. Lo mejor es que la doña no sepa, doña, le dijo el insolente a tu madre.

Por supuesto tu madre se negó a pagarle nada y le exigió una explicación bajo amenaza de llamar a la policía. El fulano le dijo a tu madre que venía en son de paz, que le daba un día a tu madre para que hablara contigo y que mañana regresaría a recoger el dinero. Pero que era la última oportunidad, porque tú no le habías respondido y porque ya había perdido mucho tiempo con tu padre.

En cuanto se fue llamé a tu padre al consultorio y resulta que el fulano lleva meses tratando de extorsionarlo. Que se le acercó desde el día del velorio, para pedirle tu dirección en Barcelona, dizque para mandarte unas cosas de tu primo que tu primo quería que tú conservaras. A tu padre le pareció muy raro y le dijo que te mandara las cosas aquí a Guadalajara, que además tú todavía no estabas en Barcelona, que estabas en Xalapa terminando de arreglar tus asuntos. Pero el fulano insistió y empezó a aparecer de vez en cuando en el consultorio, primero para pedirle a tu padre la dirección, que tu padre dice que nunca le dio, luego para avisarle que ya la había conseguido, luego para preguntar si tú no le habías mandado un recado, luego para ver si tú no le habías dicho que le pagara y, al final, para exigirle que le diera veinte mil pesos que supuestamente tú le debías.

¡Y tu padre todo este tiempo no le había dicho nada a tu madre! Y hoy tu madre se ha llevado este susto por estar desprevenida. De verdad que tu madre ya no sabe qué hacer con tu padre.

Por si fuera poco tu padre le pidió a tu madre que no te dijera nada. Que se trataba de una extorsión y que si él no había avisado a la policía era para evitarles un disgusto a tus tíos. ¡Claro, tu padre piensa primero en tus tíos que en tu madre o en su hijo! Según él, ya suficiente tienen tus tíos con superar la muerte de Lorenzo para ahora enterarse de que andaba en malas compañías. Tu padre dice que eso no lo van a soportar, y tiene razón, porque a lo único a lo que se han dedicado desde que murió tu primo es a idealizarlo, a andar difundiendo que era un santo y un genio de los negocios, todo por las necesidades de la fundación. ¿Porque quién se iba a interesar en donar dinero a la fundación si supieran en verdad cómo era tu primo, un mentiroso sin oficio ni beneficio? Pero tu tía no tiene escrúpulos, ¡si hasta ya consiguió un concierto benéfico de Maná! Tu tía llamó a tu madre muy emocionada para contarle que escribieron una canción especial dedicada a tu primo, «Cruza la calle de la esperanza», se llama la canción, porque según esto la calle separa la vida de la muerte y hay que cruzar con conciencia para llegar a la esperanza. ¡Ya ves cómo es tu tía!

Pero tu madre no te escribió para contarte de los delirios empalagosos de tu tía, tu madre te escribió para avisarte de lo que está pasando y para que llames de inmediato a la casa. Si tu padre contesta no le vayas a decir que tu madre te contó, dile que le pase a tu madre el teléfono.

Hijo, tu madre no quiere estar en esta situación, tu padre le prometió a tu madre que mañana no irá al consultorio y que estará en la casa cuando el fulano venga, para ponerle un alto. ¡Y el ingenuo de tu padre cree que le va a hacer caso! No me extrañaría que tu padre ya se haya hecho hasta amigo de este descarado, ya ves cómo es tu padre, que quiere dialogar hasta con las hormigas para pedirles que se vayan del jardín en lugar de echarles veneno.

Para ser honesta, Juan, tu madre empieza a estar angustiada por que los problemas de tu primo vayan a acabar afectándote ahora que por fin le has puesto rumbo a tu vida. Tu madre considera muy capaz a tu primo de arruinarte la vida desde el sepulcro, a la gente le da respeto hablar mal de los muertos pero es que hay muertos que no dejan de dar lata ni cremados.

226

Hijo, no le vayas a contar nada a Laia, por nada del mundo le vayas a contar. Nada más de imaginar que Laia se enterara de que tu primo te ha metido en no sé qué asuntos ilegales con gente repugnante, a tu madre se le sube de golpe el azúcar. ¿Qué va a pensar Laia de ti y de tu familia si además en la televisión siempre están pasando noticias en las que los mexicanos parecen bárbaros?

Llámale a tu madre ahora, Juan, y prepárate para contarle a tu madre qué es lo que está pasando, qué significan esas supuestas cartas que tu primo te mandó a ti y a Valentina y quién es este descarado que vino a reírse de la cara de tu madre. Tu madre necesita una buena explicación, y más te vale que la tengas, son muchos años desolada por ver que tú y tu hermana echan a perder sus vidas para que ahora la decepciones de nuevo. En este momento de tu vida tú lo que tienes que hacer es concentrarte en tu relación con Laia y no en arreglar los enredos que haya dejado el irresponsable de tu primo.

Llama a tu madre ahora mismo, y no creas que a tu madre se le ha olvidado que no le has mandado el retrato de Laia que te pidió.

Mándale el retrato a tu madre y llámala ahora mismo.

SIN NOTICIAS DE JUAN PABLO

Miércoles 12 de enero de 2005

Diez de la mañana. Una hora esperando afuera de Julio Verne, llegué a las nueve, en horario de oficina, justo a tiempo para ver salir a Facundo apresurado, jalando y regañando a Alejandra. Los dos iban tarde, él a la oficina y ella a la escuela. Después salió Cristian, de pants, mochila deportiva, como siempre que va a jugar futbol con sus amigos argentinos, todos de la Boca, todos meseros o cocineros o barmans. A las diez, Juan Pablo. Se detuvo en la acera un momento para confirmar el contenido de los bolsillos del pantalón y del abrigo. Sacó las llaves. El celular. Un libro. Otro celular (¡otro!). Bajó por la calle Zaragoza pero esta vez en lugar de seguirlo lo vi marcharse, me aseguré de que se fuera, lo vigilé hasta que se convirtió en un muñequito dos cuadras más abajo. Me precipité al edificio, al elevador, al departamento, al cuarto de Juan Pablo.

La cama hecha, la ventana abierta al patio interior para ventilar la habitación, libros sobre la mesita de noche, libros sobre el escritorio, rodeando la computadora, la pijama doblada sobre la cama, la ropa en el armario, la sucia dentro de una bolsa grande de la basura, condones debajo de una pila de calzones, escondidos, como si su madre fuera a entrar a revisar el cuarto, como si temiera que yo me enterara de que se acuesta con otra, porque conmigo no necesitaba usarlos, porque yo tomo la píldora. O la tomaba. Abajo de la cama, un par de pantuflas de mujer. De Laia. Encendí la computadora, Juan Pablo no había cambiado el password. Fui abriendo los archivos. Notas para un ensayo sobre Albert Cohen y el humor en el Holocausto. Transcripciones de citas de Jung. Quince páginas sobre la historia de las muñecas inflables y Felisberto Hernández. Un proyecto de tesis sobre humor misógino y machista en la literatura latinoamericana del siglo XX (!?). En realidad no era un proyecto, sólo el título y dos párrafos de introducción. Seguí mirando en todas las carpetas, los cuentos que yo conocía de memoria, los fragmentos de novelas abandonadas, el ensayo sobre Gabriel Orozco con el que Juan Pablo no ganó el concurso de la universidad, la tesis de Ibargüengoitia, artículos sobre Ibargüengoitia, transcripciones de los cuentos y de las novelas de Ibargüengoitia, de sus crónicas, de entrevistas. No sé qué esperaba encontrar, quizá quería descartar la hipótesis absurda de que también Juan Pablo estuviera escribiendo un diario. Si lo hiciera, estoy segura, lo haría en la computadora, nunca lo vi escribir a mano.

Por supuesto, Juan Pablo no estaba escribiendo un diario, esa forma menor de la literatura que tanto desprecia, aunque jamás me lo haya dicho, para no ofenderme y para no interferir con mis intereses académicos. Pero estaba escribiendo otra cosa. Una novela. Una novela autobiográfica. Había terminado ya seis capítulos, casi cien páginas, mucho más de lo que había conseguido escribir en cualquiera de sus intentos anteriores. *No voy a pedirle a nadie que me crea*, se llamaba la novela. Se llama. No voy a pedirle a nadie que me crea. Me envié el documento por email, apagué la computadora, abandoné el cuarto, el departamento, el edificio, sin que nadie me viera. Salí corriendo en cualquier dirección, calle Pàdua adentro. En la calle Balmes encontré un locutorio e hice una impresión del manuscrito.

Llamé a Juan Pablo, todavía temblando, del miedo y de la adrenalina que mi organismo, tan acostumbrado a que nunca pase nada, no sabe procesar. Tenía el celular apagado. Seguí llamándole, con el mismo resultado.

Por la tarde recogí a Alejandra y la llevé directo a Julio Verne. Le dije que iba a llover (no había ni una sola nube, pero la niña ni siquiera miró hacia el cielo). Se conformó con la promesa de que le haría un peinado divertido.

En el departamento sólo estaba Cristian, preparándose para ir a trabajar. Le inventé que me urgía hablar con Juan Pablo porque no encontraba un documento y necesitaba saber si se me había quedado entre sus cosas. Me dijo que no lo había visto, que cuando él había llegado, alrededor de la una, ya no estaba y que desde entonces no había regresado. Me puse a hacerle trencitas a Alejandra. Dieron las ocho, las ocho y cuarto, Facundo llegó y de Juan Pablo nada. Por si fuera poco, Facundo me echó una bronca.

–¿Qué hacés, boluda? –me dijo, cuando vio el peinado de Alejandra–. Si la madre se entera me mata, la boluda se cree que el maquillaje y la peluquería son imposiciones del patriarcado. Suficiente tengo con que la boluda me eche la culpa de que a Ale le guste dibujar princesas.

En el camino de vuelta a casa paré en un locutorio y

en un teléfono público para llamar a Juan Pablo. Su celular seguía apagado.

Llegué al departamento y me encontré con lo que menos necesitaba: una fiesta. Una fiesta brasileña, para colmo. Había seis o siete brasileños, además de Andreia y Paulo, más Gabriele, camuflado. Andreia me pescó al entrar, me puso un vaso de cerveza en la mano, me presentó a sus amigos e intentó enseñarme unos pasitos de samba. Todo adornado con esa sonrisa llena de dientes. Me sentí tan torpe, tan agobiada, tan fuera de sitio, que el vaso se me resbaló de la mano. Pedí disculpas y me metí al cuarto. Luego vino Gabriele a tocar: Princesa, me dijo, por lo menos podrías haber limpiado.

Jueves 13 de enero

Toda la mañana yendo al locutorio para llamar a Juan Pablo. El celular apagado. Al mediodía llamé al teléfono fijo del departamento, me contestó Cristian. Me dijo que Juan Pablo no estaba y que no había dormido ahí. Pasé la vergüenza de preguntarle si creía que estaría con Laia. Me dijo que no sabía, pero que más bien era Laia la que venía a dormir al departamento, de vez en cuando, muy de vez en cuando, dijo, como si de verdad no se acostaran demasiado o como si tuviera pena de mí. Volví al departamento a buscar el teléfono de Laia. La Laia agente de los mossos d'esquadra, por supuesto, no la Laia novia de Juan Pablo. Bueno, novia o lo que sea.

A las cinco recogí a Alejandra y la llevé a un parque distinto al que se supone que la tengo que llevar, al parque

231

que me indicó Laia cuando la llamé para pedirle ayuda. El parque estaba justo al lado de la Ronda, al costado de unas obras de alcantarillado, a esta ciudad le encanta estar destripada. Alejandra no paró de quejarse, pero no del ruido, sino de que no la hubiera llevado a la plaza de siempre, la de todos los días, me dijo, adonde van sus compañeras del colegio. Por suerte había un arenero y Alejandra se metió a escarbar y a trasladar arena a la resbaladilla junto con un niño más pequeño, al que usaba como peoncito.

Laia llegó a la hora prometida, cinco y cuarto, sin uniforme. Me había dicho que ese día «libraba», que no le tocaba trabajar, pero que si yo decía que era urgente y confidencial (eso le había dicho) no tenía ningún problema en que nos viéramos. Mejor así: desde afuera la escena parecería un encuentro común y corriente entre dos amigas. Claro que la presencia de Laia, tan llamativa, llevaba la melena pelirroja suelta y tiene un pelo realmente bonito, no pasaría desapercibida para cualquiera que la conociera.

Cuando la saludé, me dio dos besos y me apretó los antebrazos, un saludo de amigas, de hecho, le dije que estaba muy guapa, y me contestó que más tarde iba a ir al cine con su novia. Se rió contenta, como si ser lesbiana fuera muy divertido o como si contármelo le hiciera mucha gracia.

Nos sentamos en una banca al lado del arenero, desde donde podía vigilar el trajín de Alejandra, y le fui leyendo algunos fragmentos de la novela de Juan Pablo, los que había subrayado, aquellos donde había información que me había perturbado y por los que creía que algo le había pasado a Juan Pablo. (Quité varias páginas donde Juan Pablo, de manera indirecta, confesaba un asesinato. Las dejé escondidas en mi cuarto. Quizá ni debería escribir aquí sobre eso.) El ruido nos daba bastante libertad para hablar sin que nadie se entrometiera.

Laia me escuchó con atención y en ocasiones me interrumpió para que le pasara las hojas para releer algún fragmento o leer más allá de mis subrayados. Quiso saber cómo había conseguido el manuscrito y me enredé en una explicación sin sentido para no confesárselo, como si tuviera que proteger a mis fuentes, cuando en realidad me daba vergüenza contarle lo que había hecho.

—Tía —me dijo, después de pensárselo mucho—, no te ofendas pero me parece que estás alucinando, esto parece una novela.

Le dije que era una novela, una novela autobiográfica, que aunque se trataba de un texto que usaba los mecanismos de la ficción todo lo que describía era verdadero, todo había pasado de verdad.

—¿Cómo lo sabes? —me dijo—, tú no estuviste ahí cuando presuntamente mataron al primo de tu novio, perdón, de tu ex novio, y él no te contó nada, ¿o sí?

—Pero a partir de entonces Juan Pablo empezó a actuar muy raro —le dije—, eso sí lo sé, y trató de impedir que yo viniera a Barcelona, como cuenta en la novela, me terminó, y luego se arrepintió, aunque ahora sé que no se arrepintió, que se lo ordenaron.

—Tía —me dijo—, no me vas a negar que la idea de que una organización criminal le haya ordenado volver contigo es bastante ridícula.

—Porque era parte de un plan —le dije—. Todas las cosas que cuenta ahí y que me involucran son verdad. También otras que yo presencié. Yo vi a Juan Pablo subirse a un Mercedes Benz negro, sin placas, en plaza Lesseps. Y yo lo vi irse, ayer, supuestamente a que le hicieran acupuntura, y desde entonces no ha regresado.

–¿Lo estabas siguiendo? –me preguntó.

–Fue una casualidad –le dije.

–Dos casualidades en realidad, ¿no? –me dijo, e iba a decir algo más, pero se contuvo.

Me levanté para decirle a Alejandra que no le metiera arena al niño adentro del pantalón, que era lo que estaba haciendo cuando la madre del incauto se descuidaba. Volví a la banca, donde Laia seguía revisando el manuscrito.

–No me crees, ¿verdad? –le dije–. No te culpo, no te estoy pidiendo que me creas, lo que te pido es que me ayudes a investigar.

–No sé, tía –me dijo–, es demasiado enrevesado, demasiado inverosímil. Además, aquí no hay nada que sirva. ¿A quién vamos a investigar? ¿Al «licenciado»? ¿Al «Chucky»? ¿Al «chino»? –dijo, buscando entre las páginas los círculos de tinta azul con los que yo había señalado a los personajes–. ¿Al «que me fue a recoger a plaza Lesseps»? ¿Al «mero mero»? ¿A Ahmed? Tía, todos los pakistaníes se llaman Ahmed, es como llamarse Jordi. Aquí no hay personas, tía, aquí hay personajes.

–Aparezco yo –le dije–, yo existo, aunque, la verdad, Juan Pablo no hable mucho de mí, soy como un personaje secundario de la novela. Aparece Laia, yo la conozco, la conocí, estuve con ella, más de lo que me hubiera gustado. Está su papá, Oriol Carbonell, ¿tú lo conoces?

–Cómo no voy a conocerlo, todo el mundo lo conoce, es un pez gordo, es un personaje público –dijo, con un tono de voz que subrayaba la palabra «público».

–Y está lo de Jimmy –seguí–, el italiano, Giuseppe, tú lo conociste también. La verdad, me decidí a llamarte cuando me di cuenta de que tampoco estoy segura de que pueda confiar en él.

–¿Y por qué te fías de mí?, ya que estás tan paranoica.

–Porque fuiste buena conmigo –le dije–, te preocupaste por mí. Me diste confianza. Me das confianza.

–No sé, tía –me dijo–, para serte honesta, a mí me parece que aquí hay una mezcla de verdades con mentiras. Yo no sé mucho de literatura, o de teoría sobre la literatura, pero me parece que así es como se hacen las novelas, ¿no? ¿Los autores no utilizan su propia vida y experiencias para convertirlas en ficción? Hasta donde sé, las novelas son eso, ficción. No me vas a pedir que le crea a Juan Pablo sólo porque promete que todo es verdadero. ¿No crees que si quisiera dejar un testimonio escribiría un diario? ¿O cartas a un amigo? Además, para mí la clave está en cómo están escritas estas páginas. Yo no me creo que si Juan Pablo estuviera tan angustiado, si temiera por su vida, se pusiera a escribir de esa manera, con estilo, no sé si me explico. A veces hasta trata de ser chistoso. Y con todo ese rollo sobre el humor y la risa.

–Tú no conoces a la gente que yo conozco –le dije–, enfermos de literatura. Entiendo lo que quieres decir con el estilo, pero lo que pasa es que ese estilo es su único estilo, es la única manera en la que escribe Juan Pablo, le sale natural porque es el mismo estilo que utilizó antes en varios cuentos, en varias novelas que abandonó sin terminarlas. Lo tiene tan interiorizado que ni se da cuenta. A veces me decía que había escrito algo diferente y luego resultaba que era igualito a todo lo que había escrito antes. Siempre ha escrito con el mismo narrador, el mismo tono, los mismos trucos, ¿te fijaste en que su personaje repite «este» todo el tiempo? Es un vicio del habla que tenemos los mexicanos, cuando no sabemos qué decir o cuando queremos ganar tiempo para ver qué nos inventamos nos ponemos a repetir «este, este» como tarados. A Juan Pablo le parecía chistoso ponerlo en los diálogos, ya lo había usado en una novela que anduvo escribiendo el año pasado.

—¿Una novela autobiográfica también?

—Sí, pero no la pudo continuar porque no le pasaba nada, su vida no alcanzaba para una novela, teníamos una vida bastante aburrida en México, bastante feliz, bastante tonta. Leíamos, estudiábamos, intentábamos escribir, teníamos un taller literario, un club de lectura, traducíamos por gusto.

La madre del esclavito de Alejandra se dio cuenta, al fin, de lo que estaba haciendo la escuincla con su hijo. Tuve que levantarme a pedirle disculpas, a regañar a Alejandra, a amenazarla con castigos, a ayudar a la madre a sacarle la arena al niño de adentro de los calzones. Volví a la banca, donde Laia me esperaba con cara de lástima, pero de una lástima equivocada: no sentía lástima porque creyera que Juan Pablo estaba desaparecido o que yo corriera peligro, sentía lástima por lo que habíamos perdido al mudarnos a Barcelona, esa vida insulsa que llevábamos en Xalapa.

—Tienes que ayudarme —le dije, intentando aprovecharme de su condescendencia—. Por favor, tengo el presentimiento de que algo malo le pasó a Juan Pablo.

Sacudió el fajo de papeles y los alineó, antes de devolvérmelos. Me miró a los ojos para calcular qué tan asustada estaba.

—Tía —dijo—, para serte honesta —dijo, repitiendo la fórmula de cortesía—, para serte honesta yo creo que Juan Pablo está con su novia y que cuando aparezca te vas a sentir muy mal. Yo no soy quién para decirte nada, tía, pero me parece que deberías superarlo. Disfruta la ciudad el tiempo que te queda y vuelve a tu país a empezar una nueva vida.

—¿Por qué no llamamos a Laia? —le dije—, tú puedes conseguir su teléfono, ¿no?

Dudó un momento.

—Esto sólo te va a hacer daño —dijo.

—Necesito saber que Juan Pablo está bien —le dije.

Dudó otra vez.

—Espera —dijo, y se alejó para hablar por teléfono.

Volvió después de dos o tres minutos.

—Tuve que dar más explicaciones de las que me habría gustado —dijo.

Marcó el número en su celular.

—Toma —me dijo—, entregándome el aparatito. Tú llamas.

Esperé a que Laia contestara.

—Hola —dijo Laia.

Me quedé muda, un segundo.

—¿Hola? —repitió—. ¿Quién eres? —dijo, en catalán.

Le expliqué quién era y sin darle tiempo a que reaccionara le dije que la madre de Juan Pablo me había llamado para decirme que desde ayer no podían localizarlo. Que habían estado llamándolo y que tenía el celular apagado. Que la mamá había llamado al teléfono fijo del departamento y que uno de los argentinos le había dicho que Juan Pablo no había regresado a dormir. Que estaban muy preocupados.

—Hosti —dijo Laia, sin la a, no dijo hostia, sólo dijo hosti.

—¿Está contigo? —le pregunté.

—Se suponía que íbamos a vernos ayer por la noche —me dijo—, le mandé un mensaje para quedar, pero no me contestó. Y es verdad que tiene el teléfono apagado.

—¿Cuándo fue la última vez que lo viste? —le pregunté, como si fuera el diálogo de una película, el interrogatorio de una novela policiaca.

—Lo vi un momento el lunes por la mañana en la universidad —dijo—, tomamos un café. El martes no lo vi, pero sí hablé con él y también nos mandamos mensajes.

Le di las gracias e iba a colgar. Me interrumpió.

–Escucha –dijo, en catalán–. ¿Me puedes avisar si lo encuentras? –me preguntó, volviendo al castellano–. Yo también lo voy a buscar. ¿Éste es tu móvil?

Estuve a punto de decirle que no, que yo no tenía celular, que no podía permitirme pagar un celular, pero me di cuenta a tiempo de que si le decía que no tenía celular no iba a poder explicarle cómo me había localizado la mamá de Juan Pablo, supuestamente.

–Sí –le dije–, cualquier cosa llámame a este número.

Iba a colgar de nuevo y de nuevo me interrumpió.

–Escucha –dijo, en catalán–. ¿Cómo has conseguido mi número?

Dudé una milésima de segundo.

–Tú me lo diste –le dije–. ¿No te acuerdas?

Colgué. Le di el celular a Laia, a la otra Laia, junto con las explicaciones.

–No sé, tía, no sé –repitió–. Debes saber que para que se considere a una persona desaparecida tienen que pasar cuarenta y ocho horas.

Saqué una página que traía doblada aparte, en uno de los bolsillos del abrigo, la desdoblé y se la entregué.

–Mira esto –le dije.

El subrayado empezaba: «Riquer me llamó por teléfono y dijo: ven a mi despacho mañana a primera hora. Quedamos de vernos a las ocho en su oficina del Paseo de San Juan. Llegué, estaba solo: no era la comandancia de los mossos d'esquadra, era el despacho donde despachaba (sic) asuntos privados, me explicó.»

–Hostia puta –dijo Laia, pálida.

–¿Tu compañero es de fiar? –le pregunté–, ¿el agente que te acompañaba cuando vinieron a buscar a Jimmy?

–Es mi jefe –dijo–. Coño. Coño.

–Hay más –le dije.

De otro bolsillo del abrigo saqué la carta de Lorenzo.

–Es del primo de Juan Pablo. Por aquí empezó todo. Cuando la recibí me entraron las sospechas y por eso me puse a averiguar. De hecho, ahora que lo pienso, tú tienes la culpa de todo, tú me dijiste que fuera al consulado y ahí me dieron la carta.

Desdobló las hojas y empezó a leerlas.

–No hay muchos detalles –le dije–. En realidad casi nada. Pero yo ni lo conocía. Lo raro es que me enviara la carta. ¿Tú sabes lo que se siente recibir la carta de un muerto?

Laia seguía concentrada en la lectura. La abandonó después de dos páginas.

–Este tío era medio subnormal, ¿no? –me dijo.

–Por eso no te la enseñé al principio, porque ibas a pensar que estoy orate.

–¿Qué estás qué?

–Orate, loca.

–Ah, chalada.

Se quedó un rato mirando hacia el infinito, que quedaba exactamente en la fila interminable de coches que se embotellaban en la Ronda, eran casi las seis de la tarde, horario de salida de las escuelas, final de la jornada de trabajo. Salió de la inmovilidad para sacar su celular del bolso.

–Cari –le dijo al teléfono, después de marcar y esperar a que le contestaran–. Ha surgido algo, lo siento muchísimo. ¿Lo dejamos para otro día? Sí, lo sé. Te compensaré, ¿vale? Te lo prometo.

Guardó el celular en el bolso y me miró muy seria a la cara.

–Tía –me dijo–, si la mitad de lo que me estoy imaginando es verdad, esto es una bomba. ¿De qué estamos ha-

239

blando? ¿De una conspiración del narco mexicano y la mafia italiana para blanquear capitales en Cataluña? ¿A través de Oriol Carbonell? ¿A través del partido? ¡Y con la protección del director de los mossos d'esquadra! Coño, tía, esto es muy fuerte.

–¿Tú crees que son narcos? –le pregunté.

–No sé, quién más, estoy pensando en voz alta.

–O sea que crees que es verdad –le dije.

–Hay una perra que habla...

–De acuerdo –le contesté–. Eso seguro es ficción.

–O el pakistaní está más chalado que Bin Laden –me dijo–. ¿Hasta qué hora tienes que cuidar a Alejandra?

–Ocho. Ocho y media.

–Dame la dirección de la niña, te recojo ahí a las ocho y media. Mientras tanto voy a hacer unas llamadas, y me llevo los papeles, voy a revisarlos con calma.

–Adivina –le dije–. Julio Verne 2, ¿te suena?

–No jodas, ¿así conseguiste esto?

Se levantó para irse. Le pregunté si creía que Juan Pablo estaba en peligro.

–Prefiero no averiguarlo –dijo–. O sí, eso es lo que quiero averiguar. Prefiero no arriesgarme, quería decir, qué lío me he hecho.

–También puedes decirme que no me crees –le dije–, que estoy paranoica, puedes irte al cine con tu novia y olvidarte de mí. ¿Estás segura de que quieres meterte en esto?

Me puso la mano en el hombro, como la vez pasada, sólo que ahora no me pareció un gesto ofensivo de condescendencia.

–Alguien tiene que ser el bueno de esta novela –me dijo–, ¿no crees?

–La buena –le dije.

—La buena —repitió—. Pero la buena no es tonta. Por la noche me das las páginas que faltan, no creas que no me he dado cuenta.

Caminó a la orilla del arenero y se despidió de Alejandra:

—Adiós, Ale —le dijo, en catalán—. Pórtate bien, ¿vale? No seas gamberra.

—¡Tenés los cabellos escarchados por el fuego! —le gritó Alejandra.

Vi la cara de desconcierto de Laia.

—Cosas de la madre —le dije, para tranquilizarla.

Salí de Julio Verne a las ocho cuarenta y cinco, quince minutos tarde, pero Laia continuaba esperándome, en la esquina, recargada en la pared de la papelería. Me preguntó si había noticias de Juan Pablo y le dije que no y que, de hecho, Facundo y Cristian ya estaban alarmados, que me dijeron que Juan Pablo nunca se había ausentado por tanto tiempo.

—Me he pasado todo este rato en la plaza del Sol —me dijo—. Buscando al italiano. Si lo que Juan Pablo escribió en la novela es verdad, el italiano nos puede llevar al chino y el chino a Juan Pablo. Pero el italiano no estaba, según lo que me han dicho no ha aparecido por la plaza en todo el día. Tampoco estaba en su casa, en la dirección en la que lo tenemos fichado, al menos.

—¿La casa okupada de la plaza Lesseps?

—Exacto. He hablado con un par de pavos que aseguran que ahí no vive. Estaban tan drogados que tampoco estoy segura de que supieran de quién les estaba hablando. Le he pedido a un colega que me ayude a localizarlo. No podemos quedarnos sentadas en la plaza a ver si aparece.

–Hay que hablar con el padre de Laia –le dije.

–¿Estás loca, tía? –me dijo de inmediato, sin dejar que desarrollara mi razonamiento–. Si lo que dice la novela de Juan Pablo es verdad –dijo de nuevo–, si la mitad de lo que dice el manuscrito es cierto, el padre de Laia está metido hasta el cuello. Lo único que conseguiríamos es ponerlo sobre aviso y ponernos en la mira. Ya sospechan de ti, tía, tenemos que ser muy cuidadosas. Tú no sabes en qué país te has metido, esa gente es intocable, yo perdería el curro nada más por llamar a la puerta de su casa sin una orden judicial.

–¿Y entonces? –le pregunté.

–Hay otra manera de empezar a tirar del hilo –me dijo.

Yo sabía lo que iba a decir, pero no la interrumpí, no quería interferir en su análisis, quizá ella hubiera detectado algún detalle que a mí se me habría escapado.

–Laia –dijo, tal y como yo esperaba. Ella podría identificar a la perra, su tío le pedía que se la cuidara cuando se iba de viaje–. Se llama Pere Lleonart, por cierto, el tío de Laia.

Hizo una pausa para ver si yo decía algo. Advertí la delicadeza de que no hubiera dicho «se llamaba» y noté que eso era lo que me hacía confiar en ella, su cortesía exacta, ni hipócrita ni exagerada, perfecta.

–Ya sé lo que dicen las páginas que te guardaste –me dijo–, no era tan difícil deducirlo.

No dije nada.

–¿Lo obligaron a hacerlo? –me preguntó, sin especificar qué o quién.

Me rompí. Me eché a llorar. Laia esperó a que me calmara. No me puso la mano en el hombro, ni siquiera me tocó, estaba claramente confundida sobre la manera en que debía comportarse y, puesta a decidir, eligió quedarse quieta.

—Venga, hay que darse prisa —me dijo, cuando paré de llorar, mientras me sonaba.

—¿Adónde vamos? —le pregunté.

—A buscar a Viridiana, es buena hora para sacar a la perra a orinar antes de dormir. Es un hilito muy delgado, pero por algún lado hay que empezar.

—¿Vas a interrogar a la perra si la encontramos? —le dije, limpiándome los ojos.

Se rió para contribuir a que acabara de calmarme.

—Y si se niega a cooperar podemos interrogar al que lleva la correa —dijo.

Terminé de reponerme, sacudí la cabeza para quitarme el aturdimiento en el que me había sumido el drama.

—Venga —me dijo Laia—, he quedado con Laia.

Llevábamos casi media hora dando vueltas arriba y abajo de la Rambla del Raval cuando vi a Laia parada al lado de la escultura de un gato obeso, el gato de Botero. A pesar del frío, era jueves y la Rambla estaba llena de estudiantes que se iban de fiesta, de pakistaníes vendiendo cerveza, de gente haciendo botellón y de vecinos del barrio que daban el último paseo a sus perros.

—Es ella —le dije a la otra Laia.

Venía vestida con un abrigo largo, verde botella, abotonado hasta el cuello, pantalón de mezclilla y botas, el rostro lavado, sin una pizca de maquillaje. Estaba impaciente, de una impaciencia previa, familiar, o genética, como si ser impaciente fuera un rasgo de personalidad y no un defecto de conducta. Interrumpió a la otra Laia antes de que acabara de presentarse y de explicarle que ella era la agente de los mossos que la había llamado por teléfono para citarla.

—¿Por qué no vienes uniformada? —le preguntó Laia.

La otra Laia le explicó que ese día libraba y para cortar con su desconfianza le mostró la identificación que la acreditaba como agente de los mossos d'esquadra.

—¿Y trabajas en tu día libre? —le dijo Laia.

La otra Laia apuntó hacia mí con la mirada y le contestó que me estaba ayudando a buscar a Juan Pablo porque éramos amigas.

—He hablado con mi padre —dijo Laia, sin mirarme—. Mi tío no está desaparecido, mi padre sabe dónde está, no quería decírmelo, pero lo he presionado y al final me lo ha contado.

Hizo una pausa, se pasó la lengua por los dientes chuecos. No recordaba que tuviera el pelo medio rojizo, ni tan corto, quizá fue al salón de belleza antes de las fiestas.

—¿Y entonces dónde está? —dijo la otra Laia.

—En Sitges —dijo Laia—. Mi padre sigue pensando que tengo cinco años y que no puede contarme que mi tío es gay y está encerrado en una orgía.

—Es mentira —dije, sin darme cuenta, pero la otra Laia me agarró del antebrazo para que me callara antes de que le dijera lo que pensaba: que era su culpa, o de su padre, o de los dos juntos, que Juan Pablo no apareciera y yo tuviera que tragarme toda esta mierda.

Le hice caso y se quedó dudando un momento, calculando hasta dónde podía llegar, qué era lo que convenía o no convenía revelarle.

—Eso te dijo tu padre porque él también está metido en el ajo —le dijo.

—¿Y qué coño se supone que tienen que ver mi padre y mi tío con Juan Pablo? —dijo, en catalán.

–En castellano, por favor –dijo la otra Laia, en catalán.

Laia giró su cabeza por vez primera para encararme.

Se reprimió para que su mirada no tuviera segundas intenciones, o segundos sentimientos.

–Me entiendes, ¿no? –me preguntó, en catalán.

Le había entendido, pero, para fastidiarla, le dije que no. Repitió en español lo que acababa de decir. Las dos miramos a la otra Laia, que se concentraba en elegir las palabras que iba a utilizar milimétricamente.

–El nexo es el padrino de Juan Pablo –dijo, al fin.

Hizo una pausa, retórica, como diría Juan Pablo, para que Laia lo recordara.

–Aparentemente –siguió–, presuntamente –se corrigió–, presuntamente –repitió–, el padrino de Juan Pablo, que en realidad no es su padrino, le propuso un negocio a tu padre y tu tío se interpuso.

–¿Un negocio? –dijo Laia–, ¿qué negocio?

–Blanqueo de capitales –dijo la otra Laia–. Quería usar las conexiones políticas de tu padre.

–¿¡Blanqueo de capitales!? –dijo Laia–. ¡Estáis chaladas! Era un tío de lo más encantador, educado, culto. Estuvimos conversando sobre Rosa Luxemburgo, sobre Berlín, que conocía mejor que yo, que viví allí seis meses. Hablaba catalán, había estudiado una maestría en Barcelona, ¡hasta resultó que mi padre le había dado clases!

–Demasiada coincidencia, ¿no te parece? –le dijo la otra Laia.

–Estáis locas –dijo de nuevo Laia, en catalán, pero a mitad de la frase el gesto se le congeló–. Coño –dijo–, coño.

–No gri –sólo alcanzó a decir la otra Laia, antes de que Laia gritara:

–¡Petanca!

La perra vino corriendo hasta los pies de Laia, arrastrando una correa azul y roja, o, más bien, azul y grana. El tipo que la paseaba salió disparado en la dirección contraria, Rambla arriba, y la otra Laia se echó a correr para perseguirlo. A mitad de la Rambla quedó abandonada una bolsa de plástico verde. Me acerqué a confirmar lo que yo ya sabía que contenía: seis latas rojas de cerveza, al tiempo. Las llevé conmigo de vuelta a la escultura de Botero, a los pies del gato donde la perra se había puesto a orinar.

–Coño, tía –me dijo Laia, llorando–, me cago en Dios, tenéis que contarme qué está pasando.

Se había agachado para apapachar a la perra, le pasó la mano por la cabeza, por el lomo, por la papada, mientras le susurraba, en catalán:

–¿Dónde está el tío Pere?, tía, ¿dónde está el *tiet?*

La otra Laia no regresaba. Paseamos a la perra Rambla arriba y abajo, sin alejarnos demasiado del gato de Botero. Todos los perros se acercaban a la Petanca e intentaban montarla, pero la perra y nosotras no los dejábamos.

–¿Cómo sabíais que la perra estaría aquí? –me preguntó Laia con mucho esfuerzo, con el pudor con el que se piden los favores o se reconocen los errores.

Le dije que estábamos siguiendo una pista para localizar a Juan Pablo, que era difícil explicarlo, que era mejor que Laia se lo contara. No insistió, se resignó, supongo que concluyó, como yo, que la mediación de Laia era imprescindible para que nos mantuviéramos ecuánimes.

Entramos a comprar croquetas a una tienda. Seguimos paseando a la perra, en silencio. Entonces sucedió una cosa de verdad insólita: empecé a ponerme caliente. Probablemente era una reacción extraña al estrés, combinada con la triste estadística de que desde Navidad no cogía y desde Año Nuevo no me masturbaba. Algo tendría que ver también, no voy a negarlo, la presencia de Laia. Yo me había propuesto no pensar en lo que había pasado, no recordarlo, dejar que se perdiera en el bosque oscuro de la memoria, lo cual no era tan complicado, ya que por el efecto de la pastilla mal lo recordaba. Si me esforzaba mucho me llegaban algunas imágenes, algunas sensaciones, la impresión general de un placer más propio de un sueño erótico que de una relación sexual real. Como diría Juan Pablo, en su novela: esto seguro que podría explicarse con Bataille. Por fin reapareció la otra Laia.

–Lo he perdido –dijo, cuando llegó a nuestro lado, resoplando todavía por el esfuerzo.

–Parecía un pakistaní –dijo Laia.

–¿Te has fijado en que no tenía bigote? –me dijo la otra Laia.

–La perra no se llama Viridiana –le susurré sin que Laia lo advirtiera.

–¿Vosotras conocéis al pakistaní? –nos preguntó Laia.

La otra Laia ignoró la pregunta y se puso en cuclillas para acariciar a la Petanca.

–Qué mona –dijo.

–Tiene la regla –dijo Laia.

–Las perras no tienen la regla, tía –dijimos las dos al mismo tiempo.

Entramos al primer lugar en el que aceptaron a la Petanca, un shawarma de la calle Joaquín Costa. La televisión estaba encendida en un canal de videos de música de la India, de Pakistán, con el volumen altísimo. Por si fuera poco, a la música se sobreponía el clamor típico de todos los restaurantes y bares de la ciudad, ese rumor sordo insoportable salpicado de carcajadas y gritos. Era el ambiente ideal para que pasáramos desapercibidas. Vino el mesero a tomarnos la orden y nos hizo un piropo que, curiosamente, yo había oído muchas veces en México.

—Este trío vale más que un póquer de ases —dijo.

—Somos cuatro —dijo la Laia de los mossos d'esquadra, señalando a la perra.

—¿En Pakistán no os han explicado lo que es el acoso? —dijo la otra Laia.

—Tranquila, tía —dijo el mesero—, yo soy de Bangladesh, en Bangladesh nos gustan las mujeres guapas como vosotras, en Pakistán todos son maricones.

Pedí de comer antes de que Laia le hablara de Judith Butler al pobre mesero. Estaba muerta de hambre, sin darme cuenta lo único que había comido desde el desayuno era la mitad de la merienda de Alejandra. La perra se despatarró debajo de la mesa y vi que dejaba el mosaico blanco manchado de sangre.

La impaciencia natural de Laia hacía una pésima combinación con el miedo y con la sensación de urgencia. Se comportaba de manera insolente, atropellada, histérica, exigiendo explicaciones como si ella fuera la víctima de todo, la única víctima.

—Escucha, princesa —la cortó la otra Laia—, tienes que tranquilizarte. Y tú también —me dijo, injustificadamente.

A mí en ese momento lo que me descontrolaba era la falta de energías, había utilizado mis últimas fuerzas en reprimir el episodio de calentura involuntaria y sentía que me había vaciado de adrenalina y que iba a desmayarme.

—Si nos ponemos histéricas no vamos a llegar a ninguna parte —añadió, como amenaza.

Luego se puso a contarle a Laia una versión posible de lo que sabíamos hasta entonces. Lo hizo de manera pausa-

248

da, reflexiva, como si en lugar de estar hablando ella también estuviera escuchando la historia por vez primera, como si estuviera organizando la trama sobre la marcha, repitiendo los nombres para evitar confusiones, evitando las elipsis, eligiendo las mismas palabras que usaba Juan Pablo en su novela e intercambiando el asesinato de su tío por una hipótesis, no confirmada, de secuestro.

–¿Pero qué dices, tía? –dijo Laia cuando la otra Laia terminó de hacer la sinopsis de la novela, removiéndose en el asiento como si le picara el culo–. ¿Te das cuenta de lo que estás diciendo? ¿Tú te escuchas lo que dices? ¿Tú escuchas cómo suena? Estás más loca que una puta cabra.

–¿Y cómo explicas lo de la perra? –le preguntó la otra Laia–. Sabíamos que el tipo que se había quedado a la perra, Ahmed, acostumbraba pasearla por la Rambla del Raval.

–Puede ser un amigo al que mi tío le pidió que la cuidara –dijo Laia–, no le dimos tiempo de explicarse, te le echaste encima.

–¿Y se iba a poner a correr así nada más porque sí? –dijo la otra Laia.

–Será porque no tiene papeles –dijo Laia–, o por costumbre, ¿no viste cómo corría?, el tipo es gay, estará habituado a echarse a correr para evitar las palizas, vosotras no sabéis la discriminación que sufre esa pobre gente en sus países.

–También sabemos –dije yo, para evitar que Laia continuara construyendo un discurso coherente con el que podría terminar por escapársenos (no hay peor enemigo de la verdad que la lógica narrativa)–, también sabemos –repetí– que has estado engañando a Juan Pablo, que tu supuesta conversión a la heterosexualidad forma parte de un performance para tu tesis de doctorado.

Seguramente pareció que actuaba movida por los celos, pero la verdad es que había pensado que teníamos que darle a Laia información que ella pudiera corroborar. Laia hizo el movimiento inicial para levantarse, se echó para atrás y jaló la correa de la perra, pero un plato de croquetas de garbanzo, y el brazo del mesero de Bangladesh que se lo puso enfrente, se lo impidieron.

–¿*Una* performance, tía? –dijo–, ¿de qué coño estás hablando?

–Eso le dijo a Juan Pablo una de tus amigas –le dije–, una *muy muy muy* amiga tuya. La Mireia –le dije, y le di un mordisco al kebab que acababan de servirme.

–¿Cómo lo sabes?

Miré a la otra Laia en busca de auxilio, yo le había pedido que no le hablara del manuscrito y ella me había dicho que se lo tendríamos que contar.

–Él me lo dijo –mentí, antes de que Laia se me adelantara.

–Me cago en la Mireia –dijo Laia–. Me cago en todas mis putas amigas. La Mireia está celosa, tía, la Mireia no puede aceptar que la haya dejado. Fíjate, igual que tú, sois capaces de inventar la chorrada más absurda con tal de no haceros cargo de la realidad.

–Tú conociste al primo de Juan Pablo al que mataron –dijo la otra Laia, que había entendido el objetivo de mi estrategia–. Lo conociste en el Caribe, ahí empezó todo.

Se metió el tenedor lleno de ensalada a la boca aprovechando el efecto de la frase, o para que la frase surtiera su efecto. Yo me quedé con el kebab suspendido frente a la boca, los labios embarrados de la salsa de yogurt, porque ese detalle se me había escapado. Laia puso cara de que, ahora sí, no entendía nada. Clavaba en la otra Laia sus ojos de aceituna para que continuara.

–En Cancún. Un tío que os recomendó sitios para visitar, a ti y a tu novia. Le diste tus datos por si alguna vez venía a Barcelona.

Laia abrió la boca para decir algo pero se arrepintió, el labio superior replegado dejaba la dentadura al descubierto. Por fin aceptaba que lo que le decíamos era verdad, o que al menos había algo de verdad en todo eso, y eso, la verdad, tenía el efecto de quitarle la máscara de arrogancia y la dejaba totalmente vulnerable. Entonces recordé algo: yo le había chupado los dientes. La sensación me vino entera de golpe en las ingles, el recorrido de mi lengua por los cuatro incisivos superiores, ligeramente sumidos respecto del arco de los molares y los colmillos.

–Llama al piso de Juan Pablo –me dijo la otra Laia, sacándome de la estupefacción y pasándome su teléfono celular–. Di que estaremos ahí en media hora. Hay que registrar la habitación de Juan Pablo.

Le dije que ya lo había hecho yo y que no había encontrado *nada*.

–Hay que buscar otra vez –dijo–, no me lo tomes a mal, pero quizá no buscaste bien. Y comed –añadió, como una orden para las dos–, con tantas emociones os vais a descompensar.

–Escuchame, boluda –dijo la voz de Facundo en el interfón–, ¿qué es eso de que Alejandra estuvo jugando en el arenero si en la plaza de la Revolución no hay arenero?

–¿Podemos subir? –le pregunté.

–¿Quién más viene? –dijo.

–Laia –le contesté–, y otra amiga.

–¿Laia? –dijo–, ¿qué van a hacer, otro trío?

—¿Nos abres? —le dije, tocando la llave con la que podría abrir la puerta en el bolsillo del abrigo.

Se escuchó el zumbido eléctrico que abría la puerta, la empujé y atravesamos el zaguán rumbo al elevador. Laia dijo que subiría por la escalera, que a la perra le daban terror los ascensores. Las tres miramos a la perra, que de verdad se había sentado a dos metros del elevador y reculaba. La otra Laia le dijo que la acompañaría, que le haría bien subir por la escalera, que subiendo escaleras se practica la lógica, que es un ejercicio que ayuda a pensar. Supongo que temía que Laia se hubiera arrepentido en el camino y decidiera irse a casa. Entré al elevador y las esperé en el pasillo del sexto piso, no me sentía con energías para soportar yo sola la verborrea cocainómana de Facundo.

Las tres llegaron con la respiración acompasada, sin señales de esfuerzo, me dio envidia la capacidad pulmonar que demostraban, incluso en esas circunstancias. Una vez, muy al principio de haber llegado a vivir ahí, el elevador había estado un día en mantenimiento y al ir por la escalera yo había tenido que sentarme un rato en el cuarto piso para reponerme y poder subir al sexto.

Facundo abrió la puerta y continuó con la perorata del interfón.

—¿A qué parque llevaste hoy a Ale, boluda?

Le dije que al que estaba a espaldas del edificio, sobre la Ronda. Las dos Laias intentaron decir algo, me imagino que buenas noches, hola, pero Facundo no paraba.

—¿En la Ronda? ¿Estás loca, boluda? Ahí corre un viento que te cagas. ¿Y la dejaste jugar en la arena?

Me quedé callada.

—Dejate de joder, Vale —me dijo—, ¿vos no sabés que la arena está helada? ¿Tu cerebrito no da para tanto? La peti-

252

sa está con fiebre, boluda, y yo mañana tengo que ver a un cliente en Manresa. Si Ale no puede ir a la escuela la vas a cuidar vos. Y no te creas que te voy a pagar por eso, es tu responsabilidad, por boluda, boluda.

—Tía —intervino Laia—, ¿por qué dejas que te hable así?

Y luego le dijo a Facundo:

—No seas cretino, *boludo*.

—Estoy hasta los cojones de las mujeres —dijo Facundo—, querían la puta liberación femenina para hacerse las irresponsables, la boluda de la madre de Alejandra se pira y me deja tirado con la nena, yo no puedo con todo, boludas.

—¿Está dormida? —le pregunté, antes de que las dos Laias unieran fuerzas para asesinarlo.

—Le di el apiretal hace diez minutos —dijo—, parece que se calmó un poco.

—Voy a verla —dije.

—Andá —dijo—, y estate atenta si se despierta. Voy a aprovechar para ducharme.

—Yo paso al cuarto de Juan Pablo, ¿vale? —dijo la Laia de los mossos d'esquadra.

Las dos Laias se fueron rumbo a la habitación de Juan Pablo y yo entré a la de Facundo, donde Alejandra dormía inquieta en su camita. Rodeé la cama de Facundo y me acerqué a tocarle la frente: todavía ardía. En sueños, en medio de una pesadilla, la niña deliraba.

Fui a asomarme al cuarto de Juan Pablo: las dos Laias habían levantado el colchón y hurgaban hasta adentro de los calcetines. Vi que Laia había colocado sus pantuflas sobre la mesa, sobre una pila de libros. Las ayudé a seguir buscando. No encontramos nada. Caminamos a la sala, una de las Laias cargando sus pantuflas, la otra la laptop de Juan Pablo, que dijo que se llevaría para revisarla.

–Será mejor que me vaya –dijo la Laia de la computadora, mirando su reloj de pulsera, eran las doce y media–. Mañana me toca madrugar –añadió.

–¿Y ahora qué? –le dije.

–Alguna de vosotras debería quedarse aquí –nos dijo. Y luego a mí:

–Si consigo localizar al italiano te aviso, cómprate un móvil mañana a primera hora y me llamas para que tenga el número.

Le dije que sí sin decirle que no tenía dinero, pero algo en mi actitud me delató.

–Toma –me dijo, dándome un billete de cincuenta euros–. Un móvil de prepago.

Se despidió de las dos con dos besos.

–Ánimo –dijo, ya en la puerta–. Mañana voy a hablar con algunos colegas y ya veréis como lo encontramos.

Se agachó para despedirse también de la perra, que se había acercado a la puerta, creyendo que ella y la otra Laia también se marcharían, pero la otra Laia cerró la puerta, por dentro, y me dijo:

–Creo que habríamos de hablar.

Caminé de vuelta hacia la sala y Laia y la perra me siguieron. Facundo apareció con una toalla anudada a la cintura, el torso desnudo, el pelo escurriendo gotitas de agua por su cuello.

–¿Se fue la pelirroja? –nos preguntó–. Qué guapa la pelirroja, por Dios, qué mujerón. Pero todavía hay suficiente material, ¿nos marcamos un trío?

–Pero qué imbécil eres, tío, de verdad –le dijo Laia.

–Era una broma, Layita –le contestó Facundo–, pero qué falta de sentido del humor, los catalanes son muy serios. No se preocupen, chicas, ya van a ver que el boludo de Juan Pablo vuelve en cualquier momento, ¿no se habrá

254

ido a Tarragona?, ¿no tenía un amigo de Tarragona?, Iván, creo que se llamaba, vino un día acá al piso.

–No está con él –dijo Laia–, ya he llamado a los colegas del doctorado.

Le dije a Facundo que me quería quedar a dormir ahí, que me iba a quedar, que alguien tenía que estar en el departamento por si Juan Pablo regresaba.

–Además –le dije–, Alejandra sigue con fiebre, no va a poder ir mañana a la escuela, yo me quedo con ella.

–De puta madre, boluda –me dijo–, quedate el tiempo que quieras. Pero el pago son veinte euros, acordamos veinte euros por día.

Se despidió y se fue rumbo a su cuarto pero volvió de inmediato.

–Vale, ¿qué son esas manchas en el pasillo, boluda?

Lo acompañé a mirarlas.

–Fue la perra –le dije, cuando comprobé lo que me imaginaba.

–¿La perra tiene la regla? –dijo.

–Las perras no tienen la regla –le dije–, se llama proestro, la perra va a entrar en celo.

–Me da igual –me dijo–, vos limpias. Y vigilá que la perra no se tumbe en el tapete.

Volví a la sala y vi a la Petanca despatarrada sobre el tapete que está debajo de la mesa del centro. Laia se había sentado en el sofá. Me eché a su lado.

–¿De verdad crees que lo estoy engañando? –me preguntó.

Le dije que no lo sabía, que, la verdad, ya no sabía nada, y cerré los ojos y disfruté del primer momento de calma del día. Si Laia no hubiera seguido parloteando me habría quedado dormida. Se justificaba argumentando que lo había hecho por curiosidad, decía que Juan Pablo

255

había sido muy insistente, que ahora que lo pensaba tanta insistencia sí que podía ser sospechosa, pero que era imposible que hubiera sospechado entonces, que la hipótesis de que alguien se la quisiera ligar coaccionado por una organización criminal era francamente ridícula. Me distraje pensando en la precisión del verbo coaccionar, que yo nunca había utilizado en una plática, ni había escuchado a nadie que lo usara, y recapacité en que la manera de practicar el castellano de los españoles, ese modo que con frecuencia me ofendía y que yo sentía plagado de agresiones, se basaba en una idea de la precisión con la que los mexicanos, y quizá los latinoamericanos en general, tan adeptos a los circunloquios, no sabíamos lidiar. Cuando regresé del ensueño metalingüístico a la cháchara de Laia, estaba acusando a sus amigas de tener parte de la culpa, por haberla juzgado de manera tan injusta, por haber concluido que su comportamiento era una reacción a las presiones de su familia, en especial de su padre. Dijo que se hacían las sofisticadas pero que en el fondo eran unas conductistas de mierda, y que le habían dado tanto el *coñazo* que había terminado por darle una oportunidad a Juan Pablo.

–¿No tengo derecho a la curiosidad? –me preguntó, aunque era una pregunta retórica, como diría Juan Pablo–. No sabes qué bestia, tía –siguió–, la amistad se acaba convirtiendo en una militancia represiva, ¿sabes?, la gente no quiere que cambies, la gente simplemente no puede aceptar que te conviertas en una persona diferente a la que ellos se imaginan, hasta mi tío, el único que siempre me defendió, se puso en contra mía, se puso en plan comisario de un estalinismo homoerótico.

Guardó silencio un momento.

–¿Tú sabes qué le pasó a mi tío? –me preguntó.

Moví la cabeza para un lado y para el otro sin abrir los ojos para decir que no. Retomó el tema de lo difícil que era que la gente no la aceptara como era, de lo duro que es resistir cuando todo el mundo quiere que cumplas con sus expectativas, de lo cansada que estaba de que todas sus relaciones, familiares, amorosas, de amistad, profesionales, funcionaran bajo la dialéctica del conflicto, y de pronto, sin que viniera a cuento, o sin que yo entendiera por qué venía a cuento, se puso a hablar de sus dientes. Abrí los ojos pasmada.

–Sí, tía, no finjas –me dijo al percatarse de mi sorpresa–, todo el mundo me dice que debería arreglarme los dientes, nadie entiende por qué no me los arreglé cuando tocaba, en la adolescencia, pero yo no quise el aparato porque me molestaba, no era sólo el dolor o la incomodidad, sino la idea misma de tener todo eso en la boca, los alambres y las ligas de plástico, pudriéndome el aliento, fui una niña bastante malcriada, y mis padres me querían obligar, insistieron tanto que lo convertí en el fetiche de mi rebeldía, construí toda mi identidad en esa rebeldía. ¿Sí me entiendes?

–Supongo –le dije, mirándole los dientes, ya que ella me había dado el pretexto perfecto para mirárselos de manera descarada.

Cerré los ojos de nuevo para reprimirme. Nos quedamos un rato calladas, casi podía sentir el calor del cuerpo de Laia en el sofá, abrí el ojo izquierdo y vi que miraba su celular. Desde el tapete nos llegaron los sonidos guturales que hacía la Petanca entre sueños, una especie de ronquidos, sólo faltaba que la perra tuviera apnea del sueño. Laia se rió.

–¿Qué pasa? –le pregunté, pensando que había leído algún mensaje en su celular.

—La perra —dijo—, mi tío dice que habla.

Abrí los ojos, me desperecé y me incliné para escuchar de cerca a la perra.

—Pues eso parece —le dije—, ¿qué dirá?

—Nomopucreura —dijo Laia.

—¿Cómo? —dije.

—Eso dice mi tío que repite la perra, escucha: nomupucreura, no-m'ho-puc-creure. La perra habla catalán. ¿Entiendes?

La miré como se mira a la gente loca.

—Es una broma, tía —me dijo—. Es la frase que mi tío siempre nos decía a mí y a mis hermanas cuando éramos niñas y le contábamos alguna de nuestras travesuras. No m'ho puc creure. No me lo puedo creer, nos decía mi tío para hacerse el sorprendido, para magnificar nuestras hazañas. Mi tío siempre ha sido muy cariñoso con nosotras.

—¿Cuántas hermanas tienes?

—Cuatro.

—¿Cuatro? Pensé que tenías más.

—¿Más? ¿Cuántas?

—No sé, once. ¿Tus papás no eran del Opus?

—Sí, pero mi madre es poliquística. Por fortuna.

Me puse a pensar en las inconsistencias de la novela de Juan Pablo que había descubierto hasta ese momento, el cambio de nombre de la perra, la apariencia del pakistaní, el número de hermanas de Laia, eran tres detalles que demostraban que en esas páginas había una intención novelística, que Juan Pablo actuaba consciente de los mecanismos de la autoficción. Que Laia tuviera once hermanas en la novela, por ejemplo, parecía un elemento cómico a explorar, muy al estilo de las comedias de enredos que tanto le gustan a Juan Pablo, algo que todavía no había tenido tiempo de desarrollar. Identificar el costado ficcional del manuscrito tuvo el efecto de tranquilizarme, como si el hecho de que la novela estuviera inacabada, a la mitad, me garantizara que su autor iba a regresar para terminarla. La perra despertó alterada por sus propios ronquidos.

—Será mejor que me vaya —dijo Laia.

—¿Qué les vas a decir a tus papás? —le pregunté—. De la perra, quiero decir, ¿cómo les vas a explicar que la encontraste?

—Ellos son los que van a tener que darme explicaciones —me contestó.

Nos levantamos y pareció que íbamos a darnos un abrazo, pero nos mantuvimos separadas.

—Trata de descansar —me dijo—. Llámame mañana para que tenga tu teléfono y podamos estar en comunicación. Ya te contaré qué me dice mi padre.

—Espera —le dije, al recordar que su número estaba en el celular de la otra Laia.

Fui al perchero donde había colgado mi bolso y saqué mi cuaderno.

—Apúntame aquí tu teléfono —le dije.

Abrí el cuaderno y busqué una página vacía, bajo la atenta mirada de Laia.

—¿Es un diario? —me preguntó.

—Se supone —le dije—, pero con tanto enredo ya parece una novela.

Se recargó en la mesa del comedor para anotar su número.

—Esperemos que tenga final feliz —me dijo.

—Ya verás que sí.

Epílogo

TU MADRE SABE QUE LAS HISTORIAS
NO SE ACABAN SI NO LLEGAN AL FINAL

Querido hijo, debes disculpar que tu madre no te haya escrito desde hace tanto tiempo, tu madre no se olvida de que prometió escribirte todos los días, o al menos una vez a la semana, pero a tu madre le falta corazón para mantener su promesa. Ya sabes lo que dicen, Juan, que la vida sigue, y tu madre ha tenido que sobreponerse, hacer como que la vida sigue, suficiente tiene tu madre con tu padre desde que decidió jubilarse y lo único que hace es mirar todo el día por la ventana, como si con eso fuera a conseguir que volvieras.

A pesar de que tu madre ha dejado de escribirte, hijo, tienes que saber que tu madre no pierde la esperanza de que algún día leas sus correos, o de que sí los hayas leído, pero que, por alguna razón que tu madre no entiende, no puedas o no quieras responderlos. Pero tu madre no te escribe para darte excusas, ni para pedirte explicaciones, tú sabes muy bien que tu madre no es esa clase de madre, tu madre te escribe para contarte que está en Barcelona, que tu madre vino a Barcelona invitada por una fundación para participar en un congreso sobre personas desaparecidas.

Si tu madre ha de ser honesta contigo, Juan, tu madre debe confesarte que aceptar la invitación no fue una buena idea, tu madre vino engañada. La gente de la fundación nunca le informó a tu madre que también vendría la familia de Valentina, y tu madre pasó el disgusto de encontrárselos en el hotel de sorpresa. Vinieron todos, el padre, la madre, los dos hermanos, aprovechándose de la fundación para conocer Europa, tú bien sabes que de otra manera esta gente nunca habría podido viajar fuera de México. Estaban emocionados, hasta contentos, diciéndoles a los periodistas que lo importante era que nadie se olvidara de Valentina, que había que mantener viva su memoria, y a tu madre que decía la verdad, que lo único que importa es que tú y Valentina aparezcan, nadie le hacía caso. Ése es el tipo de cosas que tu madre tiene que soportar, hijo, la tontería de la gente que cree que un recuerdo bonito es lo mismo que recuperar a tu hijo. Tu hermana se lo advirtió a tu madre cuando decidió rechazar la invitación, que tu madre no debería venir a Barcelona si no estaba lista para lidiar con esas cosas, tu padre quería venir pero el cardiólogo se lo prohibió, le dijo que la salud de tu padre no está para emociones fuertes. A tu madre le pareció que tenía que venir porque pensó que si venía, de alguna manera, ayudaría a que tú aparecieras, pero ahora tu madre sabe que no va a servir de nada. Cuando tu madre se dio cuenta estaba metida en una conferencia sobre fosas comunes en Andalucía, escuchando a gente que pedía identificar a sus familiares fallecidos en la Guerra Civil española, ya le dirás a tu madre qué tiene que ver eso contigo y con tu madre. Nada, hijo, nada. Y a tu madre le incomodó muchísimo también la manera en que querían presentar tu caso, para empezar junto con el de Valentina y con el de una niñita argentina que había desaparecido junto con Valentina, querían presentarlos como víctimas de redes criminales transnacionales que operan con protección de los gobiernos, hijo, tu madre puede no entender mucho de política y mucho menos de criminalidad, pero lo que tu madre sí sabe es que no se puede decir que alguien está muerto si no encuentras su cuerpo sin vida. Por supuesto, tu madre se negó a participar y se escapó del congreso, tu madre no iba a ser parte de semejante espectáculo, tu madre prefirió dedicar su tiempo a recorrer la ciudad, las calles por las que tu caminaste, el Paseo de Gracia tan regio, las Ramblas tan preciosas, tan pintorescas, donde tu madre se tomó una sangría a tu salud, la Sagrada Familia, las casas de Gaudí, todas esas callecitas enredadas del Barrio Gótico donde tu madre se metió y no encontraba la salida. Tu madre también quiso visitar tu departamento de la calle Julio Verne, donde ahora vive una pareja de alemanes muy desconfiados que le dijeron a tu madre que no te habían conocido y no le quisieron abrir la puerta.

Al menos tu madre pudo conocer a Laia, tu madre y Laia se tomaron un café en una pastelería muy elegante que eligió ella, un lugar pequeñito con mucho encanto, discreto, con porcelana y manteles largos, cómo se nota que Laia sí sabe cómo tratar a tu madre. Guapísima, Laia, hijo, simpatiquísima, tu madre entiende perfectamente por qué te enamoraste de ella, aunque no estaría de más que fuera al dentista a que le pusieran frenos. Y con mucha clase, Laia, hijo, muy educada, lo primero que hizo fue disculparse con tu madre de que sus padres no hubieran venido, la madre estaba en Nueva York para hacerse una revisión médica y el padre no tiene tiempo de nada desde que es consejero del gobierno, Laia le explicó a tu madre que es lo mismo que ser ministro. Pero Laia no vino sola, hijo, vino acompañada de uno de los abogados de su padre, un señor muy discreto que se sentó en la mesa de al lado a tomar un té y no se entrometió para nada, y traía una perrita de lo más mona, supereducada, se metió debajo de la mesa y se echó a dormir y no dio nada de lata. Laia se disculpó también por la presencia del abogado, qué manera de disculparse, hijo, sin agachar la cabeza, como una muestra de elegancia, y tu madre por supuesto le dijo que no se preocupara, que tu madre entendía perfectamente que la gente de su clase tiene que andarse con cuidado porque hay mucha gente aprovechada. Una mesera uniformada, como salida del siglo XIX, se acercó a tomar la orden y tu madre pidió un café con leche y una tartaleta de frutas tan preciosa que daba pena comérsela. Laia pidió que solamente le trajeran un vaso de agua, ¡un vaso de agua!, había tantas cosas deliciosas en la pastelería y ella lo único que quería era un vaso de agua, ay, hijo, tu madre todavía tiene muchas cosas que aprender de la etiqueta europea, tu madre acabó pasando la vergüenza de que le trajeran el café y el postre como si fuera una muerta de hambre que acababa de bajar de la sierra de Chiapas, y por eso tu madre mejor ni los tocó, los dejó intactos en la mesa para que Laia se diera cuenta de que tu madre no es ese tipo de persona.

Ay, hijo, tu madre sabe que vas a aparecer, tienes que aparecer, Juan, tienes que aparecer para casarte con Laia y que le des a tu madre unos nietos europeos. Eso fue lo que tu madre le dijo a Laia, tu madre se comportó con ella de manera digna, optimista, positiva, tu madre sabe muy bien que a la gente como Laia no hay que molestarla con cosas sórdidas, deberías estar orgulloso de tu madre. Juan Pablo va a aparecer, hija, le dijo tu madre a Laia, ya verás que va a aparecer y que te vas a casar con él y van a ser felices. Se puso a llorar la pobrecita, desconsolada, se ve que te extraña mucho, no te preocupes que ella te va a estar esperando cuando aparezcas.

Un verdadero sol, Laia, hijo, hizo que valiera la pena que tu madre soportara tantas groserías, porque luego a tu madre la gente de la fundación le armó un escándalo por no participar en las conferencias, como si me estuvieran cobrando el boleto de avión, y porque tu madre se negó a firmar una carta en la que se exigía al gobierno de Cataluña y al de España que se hicieran responsables de tu desaparición y de la de Valentina. Muy insolentes, estas personas, para tu madre fue una sorpresa muy desagradable descubrir que incluso en Europa hay gente sin clase, gente corriente, vulgar, sin cultura. Se pusieron del lado de la familia de Valentina e insistieron muchísimo para que tu madre firmara la carta, amenazaron a tu madre con no pagar la cuenta del hotel, pero tu madre se mantuvo firme. ¿Cómo va a firmar tu madre una carta contra el gobierno de Cataluña ahora que tu suegro es consejero? Creerían que tu madre no tiene principios, que prefiere aliarse con la chusma.

Pero el verdadero disgusto tu madre se lo llevó esta mañana, cuando estaba desayunando en el hotel y se apareció una señora que le pidió permiso a tu madre para sentarse. Tu madre no tuvo ni tiempo de negarse, porque la fulana se sentó sin esperar a que tu madre le respondiera y se presentó diciendo que era la persona que había tratado de hablar varias veces con tu madre por teléfono, pero que tu madre se había negado, que había hablado con tu padre cuando vino a Barcelona a buscarte y que seguramente él le había contado a tu madre sobre ella, que se llamaba Laia, que antes era policía y que había conocido a Valentina y la había ayudado a buscarte cuando desapareciste. Claro que tu madre sabía quién era, era la fulana que le llenó la cabeza a tu padre de tonterías, que le salió con el cuento de que tu desaparición estaba relacionada con la muerte de tu primo Lorenzo, que supuestamente tu primo te había implicado con unos criminales que lavaban dinero del narcotráfico, por absurdo que te parezca. Eso fue lo que acabó de amargarle el carácter a tu padre, hijo, no sabes cómo volvió de Barcelona, como un loco, se peleó con tus tíos, le siguió la corriente al insolente aquel que dijo que le debías veinte mil pesos y lo único que consiguió fue que le sacara más de cien mil, y hasta fue a la cárcel a visitar al chofer que atropelló a tu primo. Tu madre no quiere preocuparte, ni te está echando la culpa de nada, hijo, pero tu padre ya no es el mismo, tu padre siempre fue una persona difícil pero ahora se ha vuelto imposible, encerrado en su delirio de persecución y en las teorías conspiratorias que le metió en la cabeza esa fulana. Tu madre le solicitó que por favor se retirara, que no estaba dispuesta a aguantar las fantasías que le andaba contando a todo el mundo, esa historia en la que Valentina es una heroína que desapareció porque intentó salvarte. Tu madre le pidió que se fuera con educación, pero esta gente no tiene educación, la mujer ignoró a tu madre y se puso a sermonearla, a decirle que ella no juzgaba a tu madre por no querer afrontar la verdad de lo que había sucedido, que ella sabía que tu madre en el fondo era una persona buena que negaba la realidad porque no podía soportar el dolor de haberte perdido, que tu madre tenía derecho a defender tu memoria y la honorabilidad de su familia, pero que tu madre no podía ser egoísta, que tu madre no podía pensar solamente en ti y en tu familia, que tu madre también debería pensar en Valentina y en la niñita argentina, que si tu madre continuaba negándose a cooperar los culpables iban a quedar impunes, que esto iba más allá de ti y de tu primo Lorenzo, que al fin y al cabo habían sido también víctimas. Y que lo más triste de todo era la niñita argentina, se atrevió a decirle a tu madre la fulana, como si la vida de una niña, por ser pequeña, valiera más que la tuya, que el único pecado de la niña, decía, que su única culpa, había sido que Valentina la cuidara, que Valentina fuera su niñera. ¿¡Pero quién se creía que era esta fulana para hablarle así a tu madre!? Y lo decía todo con una vehemencia de lo más violenta, Juan, tu madre tuvo que hacer un esfuerzo sobrehumano para no tirarle a la cabeza el yogurt que se estaba tomando, tu madre no entiende de verdad cómo tu padre pudo haberle dado el más mínimo crédito, la mujer está loca, y a tu padre no le basta saber que hasta la corrieron de la policía, que en la policía le hicieron un examen psiquiátrico y salió que tenía brotes de psicosis, de paranoia, de megalomanía y no sé qué más, que las supuestas pruebas que tenía, una novela que según esto tú estabas escribiendo y donde contabas todo lo que había pasado, nunca las ha mostrado, dice que se las robaron. A tu madre se lo dijo el director de la policía catalana, tu padre se había puesto tan necio, estaba molestando tanto a la embajada y al consulado, que el director de la policía en persona llamó a tu madre por teléfono para decirle que esta mujer estaba desequilibrada, que él entendía y respetaba que estuviéramos desesperados, pero que lo peor que podíamos hacer era depositar nuestra confianza en una persona que lo único que quería era aprovecharse de nuestro dolor. Y le explicó a tu madre que con las acusaciones de esta fulana no se podía ni abrir una investigación, que la fulana decía que había que localizar a un chino y no sabía ni cómo se llamaba el chino, imagínate, a un chino, cuando en el mundo hay miles de millones de chinos, todos igualitos, y que así era con todo, que no tenía detalles de nada, que todo eran acusaciones imprecisas, y que a la única persona a la que había podido identificar era a un vagabundo italiano que había muerto de una sobredosis de heroína antes de que tú y Valentina desaparecieran. El director de la policía dijo que, de cualquier manera, hay una investigación abierta por tu desaparición, que la policía catalana hará todo lo posible por encontrarte, aunque hay mucha gente que no aparece nunca y eso tampoco quiere decir que haya muerto, la gente es extraña, le dijo el director de la policía a tu madre, nunca acabaremos de entender por qué hay personas que dicen que van a comprar cigarros, o a pasear al perro, y nunca vuelven. A tu madre le pareció una persona muy sensata, y tu padre no se cansa de insultarlo, de acusarlo de estar encubriendo no sé qué fantasías, ¡hasta al padre de Laia!, menos mal que el padre de Laia es una persona muy comprensiva, de lo contrario ya hubiera denunciado a tu padre por difamación y por todas las injurias que le dice a cualquier periodista que se le pone enfrente.

Tu madre le pidió a la fulana que parara, le aclaró que tu madre estaba al tanto de sus desvaríos, que el director de la policía había tenido la gentileza de ponerla sobre aviso. La fulana le agarró las manos a tu madre, hijo, totalmente desquiciada, y le pidió que por favor le creyera, le confesó que se sentía culpable por no haberle hecho caso a Valentina, por no haberse dado cuenta a tiempo de que de verdad corría peligro. Tu madre creyó que ya era suficiente, que la fulana estaba llegando demasiado lejos, y se levantó y se fue a su habitación sin hacer escándalo, tu madre no quería darle el gusto de que viera a tu madre perder la compostura.

Perdona, hijo, que tu madre te cuente todas estas cosas horribles, tu madre no quería escribirte para eso, tu madre quería escribirte para contarte que a pesar de todo ha sido muy bonito venir a Barcelona, para decirte que tu madre sabe que vas a aparecer, que tu madre no pierde nunca la esperanza, tu madre sabe que las historias no se acaban si no llegan al final, que tú todavía tienes muchas cosas por vivir, no puedes dejar tu historia a la mitad, hijo, las historias necesitan un final, un final feliz, o infeliz, pero un final, y tú no puedes dejar tu historia a la mitad. Y si no aparecieras nunca, hijo, si tu madre nunca volviera a verte, Juan Pablo, a tu madre al menos le quedará el consuelo de saber que pasaste tus últimos días en esta ciudad tan hermosa.

A Andreia, Cristina, Maricarmen, la flaca, Marifer, Iván, Chico, Jorge y Manuel (en la Universidad Autónoma de Barcelona), a Mousie, Cristian, Fito y Manolo (en Julio Verne), a Paula, Tere, Ana, María y Topi (en la Universidad Veracruzana), a Manuel y Javier (en Guadalajara) y a Rolando y a la familia Villalobos Alva (en Lagos de Moreno). Sólo ellos saben cuánto de verdad hay en estas páginas. No voy a pedirle a nadie que me crea.

En los diarios de Valentina se citan pasajes del «Diario de Escudillers» de Sergio Pitol, incluido en El arte de la fuga. *Algunos de los diálogos de Alejandra provienen de versos de Alejandra Pizarnik y Oliverio Girondo. El título de la película* Psicólogas *por delante y loquitas por detrás aparece por cortesía de Juan Antonio Montiel.*

Pido de antemano disculpas a mi madre por si algún lector despistado llega a pensar que la madre del Juan Pablo Villalobos de esta novela tiene algún parecido con ella. Perdón, mamá.

Esta novela no existiría sin una conversación que tuve con Jordi Soler en la esquina de las calles Bailén y Consell de Cent una tarde de otoño. Te debo una novela, Jordi.

Un millón de gracias a Andreia Moroni, Cristina Bartolomé, Teresa García Díaz, Paula Casasa, Javier Villa, Iván Díaz Sancho y Aníbal Crístobo, quienes mejoraron significativamente el manuscrito de esta novela con sus apreciaciones.

ÍNDICE